SUTTON KRIMI

Susanne M. Rüster

ZU HOCH HINAUS

Ein Berlin-Krimi

SUTTON KRIMI

Über die Autorin

Susanne M. Rüster arbeitet als Richterin in Potsdam. Weil sie literarische Fremdgänge liebt, entstanden etliche in Zeitschriften und Anthologien veröffentlichte, teils preisgekrönte Kriminalgeschichten. »Zu hoch hinaus« ist ihr zweiter Kriminalroman.

Susanne M. Rüster ist Mitglied der »Mörderischen Schwestern« und des »Syndikat«. Sie lebt mit Mann und Tochter in Berlin.

Sutton Verlag GmbH
Hochheimer Straße 59
99094 Erfurt
www.suttonverlag.de
www.sutton-belletristik.de
Gestaltung und Satz: Sutton Verlag
Umschlaggestaltung: coverdesign uhlig, Augsburg,
www.coverdesign.net
Umschlagbild: picture alliance/dpa
Lektorat: Stefanie Höfling, Wiesbaden
Korrektorat: Hamburger Buchkontor, Dorothée Engel
Druck: CPI books GmbH, Leck

ISBN: 978-3-95400-449-2

Die Kunst des Autofahrens:
so langsam wie möglich der Schnellste zu sein.

Emerson Fittipaldi, brasilianischer Autorennfahrer

Weit im Wald, am See, steht eine Jagdhütte. Ich liebe den See, er hat funkelndes Wasser und einen Strand, der mit Kiefernnadeln bedeckt ist. Die Hütte gehört irgendeinem Bonzen, aber sie wird nicht mehr benutzt. Ich war oft dort. Habe dort gelacht und geheult, habe Tagebuch geschrieben. Erst in der Fremde verstand ich, dass die Hütte der einzige Ort war, der mir allein gehörte.

Polina Karova, Berlin, im April 2013

Mittwoch 1. Juli 2015

1.

Noch eine Stunde bis zum Crash.

»Ich liebe den Wettkampf.« Polina Karova posierte vor dem Reporter der »Berliner Chronik«. »Das Kartrennen wird nach Formel-1-Regeln ausgetragen.« Sie lachte übermütig in die Kamera.

Rot glänzende Karts, durchgecheckt fürs Rennen, standen am Boxeneingang. Der Betreiber der Kartanlage hatte ein breites Band anbringen lassen: »25 Jahre Karstaedt & Theissen Bauausführung Sanierung«. Großbuchstaben auf Schwarz-Rot-Gold. Es war zugleich Polinas Fest. Sie hatte es ausgerichtet und sie wollte den Gästen etwas Besonderes bieten.

»Die Geschwindigkeit macht meinen Kopf frei«, sagte sie zu dem Reporter. »Die Karts schaffen bis zu 165 Stundenkilometer.«

Noch dreißig Minuten.

Junge Mädchen mit knallroten Schürzen begannen mit dem Ausschank. Die Tribüne füllte sich. Aus den Lautsprechern schepperte aggressive Rockmusik. »Hard Drive«.

Johan Ludwig Theissen, der Juniorpartner, erschien auf der Tribüne, flankiert von zwei Männern mittleren Alters. Der Staatssekretär aus der Bauverwaltung, ein korpulenter Mann, hatte die Jacke seines Anzugs über den Arm gelegt und fächelte sich Kühlung zu. Dreißig Grad und von Schmierstoffen und Abgasen durchdrungene Luft. Der Baustadtrat von Lichtenberg trug eine violettfarbene Krawatte, wohl um seine kreative Qualität zu beweisen.

»Heute finde ich meine ideale Linie.« Polina ballte die Faust, den Daumen in die Höhe gestreckt, und warf einen siegessicheren Blick zu Theissen und seiner Entourage.

Noch fünfzehn Minuten. Hornsignal.

Die Fahrzeuge kamen auf die Strecke, die Stimme aus dem Lautsprecher gab Startnummern und Namen der Teilnehmer bekannt

Jüngere Männer aus der Karstaedt & Theissen GmbH, einige Mitarbeiter von Geschäftspartnern. Zwei Männer aus ihrem Neubauprojekt in ihrer Heimatstadt Omsk in Sibirien hatte Polina selbst eingeladen.

Theissen trat von der Tribüne auf die Startbahn. Beifall. Der Metal-Rock verstummte. Er stellte sich neben Kart Nr. 13, ihren Kart.

»Fünfundzwanzig Jahre Karstaedt und Theissen! Ich bin stolz und froh, mit Ihnen dieses Fest zu feiern«, tönte seine Stimme aus den Lautsprechern.

Wie sie sein selbstgefälliges Lächeln kannte.

»West und Ost haben sich in der Hauptstadt aufs Beste verbunden. Das ist auch der Verdienst unserer Russland-Managerin Frau Karova.«

Immerhin erwähnte er sie. Polina reckte sich in ihrem schwarzroten Rennfahreranzug. Klatschen und zustimmendes Pfeiffen.

»Ohne Polinas russische Wurzeln wären Karstaedt und Theissen nicht das geworden, was sie sind.« Johan fasste sie am Unterarm, aber er wendete sich ihr nicht zu. »Wir haben junge Kunden. Berlin boomt. Ein Kartrennen als sportlicher Höhepunkt der 25-Jahr-Feier ist die spezielle Idee unserer jungen Managerin.« Beifall. Sein herzliches Lachen spendierte er nur dem Publikum, dann trat er einen Schritt von ihr weg. Polina wollte ihn berühren, aber ihr Arm blieb in der Luft hängen.

Ihre letzte Auseinandersetzung lag nur eine Stunde zurück.

»Wie kannst du zwei Männer aus Omsk mitfahren lassen?«, hatte Theissen scharf gefragt. »Ich habe sie nicht eingeladen.«

»Das sind der Techniker und der Bauleiter meines Projekts. Falls du es vergessen hast: Omsk ist meine Heimat. Und wir haben dort ein großes Bauvorhaben.«

»Die Firma sieht das Projekt kritisch.«

»Und Gewitter ist erst für heute Abend angesagt.«

»Jetzt gebe ich die Bahn frei.« Theissen verließ die Startaufstellung.

Polina blickte ihm grimmig hinterher und stopfte eine Strähne ihres weißblonden Haars unter den Helm.

Noch eine Minute.

Wie alle anderen stellte sie ihr Auto mit laufendem Motor an ihre Startposition.

Fünfzehn Sekunden. Letztes Signal.

Das Rennen begann. Freude, Aufregung, Spannung. Motoren dröhnten, Abgasgeruch machte sich in der Halle breit. Noch fuhren die Karts in gemäßigtem Tempo, suchten ihre Linie. Nach fünfhundert Metern verschlungener Strecke würde es auf die zwei Kilometer lange Outdoor-Kartbahn mit über dreißig Kurven gehen.

»Rauf aufs Pedal!«, schrie jemand und andere stimmten ein.

»Gasgeben!«

Polina zog das Tempo an, ihr Kart beschleunigte, der Motor heulte. Jetzt ging es nach draußen. Einige Gäste stellten sich an die Rennstrecke. Polina konzentrierte sich auf die erste Kurve. Reifenquietschen, Jubelschreie, Anfeuerungsrufe. Dann die Vollgasstrecke. Sie beschleunigte, im Rückspiegel sah sie Kart Nr. 7 unmittelbar hinter sich, der Fahrer steigerte das Tempo, würde sie gleich überrunden. Statt Nr. 7 vorbeizulassen, drehte sie noch mehr auf, raste auf die Linkskurve zu. Anfeuernde Pfiffe gellten. »Volles Rohr«, rief einer, andere folgten, ein rhythmischer Chor sorgte fürs Formel-1-Gefühl.

Polina fühlte ihr Herz schlagen. Nicht mehr der schnelle, gesunde Schlag wie zu Beginn des Rennens, ihres Rennens. Ihr Herz schlug jetzt ungleichmäßig, schien größer zu werden, ihren Körper auszufüllen, wie durch Stromschläge angetrieben, bis ihr Inneres ihr wie ein einziger zuckender Muskel erschien, mal schnell, dann wieder langsam, in unregelmäßigem Rhythmus. Ihre Hände umklammerten das Lenkrad, rutschten an die falsche Stelle, sie wechselte unvermittelt die Spur, setzte sich dicht vor Kart Nr. 7. Pfiffe, Buhrufe. Sie konnte sich nicht mehr aufs Fahren konzentrieren, die Bahn verschwamm vor ihren Augen. Wo war die Linie, ihre perfekte Linie? Ihr wurde schlecht, aber sie war doch nicht im Karussell, sie war nicht betrunken, aber warum schleuderte der Kart? Plötzlich ein starker Drall. Kam er von außen oder von innen? Bleierne Schwere überkam sie. Bitte jetzt nicht, dachte sie noch, bitte nicht auf meinem Fest. Dann sackte sie zusammen und ihre Hände fielen vom Lenkrad. Es ging blitzschnell und doch wie in Zeitlupe. Die Streckenbegrenzung raste auf sie zu. Mit verschleiertem Blick und nach Luft schnappend versuchte sie, ihren Kart auf Spur zu bringen. Vergeblich. Ihr Kopf wurde nach hinten geschleudert, ihr Körper in dem engen Gefährt zusammengedrückt. Alles verschwamm in ohrenbetäubendem Krachen, rasenden Schmerzen.

Rote Fahne. Das Rennen wurde abgebrochen. Polina hing reglos über dem Lenkrad, die hellblauen Augen starr und weit offen. Aus ihrer Nase rann Blut.

2.

Kriminalrätin Marion Kraefft war bereits auf dem Nachhauseweg, als die Meldung des Lagedienstes der Polizei hereingekommen war: weibliche Leiche bei Kartrennen. Fremdverschulden nicht auszuschließen.

Sie hatte sofort gewendet und im Kommissariat ihre Sachen zusammengesucht. Vor zehn Jahren war sie das letzte Mal an einen Tatort gerufen worden, bevor sie, ihrem kleinen Sohn zuliebe, aus dem aktiven Dienst der Kriminalpolizei ausgeschieden war zugunsten der regelmäßigen Arbeitszeiten der Innenverwaltung. Tu einfach deine Arbeit, dachte Marion, diese Arbeit verlernt ein Kriminalpolizist nie. Würden die Kollegen heutzutage Vernehmungen gleich vor Ort eintippen? Zur Not hätte sie ja ihr Smartphone. Sicherheitshalber packte Marion Diktiergerät, Kladde, Stift ein, griff noch ein Päckchen Papiertaschentücher, geweint wurde an Tatorten öfter. Die Zeit, die Thermoskanne mit Kaffee zu füllen, nahm sie sich nicht. Ja, und die Lesebrille, die hatte sie früher nicht gebraucht.

Die Kartanlage lag außerhalb Berlins und Marion brauchte eineinhalb Stunden, um hinzukommen. Vor dem Aussteigen prüfte sie im Rückspiegel, ob die Wimperntusche, mit der sie gern ihre braunen Augen betonte, nicht in der Julihitze verlaufen war. Dann stieg sie aus, zupfte an ihrer hellen Sommerhose herum, die nach der langen Autofahrt an den Schenkeln klebte, kontrollierte die Knöpfe ihrer Bluse. Einblicke an unpassender Stelle führten bei einer Vorgesetzten schnell zum Autoritätsverlust.

Vor der Kartanlage standen Einsatzfahrzeuge der Schutzpolizei und der Feuerwehr. An das Gefühl erinnerte sich Marion genau, dieses Kribbeln, wenn sie zum Tatort fuhr. Der Auftakt ihrer Arbeit: der Blick auf die Leiche, der erste prägende Eindruck, der für die mühsame Ermittlungsarbeit motivierte.

Sie bemühte sich, nicht loszustürmen und nahm den gemessenen Schritt der Einsatzleiterin ein. Ihr Gang war leicht und dank ihrer regelmäßigen Yogaübungen geschmeidig. Sie hielt den kleinen Quarzstein in der Hand, goldbraun gestreift, glatt geschliffen und wahrscheinlich durch vieles In-die-Hand-Nehmen noch glatter geworden.

Marion zeigte den Schutzpolizisten, die den Eingang kontrollierten, ihren Dienstausweis. Sie strich sich mit der Hand die Haare aus der Stirn, die jetzt braun getönt waren, in dem Farbton wie früher. Den Mut, als Graukopf durchs Leben zu laufen, hatte sie nun doch nicht.

Ein kräftiger Mann im verschwitzten T-Shirt eilte auf sie zu. Marion stellte sich freundlich lächelnd vor, aber der Mann hörte gar nicht hin und sah sie auch nicht an.

»Die ander'n sind im Büro«, stieß er hervor.

Welche anderen, hätte sie gern gefragt, aber es schien klüger, erst mal diesen fremden Ort auf sich wirken zu lassen.

Das Büro lag in einem weiß getünchten Betonraum mit einem großen Fenster zur Kartbahn. Einziges Mobiliar waren ein Holztisch mit Computer-Anlage, ein Regal mit Motorsport-Heften und Pokalen aus glänzendem Blech und ein paar Plastikstühle. An den Wänden hingen Plakate von Rennfahrern.

Zwei Kollegen der Kripo waren bereits dabei, den Vorfall zu protokollieren. Die haben mich nicht rechtzeitig unterrichtet, dachte Marion. Sie gab den Kollegen die Hand. Der eine, ein Mann Anfang zwanzig, blass und mit sandfarbenen Haaren, stellte sich als Kommissar Marcel Liwicki vor. Den anderen, einen durchtrainierten Mittvierziger mit vollem dunklem Haar, hatte sie schon bei ihrer Vorstellungsrunde kennengelernt: Hauptkommissar Beckmann. Er war der Chef des Kommissariats gewesen, bis sie dazu gekommen war.

»Wie ist die Lage?« Sie wählte die Frage des Kommissars aus der gleichnamigen Fernsehserie der Siebzigerjahre, um die Situation zu entkrampfen. Aber dann fiel ihr ein, dass die Krimis aus einer Zeit stammten, zu der die meisten Kollegen noch gar nicht geboren waren. Für die beiden war sie mit ihren achtundfünfzig Jahren eine alte Schachtel, die kurz vor ihrer Pensionierung noch einmal Frontluft schnuppern wollte. Vielleicht würde sie mal von alten Zeiten erzählen dürfen. Ihre Frage nach dem Sachstand wurde denn auch mit Schweigen beantwortet.

»Sie waren ja schon fleißig«, fügte sie hinzu in der Hoffnung, dass ihre neuen Kollegen ihr jetzt berichten würden. Die beiden mussten kapieren, dass in Zukunft ohne sie nichts ging.

»Wir sind immer gut vorbereitet, wenn wir mit hochgestellten Persönlichkeiten zusammenarbeiten«, sagte Hauptkommissar Beckmann mit grimmigem Lächeln und zog betont langsam seine Kladde heraus. Ehe er etwas berichten konnte, stürmte der Betreiber der Bahn herein.

»Meine Techniker haben die Karts durchgecheckt. Wie vor jedem Rennen. Bremsen, Belege, alles okay.«

»Gleich, Herr …«, sagte Marion freundlich.

»Krukowski.« Dem Mann lief der Schweiß über die Schläfen.

»Es gab eine Kollision der Karts Nummer sieben und Nummer dreizehn«, sagte Kommissar Liwicki, ehe Marion ihre Frage nach dem Sachstand ein drittes Mal stellte. »Fahrzeug dreizehn wurde durch die Luft geschleudert, überschlug sich und landete an der Streckenbegrenzung. Die Fahrerin wurde tot geborgen.« Er hielt inne und blickte schnell zu Beckmann.

Anscheinend auch ein Neuer im Team, dachte Marion beruhigt. »Was ist mit Kart Nummer sieben?«

»Is' merkwürdig.« Liwicki brach ab, suchte offensichtlich nach einer Erklärung. »Das Fahrzeug is' geborgen. Der Fahrer is' weg.«

»Weg?«

»Wir klären das schon auf«, sagte der junge Kommissar verlegen. »Es gab Aufregung nach dem Crash und als Feuerwehr und

Schutzpolizei da waren und sich alles ein bisschen beruhigt hatte, war der Mann weg.«

»Aber wir haben die Personalien?« Marion hörte die Alarmglocken. Ihr kriminalistischer Instinkt hatte sie während der zehn Jahre in der Verwaltung doch nicht verlassen.

Liwicki zuckte die Achseln. »Der Kartbahnbetreiber hat alle Teilnehmer aufgelistet. Es sind auch einige Mitarbeiter von russischen Geschäftspartnern und Kunden mitgefahren.«

»Bitte klären Sie, wer den Kart Nummer sieben gefahren hat. Kann ich jetzt die Tote sehen?«

»Die Spurensicherung war schon da. Danach habe ich die Tote zur Rechtsmedizin bringen lassen«, schaltete sich Beckmann ein.

»Wie können Sie ...« Am liebsten hätte Marion mit dem Fuß aufgestampft. Der Auftakt jeder Tatortarbeit war ihr genommen: der Blick auf die Leiche, solange sie unberührt war, ehe die Leute von der Spurensicherung kamen, alles vermaßen, fotografierten, aufkratzten, einsammelten. »Konnten Sie die Identität der Toten klären?«

»Polina Karova. Russin«, sagte Beckmann, um eine modulierte Aussprache des russischen Namens bemüht. »In der Garderobe lag ihr Autoschlüssel.« Der Kommissar nannte einen BMW-Typ und seine Stimme hatte einen bewundernden Klang. »Die Frau war wohl was Höheres. Im Wagen lag Geschäftspost.«

»Und?«

»Sie war bei Karstaedt und Theissen, das is' das Unternehmen, das hier gefeiert hat«, ergänzte Liwicki.

»Karstaedt und Theissen ist 'ne Riesenfirma, die haben die Platte in Hohenschönhausen saniert.« So wie der Hauptkommissar das sagte, war deutlich, dass er selbst nicht in einem Plattenbau wohnte. Ein Wessi, dachte Marion instinktiv. Aber eine Wessi war sie auch, wenn sie auch das alte Ost-Berlin aus Besuchen kannte. Dagegen schien Kommissar Liwicki, jedenfalls nach seinem Namen, polnische Wurzeln zu haben.

»Der Herr Karstaedt war nich' da und der Herr Theissen is' zurück in die Firma«, schaltete sich jetzt beflissen der Kartbahnbetreiber ein, der durch das Fenster beobachtete, wie Polizisten die

Rennstrecke fotografierten. »Woll'n Sie mit ihm reden? Ich sag' Ihnen die Adresse.«

»Gleich.« Marion lächelte. Sie würde in die Geschäftsräume der K & T GmbH fahren. Und zwar allein. »Ich wusste gar nicht, dass Rennfahrer auch Sekt produzieren lassen«, sagte sie zu Krukowski, der immer wieder mit dem Taschentuch sein Gesicht abtupfte. Sie deutete auf eine Batterie von Flaschen, deren Etikett Sebastian Vettel mit einem Glas in der Hand zeigte. Das milde Lächeln Beckmanns machte ihr sofort klar, dass sie sich als Nichtkennerin des Motorsports geoutet hatte.

Krukowski schien ihre Unkenntnis in Sachen Merchandising ebenso zu empfinden. Er wirkte sicherer und schaltete den PC an. »Hier.« Er deutete auf eine Datei. »Dieses Jahr hab' ich bereits über fünfzig Rennen gehabt. Nie was passiert.«

»Wie ist übrigens Ihr Name?«, fragte Marion den immer noch grinsenden Hauptkommissar. »Ich habe ihn vorhin nicht richtig verstanden.«

Das Grinsen erstarb. »Horst Beckmann. Erster Kriminalhauptkommissar.«

»Können Sie mir jetzt die Bahn zeigen?« Marion wollte raus aus dem nach verschwitzter Kleidung riechenden Büro. Und außerdem wollte sie wenigstens einen Zeugen finden. Sie ging mit Krukowski einen neonbeleuchteten Gang entlang zur Zuschauertribüne. Neben dem Glaskasten der Rennaufsicht standen Vitrinen mit Rennfahrer-Equipment. Rote Helme, weiße Handschuhe aus durchbrochenem Leder, rote T-Shirts. Die Tribüne war leer, offensichtlich hatte die Schutzpolizei für die Räumung gesorgt. Auf einem Tisch am Boxeneingang stand noch die Siegertrophäe, eine messingfarbene Trinkschale auf einem langen Ständer. »Den Pokal wollte sie unbedingt haben«, sagte Krukowski betrübt. »Kann der mit in den Sarg?«

»Das hängt davon ab, was die Angehörigen wollen. Erzählen Sie mir was über die Rennstrecke. Ich hab' ja nicht viel Ahnung vom Kartsport.«

Der Bahnbetreiber grinste ein bisschen. »Das Motodrom hier hat zweitausendfünfhundert Meter.« Krukowski stützte die tätowierten Arme in die Hüften.

Aha, Motodrom, dachte Marion. Sie beobachtete, wie ein Tieflader vom hinteren Teil der Rennstrecke Räder und Wrackteile heranfuhr, um sie an einen Ort zu schaffen, wo sie untersucht werden sollten. »Sie haben doch sicher eine Teilnehmerliste?«

»Klar doch. Die Fahrer haben bei uns das Qualifying absolviert.«

Was war nun wieder ein Qualifying? Marion unterdrückte die Frage. Sie würde nachher im Kommissariat recherchieren. »Wir werden überprüfen, ob alle Vorschriften eingehalten wurden. Da gibt es doch diese Flaggenregeln.« Zum Glück hatte sie in der Übertragung eines Formel-1-Rennens, das sie mit ihrem Sohn angeschaut hatte, Flaggen schwenkende Leute gesehen.

»Alles okay, sag' ich doch.« Krukowski hatte seine Sicherheit wieder verloren. Er betrachtete die mit Aufräumungsarbeiten beschäftigten Männer in ihren rot-gelben Schutzanzügen und schluckte. »Die Frau hat sich halt überschätzt.«

»Haben Sie beim Rennen gefilmt oder fotografiert?«

Der Mann schüttelte den Kopf. »War doch ein Firmen-Event. Gefilmt werden nur richtige Rennen.«

Marion bedankte sich bei Krukowski für die Auskünfte und ging zu Liwicki, der die Arbeiter befragte und etwas schrieb. Also gab es noch die gute alte Kladde.

»Sie bringen die kollidierten Karts gerade zur polizeitechnischen Untersuchung.« Liwicki deutete auf den Kran, der das Chassis des Karts Nr. 13 mit seinen Greifzähnen aufnahm und auf einen Lastwagen hievte, auf dem bereits Nr. 7 stand.

»Bei Wartungsmängeln ist Krukowski wegen fahrlässiger Tötung dran«, sagte Marion.

Liwicki nickte. »Gibt ein viel größeres Problem«, sagte er zögernd. »Der Rennleiter meint, Kart Nummer sieben hat die Nummer dreizehn bewusst gerammt und Frau Karowa aus der Bahn geschleudert.« Er deutete auf einen Mann im blauen Overall, der gerade die Streckenbegrenzung untersuchte. »Es sind Gummireifen entfernt worden.«

Marion wandte sich ihm ruckartig zu. »Der Unfall wurde bewusst herbeigeführt?«

Liwicki fasste sich an die Nase und nickte. »Ich schreib' das in den Tatortbericht. Wegen unserer Zuständigkeit und so.«

»Gut«.

»Übrigens«, sagte Liwicki leise und schnell, denn Beckmann näherte sich. »Nich' dass Sie denken, wir hätten Sie zu spät vom Einsatz unterrichtet. Wir waren unterwegs und einfach näher am Ort.«

Marion lächelte erleichtert. »Danke.«

Liwicki senkte den Kopf und kritzelte etwas in seine Kladde.

»Ich hab' vom Krukowski jetzt die Teilnehmerliste«, sagte Beckmann. »Fünfundzwanzig Leute, zum Teil Russen, nach den Namen. Hoffentlich sind die nich' weg auf Nimmerwiedersehen.«

Marion entschloss sich, dem Hauptkommissar die Ermittlungen im Kartcenter zu überlassenen, mochte der seine Kenntnis im Motorsport beweisen. »Und sorgen Sie bitte dafür, dass die Angehörigen von Frau Karova unterrichtet werden.«

Beckmann sah sie mit gerunzelter Stirn an. »Auch Russland«, sagte er genervt.

»Ich möchte noch einen Blick ins Auto der Toten werfen.«

»Wir haben bereits ...«, begann Beckmann, verstummte jedoch wieder. »Kommen Sie mit«, sagte er dann durch die Zähne.

Der BMW war nachtblau lackiert und auch das feine Leder der Sitze hatte diese Farbe. Ein frischer Parfumduft hing im Innern. Was auffällig vom makellosen Auto abstach, war ein Haufen Kleider in Plastikfolien, die wohl aus der Reinigung kamen, mehrere hingeworfene Schuhe und nachlässig auf dem Beifahrersitz ausgebreitete Geschäftspapiere.

»Handschuhe?« Marion streifte die dünnen Handschuhe über und griff den obersten Brief. Kyrillische Schriftzeichen. Er stammte von einer Behörde in Omsk, soweit Marion das entziffern konnte. »Sibirien.« Sie unterdrückte ein Stöhnen. Ausland, das bedeutete Dolmetscher, Amtshilfeersuchen an die russische Polizei, Verständigungsschwierigkeiten und viel Zeitaufwand.

Marion zog die Handschuhe wieder aus, verabschiedete sich und ging zu ihrem Auto. Kaum hatte sie Platz genommen, gab sie die von Krukowski genannte Adresse in Lichtenberg-Hohenschönhausen in ihr Navigationsgerät ein.

3.

Ein riesiges Schwarz-Weiß-Foto dominierte die Wand des Entrées der Karstaedt & Theissen GmbH in Lichtenberg-Hohenschönhausen. Es zeigte den oberen Teil eines alten Männergesichts. Buschige Brauen, schmale, von Falten umkränzte glasklare Augen, ein direkter Blick, als beobachte der Mann jeden, der die Eingangshalle betrat: »Arnold Karstaedt, 2012.«

Am Empfangstresen aus weißem Marmor telefonierte eine junge Frau mit aufgetürmtem schwarzem Haar als Marion eintrat.

»Kraefft. Kriminalpolizei. Ich möchte bitte einen der Chefs sprechen.«

Die Schwarzhaarige fuhr zusammen, starrte auf den Kripoausweis. »Augenblick«, stotterte sie, »da muss ich erst mal fragen geh'n.« Dann lief sie, so schnell ihr das in ihrem langen, engen Kleid möglich war, durch die Halle.

Marion sah sich derweil um. Reinigungskräfte waren dabei, die Spuren der 25-Jahr-Feier zu beseitigen. Auf einem Wagen standen gebrauchte Sektgläser und Schalen für Fingerfood, die Partytische wurden gerade weggeräumt. Über allem hing ein abgestandener Geruch aus Parfum, Alkohol, Essensresten.

Kurze Zeit später sah sie einen hochgewachsenen Mann im schwarzen Anzug aus dem Aufzug steigen. Sie hatte den Eindruck, dass er sich beherrschen musste, nicht hektisch auf sie zuzulaufen. Der Mann hatte ein schmales, straffes Gesicht mit dunklen Augen und starken Brauen, kurz geschnittene, an den Seiten graue Haare. Sie schätzte ihn auf etwa fünfzig.

Marion stellte sich vor und zeigte ihren Dienstausweis.

Der Mann warf einen kurzen Blick darauf und atmete tief durch. »Ich bin Johan Ludwig Theissen, der Juniorpartner«, sagte er. »Sie wollen sicher mit mir sprechen wegen des … Unglücks.« Seine Haltung war offen, aber das schiefe Lächeln zeigte seine Anspannung.

Marion reichte Theissen die Hand. Da sah sie, dass ihm links Teile des Mittelfingers und des Ringfingers fehlten. Hatte dieser elegant wirkende Mann mal zu fest zugepackt?

»Ich entschuldige mich für den unprofessionellen Empfang«, sagte Theissen. »Die junge Dame ist Praktikantin. Sie ist völlig durcheinander. Wie wir alle. Was für eine Tragödie.« Der Unternehmer machte eine Handbewegung zum Aufzug. »Wir gehen nach oben in den Konferenzsaal, da ist bessere Luft.«

Er führte sie durch die Halle, die von Stellwänden mit Vorher-nachher-Fotos sanierter Plattenbauten umgeben war. Erst graue Hochhäuser, dann mit farbigen Fassaden und Balkonen ausgestattete Wohnhäuser. Das Karstaedt-&-Theissen-Museum.

Sie fuhren hoch bis zum elften Stock. Dann traten sie in einen Raum, der die gesamte Fläche der Etage einnahm, mit Fenstern zu allen Seiten. Hier oben war es frisch und luftig.

»Die Fenster lassen wir meist offen. Hier steigt niemand ein.« Theissen breitete die Arme aus, so weit es ging, ohne Marion zu berühren. »Möchten Sie etwas trinken?«

Marion hatte Durst, wollte aber vor den Augen ihres Zeugen nicht die Trinkflasche herausholen. »Ein Glas Mineralwasser, bitte.«

Während der Mann in die Kaffeeküche ging, blickte sie sich um. Die Lammellenjalousien waren geöffnet, langsam wurde es draußen dämmerig. Es war immerhin acht Uhr. In den Ecken zwischen den Fensterfronten gab es Regale mit Architektur- und Kunstbildbänden. An der Wand hing ein Bilderträger mit einem vergrößerten Foto von Theissen, dem Juniorpartner, mit Schutzhelm auf einer Baustelle stehend, die Hand zum Victoryzeichen erhoben. Daneben ein Foto, das Polina Karova als lachende Frau zeigte. Ihr gewaltsamer Tod musste für die Firma eine Katastrophe sein. Marion dachte an die Mitteilung Liwickis, dass Polina von einem anderen Kart bewusst gedrallt und an die Streckenbegrenzung getrieben worden war, an der jemand die schützenden Gummireifen entfernt hatte. Stand Mordverdacht im Raum, würde die Schlagzeile über den Tod der jungen Managerin die glänzende 25-Jahr-Feier von Karstaedt & Theissen verdrängen.

Sie betrachtete eine Vitrine, in der unterschiedliche Waffen ausgestellt waren. Jagdflinten, Büchsen mit Zielfernrohren, Kurzwaffen. Während sie näher trat, um Fabrikat und Machart zu studieren, kam der Juniorchef mit einem Tablett zurück, auf dem eine Flasche Mineralwasser und zwei Gläser standen.

»Herr Karstaedt und ich gehen öfter jagen«, sagte er. »Unser Seniorpartner hat eine Jagd in der Schorfheide, noch aus DDR-Zeiten. Ich kann Ihnen gern die einzelnen Waffentypen erläutern. Aber als Polizistin wissen Sie sicher Bescheid über Vorder- und Hinterlader, gezogene Läufe und ihre Beschleunigungswirkung auf das Projektil.«

»Ihre Erläuterungen wären sicher interessant.« Sie nahm sich vor, umgehend die Jagdscheine der beiden Unternehmer zu überprüfen. »Aber da ein Gewehr bei dem Kartunfall Ihrer Mitarbeiterin keine Rolle gespielt hat, möchte ich Ihre Zeit nicht verschwenden.«

Theissen bot Platz am großen, ovalen Konferenztisch an. Zwölf Stühle mit hoher Lehne standen drum herum. Sie setzten sich über Eck, er an die Kopfseite, wahrscheinlich sein üblicher Platz, sie auf den ersten Platz der Seite.

»Haben Sie etwas dagegen, wenn ich rauche?«

Marion verneinte und der Mann zündete sich eine Zigarette an, wofür er zweimal ansetzen musste.

Sie holte das Diktiergerät heraus und nahm seine Personalien auf. Johan Ludwig Theissen, neunundvierzig Jahre, Immobilienunternehmer, wohnhaft in Berlin-Dahlem. Gute alte West-Berliner Lage.

»Ich bin dankbar, dass mir eine erfahrene Kriminalistin gegenübersitzt. Sie werden schnell herausfinden, dass die Kripo in unserer Firma kein Tätigkeitsfeld hat.« Er lächelte und Marion war trotz seiner anmaßenden Äußerung überrascht, wie nett und sympathisch sein Gesicht wurde. »Ein paar Reporter waren schon bei mir im Büro. Hören offensichtlich den Polizeifunk ab. Ja, was wollen Sie wissen?« Er nahm einen schnellen Zug und beantwortete seine Frage selbst, ehe Marion einhaken konnte. »Frau Karova hat die Idee mit dem Kartrennen aus Russland mitgebracht. Sie hat die Jubiläumsfeier vorbereitet.« Theissen hob die Brauen und sie dachte, dass er nicht begeistert von Polinas Idee gewesen war.

»Haben Sie auch am Rennen teilgenommen?«

»Mit hoher Geschwindigkeit immer im Kreis herumfahren, um nirgendwo anzukommen, nein danke.« Das eben noch sympathische Lächeln verhärtete sich. »Frau Karova liebte die Geschwindigkeit. Sie wollte das Rennen unbedingt gewinnen. Das passte zu ihrer Natur. Sie machte auch gern Spritztouren mit ihrem neuen BMW.« Er lachte unecht. »Ich hoffe, die Hintergründe dieses, äh, Unglücksfalls werden schnell geklärt.« Er sagte das in einem Ton, als gäbe er eine Anweisung.

Sie ärgerte sich über seine Art, bereits jetzt den Todesfall als tragische Angelegenheit ohne Bezug zur Firma darzustellen. »Hatte Frau Karova Feinde?«, fragte sie provokant.

»Hier in der Firma nicht. Warum fragen Sie das überhaupt? Es war doch ein Unglück.«

»Regen Sie sich nicht auf. Das ist eine übliche Frage.«

»Schauen Sie her.« Theissen hielt ihr seine linke Hand mit den beschädigten Fingern hin. »Autobombe radikaler Gegner meines früheren Bauprojekts. Die sitzen aber nicht hier, sondern außerhalb.«

Marion berichtete von den Geschäftsunterlagen im BMW der Toten. »Frau Karova hatte anscheinend Beziehungen zu russischen Baufirmen. Können Sie mir etwas darüber sagen?«

Theissen fuhr zusammen. »Frau Karova hatte einen Großauftrag in Omsk an Land gezogen. Errichtung eines ganzen Neubauviertels. Omsk liegt im Süden von Westsibirien. Da kam sie her.«

»Das war doch sicher ein Projekt der Firma und nicht allein von Frau Karova?«

»Ich war gegen Omsk«, sagte Theissen scharf. »Ich habe gern den direkten Überblick über meine Bauvorhaben.« Er beugte sich vor, legte die Unterarme auf den Konferenztisch und blickte sie an. »Sie haben schon recht, Sie sind Kriminalistin. Die Spur führt nach Sibirien. Ich hatte immer die Befürchtung, dass es dort Geschäftsfeinde gibt, die auf das Projekt scharf sind. Vielleicht ist sogar die Mafia involviert.«

Marion hatte den Eindruck, dass der Juniorchef mit aller Macht den Verdacht nach Russland lenken wollte. Ihr Part ist noch nicht erledigt, Herr Theissen, dachte sie. »Etwas interessiert mich noch. Frau Karova kam aus Sibirien?« Sie blickte auf das Poster.

»Polina stammte von Russlanddeutschen ab.« Der Unternehmer zog an seiner Zigarette, stieß Rauch aus und blickte ihm hinterher, als müsste er sich sammeln. »Sie ist bei ihrer Großmutter in Omsk aufgewachsen. Ihr Vater starb früh und die Mutter kümmerte sich nicht. Polina kam nach ihrem Architekturstudium nach Berlin und heuerte hier an.«

»Sie hat es in der kurzen Zeit weit gebracht.«

»Sie hat Vorentwürfe für Bauwerke gemacht, Investoren gesucht und gefunden, sie konnte überzeugen, war sehr hartnäckig. Und sie sprudelte über vor Ideen, da musste ich manchmal bremsen.« Der Unternehmer stand auf, stieß dabei mit dem Bein an den Stuhl, dass er ein Stück über das Parkett rumpelte. »Wenn Sie gestatten, hole ich mir jetzt einen Whisky. Möchten Sie auch einen?«

Marion verneinte. »Eine schöne Frau wie Polina hatte doch sicher einen Freund«, fragte sie, als sich Theissen bereits abgewandt hatte.

Er drehte sich abrupt um. »Über Polinas Liebesleben bin ich nicht im Bilde. Und ehe Sie noch danach fragen …«, er verschränkte die Arme, »ich gehörte nicht zu den Verehrern Polinas. Ich bin seit Langem liiert.« Er ging in Richtung der Kaffeeküche und zog sich dabei das schwarze Jackett aus.

Marion blickte Theissen mit zusammengekniffenen Augen hinterher und diktierte dann einen Vermerk über seine Angaben.

»Entschuldigen Sie den aggressiven Ton«, sagte er, als er nach einiger Zeit mit einem Whisky on the rocks wiederkam. »Mein Herzschlag hat sich beruhigt.« Er lächelte und wieder staunte Marion über die angenehme Veränderung seines Gesichts. »Um Ihre Frage nach der privaten Beziehung zu beantworten: Es gibt jemanden, der Polina lange kannte. Auch ein Russlanddeutscher. Er folgte ihr, als sie bereits in der Firma arbeitete. Ein tüchtiger Mann, Ingenieur, und so haben wir ihn eingestellt. Er ist meist auf auswärtigen Baustellen. Polina nannte ihn Mischa. Kürzel von Michail. Nachname Petrov, aber mehr weiß ich nicht.«

Sie bedankte sich für die Auskunft. »Sie haben Frau Karova als begabt, ehrgeizig, fleißig beschrieben. Weitere besondere Charakteristika?« Eigenschaften, Vorlieben, Hobbys waren beim Entwurf eines Täterprofils gute Hinweise für den Polizeipsychologen.

»Schön, jung, hungrig. Eine typische Frau aus dem Osten, die hier Fuß fassen wollte.«

»Nicht so klischeehaft.« Marion war erstaunt über die plötzliche Distanz in Theissens Beschreibung.

»Ich habe mit Frau Karova ausschließlich geschäftlich zu tun gehabt«, sagte der Mann widerwillig. »Ich weiß, dass sie gern tanzen ging, meist mit russischen Freunden, aber viel Freizeit nahm sie sich nicht. Sie arbeitete ständig an ihren Russland-Projekten.« Er erhob sich und wanderte mit dem Whiskyglas in der Hand durch den Raum. Marion hatte nicht vor, ihren Zeugen mit so einer vagen Aussage zu verabschieden, und blieb sitzen.

»Sie haben meine Frage noch nicht ausreichend beantwortet.«

»Polina war eine Frau, die das Rampenlicht genoss, hart dafür arbeitete, verdammt gescheit war und verdammt zäh.« Er setzte sich wieder, was Marion mit Zufriedenheit sah. »Sie hatte einen Komplex wegen ihrer Herkunft und versuchte, Minderwertigkeitsgefühle zu kompensieren. Immer einen Zahn zu viel drauf, entschuldigen Sie die saloppe Ausdrucksweise. Sie verfügte über ein titelseitenreifes Lächeln, über scharfen Witz. Konventionen lehnte sie ab, nahm kaum einen Rat an. Jede ihrer sprunghaften Ideen probierte sie aus. Mein Partner und ich haben manches gefährliche Engagement ausbügeln müssen. Polina hatte eine Ausstrahlung, als ob sie unter Strom stünde.«

Marion dachte an verletzte männliche Eitelkeit. Theissen schien die Wirkung seiner Schilderung zu ahnen.

»Polina hatte große Verdienste um die Erneuerung der Firmenstrukturen«, setzte er hinzu. »Wir haben viel neues Publikum. Immer mehr junge Leute lieben den praktischen Zuschnitt der Platte und das nahe Einkaufscenter. Es kommen Kunden, die nichts mehr von der Teilung der Stadt wissen, die hier einfach guten, zweckmäßigen, preiswerten Wohnraum suchen. Altersgenossen Polinas. Es wird verdammt schwer werden ohne sie.« Er schluckte, aber Marion hatte das Gefühl, dass die Rührung nur gespielt war.

Sie stand auf und ging zur Glasfront.

»Ich führe Sie gern einmal herum«, sagte er. »Atemberaubender Blick über den Stadtteil. Zum Entspannen liege ich öfter mal hier auf dem Sonnendeck. Zu dieser Abendstunde bietet sich die Westseite an. Sonnenuntergang über der Skyline.«

Die Terrasse zog sich rundum. Kübelpflanzen gaben ein grünes Bild. Auf jeder Seite standen Korbmöbel und Liegestühle. Die Panoramasicht war überwältigend. Das Reich von Karstaedt & Theissen. Eine Siedlung aus renovierten Wohnblöcken in unterschiedlicher Höhe, dazwischen Parkplätze, Buddelkästen, Grünanlagen, durchschnitten von geraden Straßen, in denen sich Auto um Auto schob.

»Wir haben gerade ein Kunstprojekt.« Er war dicht neben sie getreten. »Kennen Sie die Gegend hier?«

Marion verneinte.

»Ich komme auch aus dem alten West-Berlin. Man erzählte mir, dass die Bewohner von Hohenschönhausen zu DDR-Zeiten etwas Individuelles in die Plattenbauten bringen wollten. So haben sie in den Achtzigerjahren die Hauseingänge mit selbst gemalten Bildern verschönert. Häufig Motive für Kinder, damit die ihr Haus wiederfinden sollten. Maulwurf, Marienkäfer, Sandmännchen, auch mal ein Südsee-Bild. Das alles wurde später leider übertüncht. Aber jetzt hat unsere Firma einen Künstler beauftragt, um die alten Malereien wieder neu zu beleben.«

»Eine gute Idee«, sagte sie höflich.

Im Westen versank gerade eine rote Sonne in blaugrauen Wolken. Dem Himmel so nah, dachte Marion ironisch. Sie hatte das Gefühl, dass der Juniorchef weg vom Mordverdacht und hin zu Plaudereien über die Verdienste von Karstaedt & Theissen wollte. »Könnte ich jetzt kurz mit Ihrem Seniorpartner sprechen?«

»Sie wissen es wohl nicht«, entgegnete er theatralisch. »Der Partner musste leider eine Haftstrafe antreten. Man hat ihm Steuerhinterziehung und Bestechung vorgeworfen.«

»Welche Strafe hat er denn bekommen?« Von einer Verurteilung Arnold Karstaedts hatte sie nichts gehört.

»Zweieinhalb Jahre. Viel zu viel. Herr Karstaedt ist ein großer Unternehmer, der mir die Hand gereicht hat zum Geschäft mit dem Osten. Ich bin seit 1992 dabei. Hier oben haben wir viele große Bauvorhaben entwickelt.« Theissen blickte demonstrativ ins Weite.

Marion befürchtete, dass er jetzt wieder über die sanierten Plattenbauten sprechen würde.

»Herr Karstaedt hat Polina in die Firma geholt«, sagte er stattdessen. »Sie war so, wie er es sich von seinem einzigen Kind erhofft hatte. Sein Sohn zog es aber vor, freischaffender Künstler zu sein. Maler auf einer südlichen Insel.« Er lachte. »Hier an den Hauseingängen hätte er jetzt ein Betätigungsfeld.«

»Kinder sind häufig nicht so, wie man sie gerne hätte.« Sie dachte an ihren sechzehnjährigen Sohn, der ein bisschen Gitarre und ein bisschen Fußball spielte, nichts für die Schule machte und ständig in sein Smartphone starrte. »Entschuldigen Sie die private Bemerkung«, sagte sie. »Sie hören von mir. Wir werden als nächstes das Fahrzeug der Toten untersuchen, in ihre Wohnung gehen, Kollegen, Freunde, Nachbarn befragen, dann warten wir auf das Ergebnis der Obduktion …«

»Polina wird obduziert?«, unterbrach er sie erstaunt. »Es ist doch ganz klar ein Unfall.«

»Für einen Kriminalisten ist gar nichts klar.« Marion blickte über die Brüstung nach unten. Elf Stockwerke tiefer sah sie ihren alten Mercedes auf der Straße stehen. Schnell trat sie einen Schritt zurück. Sie war froh, dass ihr Zimmer in der Morddirektion im zweiten Stock lag. Genug, um vom Straßenverkehr verschont zu sein, aber nicht zu viele Etagen von der Erde getrennt.

Sie gingen wieder in den Konferenzsaal und Marion steckte ihr Diktiergerät ein, um zu zeigen, dass die Befragung jetzt abgeschlossen sei.

»Motorsport ist eine gefährliche Sache«, sagte Theissen zum Abschied. »Der Tod von Frau Karova wird hoffentlich zu höheren Sicherheitsstandards führen.«

Es klang wie ein Statement gegenüber einer Motorsport-Gazette. Und es klang, als wolle er noch einmal betonen, dass es ein tragischer Unglücksfall war.

4.

»Ich wollte immer der Erste sein. Das war mir ja in die Wiege gelegt.«

Zur gleichen Zeit als das Kartrennen stattfand, ging der Seniorpartner Arnold Karstaedt in der kleinen Bibliothek der Justizvollzugsanstalt Tegel auf und ab. Lotte Kraus, seine langjährige Sekretärin und ehemalige Geliebte saß an einem Tisch am vergitterten Fenster, den Block vor sich, und stenografierte seine Lebenserinnerungen mit. Wie immer bei ihren häufigen Besuchen hatte sie ihm zuerst berichtet, was der Juniorpartner Johan Ludwig Theissen geschäftlich veranlasst hatte, und ihm wichtige Post gezeigt. Die Bediensteten begnügten sich mittlerweile mit oberflächlichen Kontrollen des mitgebrachten Schriftwechsels. In knapp einem Jahr würde Arnold entlassen werden und in Kürze Freigang erhalten.

Sie waren allein. Die Aufsicht, eine Justizbedienstete und ein Häftling, der als Kalfaktor Hilfsdienste leistete, hatten sich rücksichtsvoll zurückgezogen, als Arnold und Lotte die Bibliothek betraten. Sie spürte Bewunderung auf den Einfluss, den Arnold sich selbst hier unter ungünstigen Bedingungen verschafft hatte. Er vertrieb sich die Zeit damit, die Gefängnisbibliothek neu zu ordnen und sie brachte ab und an auf sein Geheiß bestimmte Bücher mit, um sie hier einzustellen. Für ihn stand ein PC bereit, an dem er manchmal Bauwerke skizzierte. Dienstag und Donnerstag hielt er Hof und formulierte für Häftlinge offizielle Schreiben. Manchmal gab es hinterher einen Kreis mit russischen Insassen, mit denen er sich in ihrer Sprache unterhielt, um seine in Schule und Studium erworbenen Kenntnisse zu pflegen. Arnold hatte auch manchmal mit Polina russisch gesprochen und Lotte fühlte sich dann ausgeschlossen, obwohl sie in der Polytechnischen Oberschule mehrere Jahre Russischunterricht gehabt hatte. Es war diese besondere väterlich-liebevolle Beziehung, die Arnold veranlasste, mit der jungen Frau in ihrer Muttersprache zu sprechen.

Nachdem Lotte von undichten Dächern, wartungsbedürftigen Heizanlagen und krakeligen Graffiti auf den Fassaden berichtet und

Arnold eine Überweisung über 25.000 Euro für Malerarbeiten gezeigt hatte, stand die Biografie an.

»Alles kam anders«, setzte er fort.

Sie griff zum Füllfederhalter. Wie Arnold legte sie Wert auf gutes Schreibmaterial und er ließ ihr alles, was sie benötigte, über die Firma zukommen.

»Mein Vater fiel im Krieg und unsere Villa in Pankow wurde 1948 enteignet.«

Arnold ging zum Fenster, blickte kurz durchs Gitter, bevor er fortfuhr. »Schreib lieber: Während der sowjetischen Besatzungszeit wurde die Villa enteignet. 1949 mit Gründung der DDR wurde sie dann in sozialistisches Volkseigentum überführt. Das muss man heute schon klarstellen, wo nicht alle mehr die politischen Hintergründe kennen.«

Sie korrigierte den Satz. Als ehemalige Kontoristin des Wohnungsbaukombinats Berlin-Hohenschönhausen hatte sie das Festhalten von Sprache von der Pike auf gelernt und sie war daran gewöhnt, dass Arnold seine Lebenserinnerungen nicht in zeitlich geordneten Bahnen niederlegte, sondern unvermittelt Erinnerungen und Gedanken hervorbrachte, die er in historische Abläufe einfügte, wieder korrigierte, von alten Genossen zu neuen Geschäftspartnern sprang und zwischendurch anordnete, dass ihm ein Brief, ein Zeitungsartikel oder ein bestimmtes Foto in die Haft gebracht werden sollte.

»Mutter fiel in Depression. Während sie über ihre Enteignung und die Beschränkungen, die das sozialistische System den Bürgerlichen auferlegt hatte, jammerte, musste ich mich, seit ich sechs Jahre alt war, um den Haushalt kümmern.«

Arnold lief die paar Meter auf und ab, die in der kleinen Bibliothek möglich waren. Es schien Lotte, als fühlte er große Unruhe. Er war früher Leistungssportler gewesen und hatte zwischen Geschäftsbesprechungen auch mal fünfzig Kniebeugen und Liegestützen gemacht. Aber jetzt, mit fünfundsiebzig Jahren, machten seine Knie und die Armmuskeln nicht mehr mit. Vor zehn Jahren hatte er künstliche Hüftgelenke bekommen, nie geklagt, sondern immer noch täglich mit Hanteln, Geräten und Ergometer trainiert.

Du bist sehr hart mit dir, hatte sie manches Mal gesagt, aber sie wusste auch, dass er stolz darauf war.

Er diktierte weiter. »Freie Deutsche Jugend, mit achtzehn in die SED. Schulabschluss, Militärdienst in der NVA, Ingenieurstudium mit Pflichtstudiengang Marxismus-Leninismus, Mitglied im Freien Deutschen Gewerkschaftsbund und der Gesellschaft für Deutsch-Sowjetische Freundschaft. Verdienter Aktivist. – Hast du die Fotos mit?«, fragte er übergangslos.

Sie kramte in ihrer großen Tasche, die mittlerweile von einem französischen Designer stammte. »Hier.« Sie reichte ihm ein Schwarz-Weiß-Foto, das sie in Arnolds Firmenbibliothek gefunden hatte.

Er lachte auf, als er sich als Vierzehnjährigen im Jahr 1954 betrachtete: weißes Hemd, blaues Halstuch, die Fahne schwenkend. »Mitglied der Jungpioniere. Was war ich stolz. Gibt's dieses gestickte Emblem noch?«

Sie nickte. Als sie Arnold verhafteten, ihn einfach aus seinem Büro holten, hatte sie weinend seinen Bereich aufgeräumt und dabei in einem Sieger-Pokal aus einer Betriebssportveranstaltung zahlreiche Erinnerungsstücke gefunden. Wimpel, Anstecknadeln, die blauen Rangabzeichen der politischen Kinder- und Jugendorganisationen. Erst ein Streifen, dann zwei als Gruppenratsvorsitzender, dann drei, als er Freundschaftsratsvorsitzender wurde.

»Seid bereit«, murmelte Arnold die alte Losung vor sich hin. »Immer bereit!« Er hob die rechte Hand zum typischen Gruß, der Daumen zeigte zum Kopf und der kleine Finger zum Himmel. Auch später, als er längst Ingenieur war, grüßte er manchmal so die Belegschaft. »Es herrschte eiserne Disziplin, aber auch Kameradschaft. »Meine Mitarbeiter wussten, dass ich ihnen nicht mehr abforderte als mir selbst.«

Lotte schrieb. Sie war froh, ihn heute besuchen zu können. So hatte sie die von Polina Karova organisierte Firmenfeier gleich nach der Festrede Theissens verlassen und konnte dieses dämliche Kartrennen schwänzen. Arnold war entsetzt gewesen, als er von diesem Event zur 25-Jahr-Feier hörte. Gefährliche Spielereien für große Leute, nannte er es. Sie blickte auf ihre Armbanduhr. »Das Rennen dürfte vorbei sein.«

Sein Blick verfinsterte sich. Sie kannte diese Veränderung, als schiebe sich eine Trennwand vor die hellblauen Augen. »Konnte Johan Polina das nicht ausreden?«

Sie schüttelte den Kopf. Auch sie fand die Idee verrückt, eben typisch für die junge Russlanddeutsche mit ihren überbordenden Ideen.

Er diktierte weiter: »Das Kollektiv, das stets im Mittelpunkt stand und für meine Idee der individuellen Förderung wenig Interesse zeigte, nervte mich immer mehr. Ich schwamm nur noch im Rahmen der sozialistischen Organisationen mit, weil ich sonst nicht als Ingenieur hätte aufsteigen können. Ich war ein Macher und habe schon als Kind erkannt, dass ich mich in der DDR anpassen musste.« Arnold betrachtete ein Foto, das ihn im Baukombinat mit Kollegen zeigte. Lotte sah, dass seine Hand zitterte.

»Ach, das ist ja Günther«, sagte sie. Sie wusste von Arnolds altem Freund und Kollegen, der eines Morgens nicht zur Arbeit gekommen und nie mehr aufgetaucht war.

Damals, in den Achtzigern, hatte sie für Arnold Berichte erfassen müssen. Sie mochte es nie, andere zu beobachten, aber sie fügte sich. Wie stand es mit der Planerfüllung? Wer hatte Westverwandtschaft oder hörte verbotene Sender? Wer trank Exportsekt oder kochte Bohnenkaffee? Welche Frau duftete nach Westparfum?

Einmal hatte er herausfinden wollen, wer der Urheber von Aufschriften in Dunkelrot auf der Fassade war: »Überleben ist nicht genug! Wir wollen frei sein!!« Lotte erinnerte sich an eine heftige Auseinandersetzung zwischen Arnold und seinem Schulfreund Günther, technischer Mitarbeiter im Kombinat, der sich vom Systemkritiker zum Dissidenten entwickelt hatte. Von dem Tag an, als er seine Parolen auf das Firmengebäude geschmiert hatte, war Günther verschwunden. Arnold hatte gesagt, er würde jetzt woanders arbeiten.

»Du konntest Günther nicht weiter dulden«, sagte Lotte schnell. »Du standst kurz vor deiner Beförderung zum Direktor.«

Er legte das Foto mit der Bildseite nach unten auf den Tisch. »Hab viel nachgedacht, über den Günther. Die Nächte hier sind sehr lang. Warum musste der seine Verweigerung allen auf die Nase binden? Anpassung war gefragt. Na ja, die Geschichte mit Günther ist was für den Gefängnispfarrer heute Abend«, sagte Arnold. »Ein Christ und ein Atheist diskutieren über den Sinn des Lebens.« Er lachte auf nicht-fröhliche Art.

»Lass uns anstoßen, Arnold, auf Karstaedt und Theissen.« Lotte versuchte, das Gespräch in erfreuliche Bahnen zu lenken. Sie hatte zum Tag der 25-Jahr-Feier eine Flasche Champagner mitgebracht und die Bibliotheksaufsicht hatte Gläser zur Verfügung gestellt. Lotte schenkte ein und wartete, dass er mit seinem Glas das ihre berühren würde.

»Was macht Sibirien?«, fragte er zum Ende der Sprechzeit.

Sie zuckte mit den Schultern. »Um Russland kümmere ich mich nicht«, sagte sie heftig. »Das gehört Polina.«

»Das Projekt ist verdammt groß«, sagte er. »Ich konnte Polina nicht mehr unterstützen. Ich habe ein ungutes Gefühl.«

»Johan macht doch mit«, sagte sie. Aber sie wusste von Streitigkeiten zwischen Polina und dem Juniorpartner um eine Finanzierungslücke. »Ich gehe jetzt nach Hause. Hab meine Arbeit für heute erledigt. Jetzt bin ich müde.« Lotte lächelte kokett. »Bin ja nicht mehr ganz jung.« Sie fuhr sich durchs Haar.

»Aber unersetzlich.« Er trat auf sie zu.

Sie legte ihre Stirn auf seine Schulter. Ja, es hatte andere Zeiten gegeben. Mit Arnold. Vor der Wende. Danach ließ er sich scheiden. Aber ihre Hoffnung, dass er nun sie heiraten würde, erfüllte sich nicht. Er hatte im neuen System nur noch Arbeit. Und dann kam Polina in die Firma und gewann sein Herz.

5.

Michail Petrov bewohnte eine Zwei-Zimmer-Wohnung in einem sanierten Plattenbau, der in der Nähe des Karstaedt-&-Theissen-Gebäudes lag. Nach der Befragung Theissens hatte Marion in einem thailändischen Imbiss eine Frühlingsrolle verzehrt und Kaffee getrunken. Dann entschied sie sich, noch bei dem Mann vorbeizufahren, den Theissen als Freund Polinas bezeichnet hatte.

Der Eingangsbereich des elfstöckigen Hochhauses befand sich in einem nachträglich angebrachten Vorbau mit großem Klingeltableau. Auf jeder Etage gab es vier Wohnungen. Marion klingelte, aber es rührte sich nichts. Es war jetzt fast zehn Uhr abends. Vielleicht hatte Petrov vom Tod seiner Freundin noch nichts erfahren, weil er als Ingenieur auf einer auswärtigen Baustelle war.

Marion klingelte bei anderen Mietern. Wenigstens wollte sie in den Flur kommen, um ihre Karte in den Briefkasten zu werfen, damit Petrov sie anrief.

»Was wollen Sie?«, bellte ein wahrscheinlich beim Fernsehen aufgestörter Bewohner durch die Gegensprechanlage, nachdem sie vier verschiedene Klingelknöpfe gedrückt hatte.

»Entschuldigen Sie bitte, ich muss dringend einen Bekannten sprechen. Michail Petrov.«

»Na, viel Spaß.« Jetzt klang die Stimme deutlich interessierter. »Der is' gerade zurück mit 'ner Wodkaflasche in der Hand. Wahrscheinlich is' er gekündigt worden.«

»Wie furchtbar«, sagte Marion in der Hoffnung, dass der Nachbar nun öffnen würde. »Es ist gut, wenn jetzt jemand mit ihm spricht.«

Endlich ertönte der Türöffner. Sie nahm die Treppe bis ins vierte Stockwerk, weil sie sich bewegen und dabei noch etwas nachdenken wollte. Eine Flasche Wodka in der Hand, also hatte Petrov vom Tod Polinas erfahren?

Sie klingelte, niemand öffnete. Vielleicht lag Petrov schon flach, umgehauen vom Alkohol? Sie klingelte nochmals, diesmal lange. Nichts. Sie öffnete den Briefschlitz und rief in die Wohnung hinein: »Michail Petrov, ich muss Sie dringend sprechen. Mein Name ist Marion Kraefft von der Kripo. Es geht um Polina.«

Sie wartete und legte ihr Ohr an die Tür. Nach einer Weile hörte sie schwere Schritte, dann wurde ein Riegel beiseitegeschoben und die Tür um einige Zentimeter geöffnet. Ein Mann um die dreißig stand im Türspalt. Vielleicht sah er gut aus, aber jetzt war sein Gesicht gerötet, mit Schweiß überzogen und seine Augen klein und verheult. Alkoholgeruch umfing ihn.

»Was wollen Sie?«

»Kann ich mal kurz reinkommen?«

»Ich bin nicht in der Lage, mit Ihnen zu sprechen.«

Marion seufzte. Er wusste es. Und es war sicher nicht die beste Situation, einen Zeugen zu befragen. Andererseits war Petrov viel auf auswärtigen Baustellen, hatte Theissen gesagt. »Es zählt jeder Tag, wenn man einen Mörder sucht«, sagte sie absichtlich dramatisch. »Ich möchte nicht hier im Treppenhaus mit Ihnen sprechen.«

Petrov öffnete die Tür und ließ sie in die Wohnung. Er trug nur T-Shirt und Unterhose. Während er ihr voraus ins Zimmer ging, blickte sie sich schnell um. Im Flur lagen Sachen herum, in der Küche stapelte sich verschmutztes Geschirr, auf Tisch und Fußboden standen Bier- und Wodkaflaschen mit unterschiedlichen Pegelständen. Eine Flasche war umgekippt und ausgelaufen.

»Polinas Tod ist ein fürchterlicher Verlust«, sagte er leise und blieb mitten im Zimmer stehen. Er sah so verloren aus, dass Marion ihn fast gebeten hätte, irgendwo Platz zu nehmen. Das weißblonde Haar stand ihm zu Berge und sein Gesicht war geschwollen.

»Mein Beileid. Wir werden tun, was möglich ist.« Sie versuchte, Ausdruck in die Stimme zu legen, aber sie hatte schon zu oft Todesnachrichten überbracht, als dass sie an der Trauer hätte teilhaben können.

Das Zimmer, in dem sie standen, wurde offensichtlich zum Wohnen und Schlafen benutzt. Die Bettcouch war nicht gemacht, Kissen und Decke lagen verstreut auf dem Fußboden und auf dem niedrigen Couchtisch stand eine einzelne Sandale. Der Fernseher lief.

»Ich ertrage die Stille nicht«, sagte Petrov auf Marions Blick hin.

»Wie war Polina als Mensch?«, fragte sie in der Hoffnung, auf der emotionalen Ebene etwas über die Tote herauszufinden.

»Großartig, wunderbar.« Petrov kehrte die Handfläche nach außen. »Die in der Firma wissen gar nicht, was sie an ihr verloren haben …« Er begann zu weinen und lief auf den Flur. Eine Tür klappte zu. Offensichtlich war er ins Bad gegangen. Lautes Schnäuzen drang nach draußen.

Er kam wieder herein und entschuldigte sich. »Möchten Sie etwas trinken?« Er zeigte auf die offenen Wodkaflaschen neben dem

Bett und lachte bitter auf. »Nur ein Scherz. Ich kann Ihnen einigermaßen kühles Leitungswasser anbieten.«

»Danke, ich habe wirklich Durst.« Sie dachte, dass sie sogar ein Gläschen Wodka trinken würde, wenn das nur dazu führte, dass dieser unglückliche Mann etwas über Polina sagte.

Petrov schniefte und ging in die Küche.

Sie überlegte, ob sie ihr Diktiergerät herausholen sollte, aber es schien ihr in dieser Situation unpassend. Sie würde ihm eine Ladung zur Vernehmung schicken, sobald er sich beruhigt hatte.

Er kam mit einem Glas Wasser wieder, dem Marion ansah, dass es nicht abgewaschen war. »Sie waren ein guter Freund der Toten?« Sie setzte das Glas an die Lippen und trank ein paar Schlucke. Hier oben in der ungelüfteten Wohnung waren bestimmt noch dreißig Grad.

»Ich war ihr Verlobter«, sagte er in seinem slawischen Tonfall mit rollendem »R« und dem kehligen »Ch«. »Wir kennen uns seit der Schulzeit, sind in derselben Gegend aufgewachsen, waren an derselben Uni. Dann ging sie nach Deutschland und für mich war klar, dass ich ihr folgen würde.«

»Haben Sie einen Verdacht?«

Er zuckte mit den Schultern. »Sie hatte in letzter Zeit Streit mit dem Juniorchef.«

Marion nickte. »Ich habe eben mit Herrn Theissen gesprochen. Er erzählte von einem Großprojekt in Omsk.«

Das Gesicht Petrovs verfinsterte sich. »Er wollte einen Überbrückungskredit für das Projekt nicht mittragen. Der Mann versteht vom Ostgeschäft überhaupt nichts. Da geht nichts mit westlicher Geschäftstüchtigkeit.«

»Sie wollen doch nicht sagen, dass der Firmenchef seine Managerin umbringt wegen Uneinigkeit über ein Bauprojekt?«

Petrov fuhr hoch. »Nur weil Theissen ein smarter Unternehmer ist, der gepflegtes Deutsch spricht, besteht kein Verdacht?« Sein Gesicht war voller Hass.

Marion seufzte. »Polina wurde beim Kartrennen gerammt, überschlug sich und erlitt tödliche Verletzungen. Herr Theissen hat am Rennen nicht teilgenommen.«

»Eben! Das war keine Affekttat. Das war professionelle Arbeit. Und Theissen hat den Killer bestellt.« Petrov lachte in einer Weise auf, als würde er durchdrehen.

»Ich sehe immer noch kein Motiv für Herrn Theissen«, sagte sie schnell, um den Gefühlsausbruch des Zeugen zu stoppen.

»Kein Motiv? Polina ist ihm zu gefährlich geworden.« Seine Stimme war heiser. »Polina stand an der Schwelle zur Teilhaberin. Sie hat nur gewartet, dass Karstaedt aus der Haft kommt.«

»Sicher?« Marion spürte ihr Herz schlagen.

»Polina hat gesagt, dass Karstaedt alles für ihren Eintritt in die Firma vorbereitet hatte. Er ist fünfundsiebzig. Er braucht einen Nachfolger.« Petrov begann ruhelos hin- und herzulaufen.

»Gab es vielleicht russische Geschäftsfeinde wegen des Projekts in Omsk?«

Er starrte Marion an. »Wie kommen Sie darauf … Hat Theissen Ihnen das eingeredet?«

»Verdammt, ich gehöre zur Kripo und ich suche einen Täter.« Sie wurde unwillkürlich laut.

»Ach, und der Täter kommt natürlich aus Russland. Wie bequem!« Petrov lachte schallend und unecht. »Ich finde, Sie sollten jetzt gehen.«

Marion erhob sich. Sie würde von dem Mann jetzt nichts mehr erfahren. Als sie schon in der Tür stand, drehte sie sich noch einmal um. »Vielleicht hat sich Frau Karova in Russland Feinde gemacht. Das Bauprojekt in Omsk scheint für sie sehr wichtig gewesen zu sein.«

Petrov sprang auf und trat so schnell auf Marion zu, dass sie befürchtete, er werde sie anspringen. »Nun aber raus hier!«

Sie wich zurück und warf beim Gehen ihre Karte auf den Fußboden, denn im Flur gab es keinen Tisch. Sie atmete durch und sagte dann mit sanfter Stimme: »Rufen Sie an, wenn Sie mir etwas sagen möchten.«

Sie verließ die Wohnung. Bei einem letzten Blick sah sie, dass Petrov reglos dastand und ihr mit geöffnetem Mund hinterherstarrte.

Marion nutzte einen der Stopps vor roten Ampeln auf ihrem langen Weg von Lichtenberg-Hohenschönhausen nach Zehlendorf, um ihren Sohn anzurufen. Heute Morgen hatte Sascha nur ein Auge geöffnet, als sie sich verabschiedete, um ins Kommissariat zu fahren. Angeblich begann die Schule erst zur dritten Stunde. Sie gab Saschas Nummer ein, kam aber nur bis zur Mailbox.

»Hey, hab grad was anderes vor oder keine Lust. Rufe vielleicht zurück.«

Sie ärgerte sich über die unpräzise Ansage, aber die war typisch für ihren sechzehnjährigen Sohn. Immer unverbindlich, bloß nicht festlegen. Da war er wie sein Vater. Beim Gedanken an René musste sie lächeln. 1997 hatte sie ihn in einem Café in Friedrichshain kennengelernt. René war Jazz-Musiker. Und DDR-Dissident. 1988, kurz vor der Maueröffnung, hatte ihn die NVA an der Grenze festgenommen und er wurde inhaftiert. Er hätte nur ein Jahr warten müssen, aber das war nicht Renés Sache. Marion hatte sich in den dreizehn Jahre jüngeren Mann verliebt, weil er anders war. Er komponierte Lieder, schrieb Gedichte und Geschichten für sie, kochte mit wenig Geld geschmackvolle Gerichte. Er tat ihr so gut wie kein anderer Mann vor ihm. Sie beging den Wahnsinn, im Alter von zweiundvierzig Jahren ein Kind zu bekommen und es allein aufzuziehen. Ein gemeinsames bürgerliches Leben wäre mit René nicht möglich gewesen. Um mehr bei ihrem Sohn zu sein, verließ sie ihren unregelmäßigen Dienst, obwohl sie gern als Kriminalpolizistin arbeitete, und trat in den 9-17-Uhr-Dienst des Ministeriums ein.

Sie sprach auf Saschas Mailbox, dass es doch nett wäre, heute Abend zusammen ein Bierchen zu trinken. Dann ging es wieder ein paar Meter weiter.

Es war fast Mitternacht als sie in die schmale, mit Siedlerhäusern bebaute Straße an der Krummen Lanke einbog. Sie hätte sich gern mit einem Bad im nahen See abgekühlt, aber das über den Himmel zuckende Wetterleuchten hielt sie davon ab. Früher wäre sie noch schwimmen gegangen, auch im Dunklen, das Handtuch lag ja im Auto. Dann eben morgen früh, bevor sie in die Direktion fuhr. Sie blickte zu ihrer schmalen Doppelhaushälfte und sah, dass alle Fenster erleuchtet waren. Freude schoss hoch. Sascha war also doch zu Hause.

Beim Aufschließen hörte sie zwei Männerstimmen. Der Kindsvater war da, oder wie sie manchmal sagte: ihre große Liebe. René saß mit Sascha in der Küche und sie unterhielten sich über das letzte verkackte Spiel einer Mannschaft in der Champions League, die Marion nicht kannte und für die sie, erschöpft wie sie war, auch kein Interesse mehr heucheln konnte.

»Wie schön, René«, sagte sie. »Ich zieh mich kurz um.« Sie ging ins Bad, kämmte ihr Haar. Sie wusch es oft, damit es weich und füllig fiel. Gegen die Frisur war nichts einzuwenden, aber gegen ihr angespanntes Gesicht. Es hatte zahlreiche einsame Abende gegeben, an denen Renés Besuch sie mehr gefreut hätte als nach diesem anstrengenden Tag. Sie würde vielleicht noch eine Stunde aushalten, dann musste sie ins Bett. Die spitze Falte zwischen ihren Augenbrauen hatte sich im Laufe des Tages tief eingegraben. Mit einem Sechzehnjährigen und einem Jazz-Sänger mit unregelmäßigen nächtlichen Arbeitszeiten konnte sie es nicht mehr aufnehmen. Aber die beiden schienen sie auch gar nicht zu brauchen. Ehe sie in Selbstmitleid versank, machte Marion eine Entspannungsübung aus dem Yoga. Stirn, Nase, Mund, alles zusammenziehen. Zitronengesicht machen, nannte sie das, und dann lockern.

Als sie wieder in die Küche kam, schlug ihr der wunderbare Duft eines mit Käse überbackenen Auflaufs entgegen. René hatte Küchenhandschuhe angezogen und holte gerade die Form aus dem Backofen. Und Sascha, sie traute ihren Augen nicht, stellte Teller und Gläser auf den Küchentisch. Sie musste schlucken. Ihre beiden Jungs hatten auf sie gewartet, hatten Essen vorbereitet, freuten sich auf sie.

»Ich hole Rotwein«, sagte sie. Auf der Kellertreppe zog sie einmal kräftig die Nase hoch und stand eine Weile vor ihrem Weinregal. Immer wenn René sie besuchte, in unregelmäßigen Abständen und meist unangekündigt, tranken sie den Wein ihres Kennenlernens, einen Chianti, den sie *il amorone*, die große Verliebtheit, getauft hatten. Aber in all den Jahren der Doppelbelastung war die Beziehung zu René auf seltene Treffen zusammengeschrumpft. In den frühen Jahren war meist ihr kleiner Sohn dabei und Marion erinnerte sich an kurze intime Zusammentreffen während seines Mittagsschlafes, wobei sie immer ein Ohr zum Kind hatte. Da sie aber mittags meist keine Zeit hatte und abends, wenn Sascha endlich schlief, erschöpft zusammensank, wurde aus der Liebesbeziehung mit René nach und nach eine gute platonische Freundschaft. Immerhin, denn es gab auch Männer, mit denen Marion nichts mehr zu tun haben wollte.

Sie nahm den *amorone* in den Arm, trug ihn wie ein Baby nach oben, entkorkte ihn, schenkte ein, auch für Sascha. Sie stießen an und machten sich über den Auflauf her. Marion aß mit Genuss, während sie ihren beiden Männern vom Stand ihres neuen Falles berichtete.

»Aha. Tödlicher Crash auf der Kartbahn, der Verlobte meint, der Chef der Firma hat einen Killer angeheuert, weil er hinter der Frau her war und sie ihn nicht wollte«, fasste Sascha ihren Bericht zusammen und gähnte. »Oder weil er das Geschäft der Frau haben wollte und sie ihm im Weg stand.«

»Ich wollte euch nicht mit Details belasten«, sagte sie, doch etwas gekränkt über die nüchterne Betrachtung ihres aufregenden Tages. Aber so war ihr Sohn. Solange sie ihm nicht den grandios zur Strecke gebrachten Killer präsentieren würde, interessierte es ihn nicht. Daran waren bestimmt all die Filme und Computerspiele schuld, die Reizschwelle war halt höher.

Renés Interesse schien dagegen größer zu sein. »Den Karstaedt kennen viele Ältere in Hohenschönhausen. ›Vom Zoni zum Global Player‹, so hat der Alte seine Entwicklung nach der Wende beschrieben. Was für eine Karriere für den alten Betrüger!« Er zwinkerte ihr zu. Sein linkes Auge war kleiner als das rechte, was ihm ein interessant ungleichmäßiges Aussehen gab, und die Falten drum herum zeugten von seiner starken Mimik.

»Im Foyer des Firmengebäudes hing ein riesiges Foto von Arnold Karstaedt«, sagte sie. »Aber nur die Augenpartie. Als würde er alles überwachen.«

»Davon kannst du ausgehen.« René lachte, aber seine Augen waren jetzt in die Ferne gerichtet. Er hatte mit neunzehn Jahren die harte DDR-Haft für Dissidenten und Flüchtlinge kennengelernt, war aber zum Glück nach wenigen Monaten entlassen worden und hatte keine psychischen Schäden davongetragen.

»Hast du schon mal im Internetportal ›Zur Siegerjustiz und zum Unrechtssystem der BRD‹ gelesen?«, fragte René und rollte mit den Augen.

»Nie davon gehört.«

»Das solltest du mal tun. Da äußern sich die Enttäuschten, die Abgehängten.«

»Arnold Karstaedt ist nicht in meinem Fokus.« Marion wandte sich ihrem kalt gewordenen Auflauf zu. »Er sitzt ein wegen Steuerhinterziehung und Bestechung. Ich habe einen Mord aufzuklären und keine Zeit zur Aufarbeitung möglicher Machenschaften in der DDR.«

»Die DDR lebt weiter, zumindest in einigen Gehirnen«, sagte René. »Wer so viel Geld mit einer umgewandelten DDR-Baufirma gemacht hat, hat schon in der DDR Wurzeln gehabt. Es sind dieselben, die damals andere bespitzelt und verraten haben, um Karriere zu machen.«

Marion zog es vor, darauf nicht zu antworten. Renés Leben als junger Oppositioneller in der DDR war kein Thema zwischen ihnen gewesen und sie verstand das.

Sascha hob plötzlich den Kopf von seinem Smartphone und grinste. »Das Heute hat seine Wurzeln in der Vergangenheit«, deklamierte er. »Irgend so'n Spruch, aus der Philosophie-AG.«

Ich bin erwachsen und habe die Schule als Jahrgangsbeste abgeschlossen, habe Architektur an der Uni in Omsk studiert und hervorragende Noten erzielt. Die aufrichtige Freude, dies alles bewältigt zu haben, überstrahlt für einen Augenblick alles andere. Wenn nur nicht hinterher das Gefühl der Gleichgültigkeit und Erschöpfung wäre. Es ist wie mit der Liebe. Ein kurzer Rausch, der die Gegenwart verdrängt, dann die Müdigkeit und der Gedanke, wer kommt jetzt? Liebe ich Michail? Er ist um mich herum und ich bin an ihn gewöhnt. Das Auf und Ab meiner Gefühle strengt mich an. Ich muss hier weg.

Polina Karova, Omsk, im Oktober 2006

Donnerstag, 2. Juli

6.

Am nächsten Morgen um kurz vor acht, etwas vor der mit den Kollegen verabredeten Zeit, stand Marion im marmorgefliesten Entrée der Gründerzeitvilla, in dem Polina Karova ihre Wohnung gehabt hatte. Marion ging zu dem Briefkasten mit dem Schild »P. Karova« und leuchtete mit ihrer Halogenlampe hinein. Es lag Post darin, aber sie kam mit der Hand nicht tief genug durch den schmalen Schlitz.

»Schönen guten Morgen, Frau Kraefft«, hörte sie eine laute Stimme von oben. Kriminalhauptkommissar Horst Beckmann in schwarzen Jeans und Wildlederblouson lehnte an der Treppe einen Stock höher. Hinter ihm stand der blasse Liwicki.

»Na, haben Sie den Mörder schon gefunden?«

»Wollte mit der Mörderjagd warten, bis Sie da sind.«

Immerhin ging Beckmann auf ihren ironischen Ton ein. Sie stieg zu den beiden Männern hoch und lächelte in die Runde. »Ich freue mich schon auf die neue Tür.«

»Welche Tür?«

»Die wir jetzt aufmachen. Auf der Fachhochschule sagte mein Dozent immer: ›Kinder, wenn ihr nicht reich geboren seid, aber euch trotzdem austoben wollt, dann seid ihr bei der Polente richtig. Wir machen Türen auf, da guckt ein ordentlicher Mensch nie durch.‹«

Liwicki lachte höflich.

»Mit so einem Spruch lockt man heute keine jungen Leute zur Polizei«, sagte Beckmann. »Austoben können wir uns nicht mehr, seit die Anwälte jede Ermittlung für rechtswidrig halten und zum Gericht rennen.«

»Würde bestimmt Spaß machen, die Tür aufzuschießen.« Liwicki deutete auf seinen Pistolenhalfter und grinste.

Auf ihr Klingeln öffnete ein junger Mann im Schutzanzug aus grünem Plastik. »Flur und Küche haben wir durch«, sagte er und verschwand in einem der Räume.

In der Wohnung herrschte die eingeübte Betriebsamkeit der Spurensicherung. Marion hörte leise, präzise Kommandos und Absprachen, während sie auf der Schwelle zum Wohnzimmer stehen blieb. Schränke und Schubladen waren geöffnet, einer der Männer puderte mit einem Pinsel einen Couchtisch ein, um Fingerabdrücke abzunehmen. Marion spürte Aufregung und Neugier. Ja, eine fremde Tür aufmachen, mochte Beckmann den Spruch auch altmodisch finden.

Ein Mann mit rasierter Glatze trat auf Beckmann zu. »Na, Kollege, schöne Wohnung, könnte man direkt neidisch werden.«

»Viel hat sie ja nicht mehr davon.«

Marion hielt sich etwas abseits und versuchte, ihren ersten Eindruck von Polinas Räumen nicht durch das Gewusel verfälschen zu lassen. Die Einrichtung war elegant und zeitgemäß, weiße Wände, mit hellem Stoff bezogene Sessel und Sofas, Parkett, abstrakte Bilder, überwiegend in Rot und Blau gehalten, eine chromblitzende offene Küche. Und doch wirkte die Wohnung auf Marion fremd und erstaunlich. Polina hatte überall bestickte Deckchen, seidige Kissen, Kerzenhalter verteilt. Auf dem gläsernen Couchtisch stand eine Vase mit Stoffrosen. Marion dachte an das Chanson von Hildegard Knef: »Für mich soll's rote Rosen regnen«. Und daran, dass genau dieses Lied zur Beerdigung einer guten Freundin gespielt worden war. An der Wand hing ein Ölgemälde, das eine Kiefernlandschaft zeigte, anscheinend eine Erinnerung an Polinas Heimat Sibirien, daneben waren ein Bärenfell und zwei Fuchsschwänze angebracht. Es war, als habe die junge Frau eine von einem Innenarchitekten hergerichtete Wohnung übernommen und überall Zeichen ihrer Herkunft und Persönlichkeit darauf gesetzt.

»Schon was gefunden?« Marion trat auf Beckmann und seinen Gesprächspartner zu und stellte sich vor. Sie erntete wieder einen der erstaunten Blicke, an die sie sich langsam gewöhnte.

»Steltner, Leiter der Spusi«, sagte der Mann mit dem rasierten Haarschnitt. »Bisher nur das Übliche. Post, ein Laptop, kyrillische

Buchstaben, auf dem Anrufbeantworter viele Mitteilungen in Russisch. Dauert ein bisschen mit der Auswertung.«

Marion trat zu den Bücherregalen an der Wand. Eine Reihe mit Bildbänden »Unsere DDR«, von der Gründung 1949 bis zum Mauerfall 1989. Sie sah staunend, dass Polina Passagen, die sie für wichtig hielt, unterstrichen hatte. Jahreszahlen, Ministerpräsidenten, Gesetze. Aus einem Band fiel ihr ein Foto entgegen. Polina, in Jeans, neben einem Mann um die Sechzig. An den buschigen Brauen über glasblauen Augen erkannte sie sofort Arnold Karstaedt. Der Seniorchef hatte locker den Arm um Polina gelegt, auch er trug Freizeitkleidung, strahlte trotzdem etwas Majestätisches aus. Polinas langes blondes Haar war windzerzaust und sie lachte in überschwänglicher Weise die Welt an. Das Foto schien Vater und Tochter zu zeigen, die sich gut verstanden, oder einen älteren Mann mit einer sehr jungen Geliebten. Aber warum hatte Polina dieses Foto im Bildband versteckt?

»Wer macht eigentlich das Protokoll?«, fragte sie Beckmann.

»Immer der Jüngste.« Beckmann zeigte grinsend auf Liwicki, der auf einem hohen Hocker an der Küchentheke saß und die einzelnen beschlagnahmten Gegenstände in eine Liste eintrug.

»Das Foto nehme ich mit«, sagte sie zu Liwicki, ohne genau zu wissen, warum. Es war ein Gefühl, dass die Beziehung Polinas zu Karstaedt für ihre Ermittlungen wichtig werden konnte.

Liwicki trug ein: ein Farbfoto Arnold Karstaedt und Polina Karova, Mai 2008.

Eine ganze Reihe im Regal nahmen die Werke russischer Schriftsteller ein. Tolstoi, Dostojewski, Pasternak. Hatte die klassische russische Literatur Polina etwas bedeutet oder benutzte sie diese als Statussymbol? Marion griff nach einem Anton-Tschechow-Band, weil ihr ein Lesezeichen aufgefallen war.

Wer, wie der Zugvogel, Rettung sucht
durch Wechsel des Ortes, der findet sie nicht,
denn für ihn ist die Welt überall gleich.

Sie starrte eine Weile auf den Text und steckte ihn dann instinktiv in die Tasche ihrer Jeansjacke. Diesen Fund in die Beschlagnahmeliste eintragen zu lassen, hätte ihr bestimmt einen erstaunten Blick von Liwicki eingebracht.

Im Schlafzimmer waren an beiden Seiten große Schränke mit Spiegeln, in einer Ecke stand ein Heimtrainer. Der goldglänzende Bettüberwurf lag auf dem Boden. Die Kollegen von der Spusi hatten die Türen des Spiegelschrankes geöffnet und Polinas Kleidung nach Notizzetteln oder Kassenbons und die Bettwäsche nach Speichel, Sperma, fremder DNA abgesucht. Alles, was vor zwei Tagen noch Polinas Privatsphäre gewesen war, würde auseinandergenommen und in seine Bestandteile zerlegt werden.

»Schau mal her«, sagte Steltner und grinste in einer Art, die Marion widerwärtig fand. »Eine versteckte Kamera in der Nachttischlampe. Dreimal dürfen Sie raten, was die Dame gefilmt hat.« Er lachte laut, nahm die Kamera und ging ins Wohnzimmer zurück, um sie Beckmann zu zeigen.

Das mit der Kamera war in der Tat merkwürdig, aber vielleicht stammte sie auch vom Vorbesitzer der Wohnung. Beckmann würde das sofort klären, da war sie sich sicher. Marion wandte sich wieder der Einrichtung zu.

Auf dem Hocker vor dem Toilettentisch lag ein elegantes Geschäftskostüm. Vielleicht hatte Polina es auf der 25-Jahr-Feier von Karstaedt und Theissen tragen wollen, nach dem Kartrennen. Auf der Frisierkommode standen neben Parfumflakons gerahmte Fotos, die Gesichter älterer Männer und Frauen zeigten, einige hatten asiatische Züge.

Sie zog einige Schubladen der Wäschekommode auf, die die Spusi noch nicht untersucht hatte. Dessous quollen ihr entgegen. Viel Satin und Spitze, wenig Stoff. Sie schob die Wäsche auseinander und spürte plötzlich Papier. Etliche Blätter lagen darin, handschriftlich mit Tinte und in kyrillischen Buchstaben beschrieben. Nach den Daten handelte es sich um Tagebuchaufzeichnungen. Ihr Kriminalistenherz machte einen Sprung. Ehrliche, ungeschönte Aufzeichnungen eines Opfers brachten einen häufig auf die Spur. Sie presste die Blätter an sich und trat wieder ins Wohnzimmer.

Die Kollegen von der Spusi waren dabei, Telefon und Computer nach Mitteilungen auszuwerten.

»Nehmen Sie auf: handschriftliche Aufzeichnungen in russischer Sprache.« Marion gab Liwicki die Blätter zum Durchnummerieren. »Müssen sofort übersetzt werden.«

»Der Dolmetscher kriegt zu tun«, sagte Stelltner und zeigte auf einen PC auf dem gläsernen Schreibtisch. »Wieder 'ne russische Tastatur.«

Liwicki stand auf und drehte die Musikanlage an. Nostalgische Musik aus Russland erklang. Hatte das Heimweh Polina gepackt? War es so gewesen wie mit dieser Wohnung? Hier schien ein großes Kind gewohnt zu haben, dem man früh zu viel Geld und zu viel Verantwortung übergeben hatte.

Ein Kollege von der Spusi stöhnte laut. »Jede Menge Auslandsgespräche.« Er starrte ins Display von Polinas Festnetztelefon und schrieb unentwegt Telefonnummern auf. Dann erklang vom Anrufbeantworter eine aufgeregte Männerstimme. Offensichtlich beschimpfte er Polina auf Russisch.

»Machen Sie mir bitte eine Liste aller gespeicherten Rufnummern und werten Sie das Adressbuch aus«, sagte Marion zu Steltner. »Wäre schön, wenn ich Ihren Bericht morgen auf meinem Schreibtisch hätte.«

Steltner kniff die Augen zusammen. »Was denken Sie denn, ich will auch fertig werden«, murmelte er beim Umdrehen.

In diesem Augenblick kam Beckmann eilig aus dem Badezimmer. An seinem glänzenden Gesicht sah sie, dass er einen wichtigen Fund gemacht hatte. »Lithium«, sagte er und fügte fachmännisch hinzu. »Is' ein Medikament gegen die bipolare Störung, früher hat man manisch-depressiv dazu gesagt.«

Sie dachte an Theissens Bemerkung gestern Abend: »Polina hatte eine Ausstrahlung, als ob sie unter Strom stünde.« War eine psychische Erkrankung die Ursache dafür, dass Polina gefährliche Geschäfte eingegangen war?

Marion ging auf den Balkon. Gern wäre sie allein in der Wohnung geblieben, um sich ein Bild von der jungen Frau zu machen, die vor sechs Jahren in Sibirien ihre Reisetasche gepackt hatte, um nach Berlin zu gehen und sicher jede Menge Pläne für die Zukunft gehabt hatte.

Sie trat an die Brüstung, blickte auf die Straße. Es war eine Seitenstraße des Kurfürstendamms mit eleganten Geschäften und Cafés, vor denen Menschen an Tischen auf dem Gehweg saßen, frühstückten, sich unterhielten, lachten, Zeitung lasen. Eben kam die Morgensonne hinter einem hohen Kastanienbaum heraus. Marion hielt ihr Gesicht ins Helle und gähnte. Gegen ein Uhr heute früh hatte sie sich von Sascha und René, die keinen Anflug von Müdigkeit zeigten, verabschiedet und sich in ihr Schlafzimmer zurückgezogen. Um sechs war sie aufgestanden, hatte einen kräftigen Kaffee getrunken und den »Sonnengruß« aus dem Yoga praktiziert, in der Hoffnung auf viel Elan. Aber sie spürte die Kehrseite der Ermittlungen vor Ort. Der Beginn ihrer Arbeit in der Verwaltung hatte sich von acht auf neun und auf zehn Uhr verschoben, seit ihr Sohn es vorzog, dass seine Mutter nachmittags nicht zu Hause war. Jetzt aber bestimmten kriminalistische Notwendigkeiten ihren Rhythmus.

»Na, wie steht's?« Ein älterer Mann stand auf dem Balkon der danebenliegenden Wohnung und pflanzte Petunien in die Kübel. »Hab's in der ›BZ‹ gelesen. War's denn wirklich Mord?«

»Kannten Sie Frau Karova?« Sie hütete sich, vorschnell etwas zu dem Mann zu sagen, von dem sie nicht wusste, ob er als Zeuge taugte. Sein blauer Arbeitsanzug und sein Berliner Zungenschlag ließen vermuten, dass er nicht der Inhaber der eleganten Eigentumswohnung nebenan war.

»Ich seh' die Frau ab und an, wenn ich hier was repariere oder die Pflanzen mache.«

»Ist Ihnen etwas aufgefallen?«

»Die geht oft auf ihren Balkon und telefoniert. Ziemlich laut, aber versteh'n tut man nichts.« Der Mann rieb sich die Nase. »Nur dass sie rumzickt.«

»Zickt?« fragte Marion. »Meinen Sie Streit?«

»Ja, Krach, Zoff. Den hat sie reichlich. Manchmal auf Deutsch. Aber meist redet sie so'n Chinesisch.«

»Russisch.«

»Egal, soll sie. Die is' ja offensichtlich gut im Geschäft, so jung und schon so 'ne Wohnung.«

»Hat Frau Karova mal etwas gesagt, was sie verstehen konnten? Hatte sie Besuch?«

»Den letzten Krach hat sie gehabt mit einem Mann, den hab' ich aber nur einmal geseh'n. Das war auf Deutsch und sie hat was vom Balkon ins Zimmer gerufen.«

»Was?«

»Dass er das nich' mit ihr machen kann, das lässt sie sich nich' gefallen.«

»Und?«

»Was der Mann gesagt hat, hab ich nich' mitgekriegt. Aber er is' weg. Die Tür hat vielleicht gekracht.«

»Wie sah der Mann aus?«

»Hab ihn nur von hinten geseh'n. Groß, feine dunkle Klamotten. Passte hierher.« Der Mann schnäuzte sich in hohem Bogen über die Blumenkübel.

»Wie alt etwa?«

»Vierzig? Fünfzig? Der verschwand ziemlich schnell. Aber als er weg war, hat sie gejammert und geheult.« Der Alte grinste. »Fast hätt' ich sie aus Mitleid zu mir genommen.«

Marion notierte sich Namen und Telefonnummer, was bei dem Mann ein stolzes Lächeln auslöste. »Fällt Ihnen noch etwas ein?«

»Nee. Oder doch. Ging wohl um ein Geschäft. Sie will es haben und er auch.«

»Was für ein Geschäft?«

»Weiß nich'. Aber als der Mann auf die Straße is', hat sie noch hinterhergebrüllt: ›Das is' meins, das nimmst du mir nich' weg!‹«

Marion wollte gerade vom Balkon ins Wohnzimmer gehen, da wurde sie durch den überraschten Ausruf des Mannes zurückgeholt. »Da is' er!«

Sie drehte sich um und blickte seinem ausgestreckten Arm hinterher. Es war Johan Ludwig Theissen, der auf die Straße trat, sich nach rechts und links umblickte und mit schnellen Schritten in Richtung Kurfürstendamm ging. In der Hand trug er Papiere. Ihr erster Impuls war, einen ihrer Kripokollegen hinterherzuschicken und Theissen zu stellen. Der zweite Gedanke war, dass alles seine Ordnung haben konnte. Vielleicht hatte Polina ihm einen Schlüssel gegeben und er wollte Unterlagen für eine Besprechung mit russischen Kunden abholen. Aber warum war er dann nicht in die Wohnung gekommen?

Sie verabschiedete sich von ihren Kollegen und ging einem Impuls folgend nochmals zum Briefkasten und leuchtete hinein. Jetzt war er leer.

Im gleichen Augenblick wurde eine Wohnungstür kräftig zugezogen und schwere Schritte kamen die Treppe herunter. Es war der Arbeiter aus der Nachbarwohnung. »Der hat sich wohl nicht reingetraut?«, sagte er grinsend.

»Sind Sie sicher, dass das der Mann war, der neulich Frau Karova besucht hat?«

Der Mann nickte nachdrücklich. »Hundertpro.«

7.

Er hatte zum Glück nicht geweint. Jemand anders hat ihm bereits die Nachricht vom Tod Polinas überbracht, dachte Lotte Kraus erleichtert.

Arnold wartete heute nicht in der Bibliothek auf sie, um weiter seine Biografie zu diktieren. Er stand in seiner Zelle und starrte durchs kleine, vergitterte Fenster.

»Arnold«, sagte Lotte leise.

Er wandte sich um und ging auf sie zu. Seine Augen waren gerötet und sein dichtes weißes Haar war nicht so sorgfältig gekämmt wie sonst. Er schloss sie in die Arme, zum ersten Mal seit langer Zeit.

»Es tut mir so leid«, flüsterte sie. Sie blieben stehen, Körper an Körper.

Er atmete tief. »Die verdammten Tabletten«, stieß er dann hervor.

Lotte nickte. Sie hatte Polina für überdreht und launenhaft gehalten und Tabletten auf ihrem Schreibtisch gesehen. Das kam halt von zu viel Ehrgeiz, zu viel Kaffee und Zigaretten.

»Polina war seelisch nicht so gesund, wie sie sich gab«, sagte er leise. »Das Bauvorhaben in Omsk hat sie überfordert. Dazu die Konflikte mit Johan.«

Sofort stieg in Lotte Schuldbewusstsein hoch, dass sie Arnold damit belastet hatte. Aber hatte er nicht ein Recht, zu erfahren, dass es in letzter Zeit Machtkämpfe zwischen dem Juniorchef und Polina gegeben hatte? Wenn sie ehrlich war, hatte sie auch ein Gefühl boshafter Genugtuung, endlich schlecht über den Eindringling sprechen zu können.

Noch immer standen sie, eng umschlungen. So könnte es bleiben, dachte Lotte, und schämte sich, dass sie nach Polinas Tod wieder Hoffnung schöpfte.

»Lass mich bitte allein«, sagte er nach einer Weile und löste sich von ihr.

Sie schluchzte auf und verließ die Zelle. Der Schließer warf Arnold einen mitleidigen Blick zu und verschloss die Tür.

Lotte blieb draußen stehen, blickte durch das Fensterchen. Lange stand Arnold unbeweglich, dann kehrte er zu seinem Tisch zurück. Die Decke hatte sie ihm einst zur 40-Jahr-Feier des Wohnungsbau-Kombinats gestickt, dessen Direktor er seit 1980 gewesen war. Rote, stilisierte Bauten, darunter mit Goldfaden: »WBK Berlin-Hohenschönhausen, Wohnungs- und Gesellschaftsbau«, das Ganze mit einem Kranz von roten Rosen und grünen Blättern umgeben.

Auf dem Tisch lag ein Ordner. Arnold schlug ihn auf und suchte ein Bild. Sie wusste welches. Eine junge Frau, die bei einer Firmenfeier neben ihm saß und schüchtern in die Kamera lächelte. Er fuhr mit dem Finger darüber und legte es dann mit der Bildseite nach unten in den Ordner.

Lotte fühlte ihre Tränen rinnen. Es waren nicht Tränen um Polina. Erinnerungen gingen ihr durch den Kopf. 1980 hatte sie als Kontoristin im Baukombinat angefangen und Arnold kennengelernt. Zwanzig war sie, und sie betete ihn an. Über seine Ehe sprach er nicht viel. Nur einmal war Anna-Maria, eine schmale, ernste Frau aus einer Arbeiter- und Funktionärsfamilie, im Betrieb erschienen, einen kleinen Jungen auf dem Arm. Damals fühlte Lotte nichts als Neid und erst später, als sie und Arnold ein heimliches Paar waren, verstand sie, warum er sich nicht von seiner Frau trennte: Sie öffnete ihm in der sozialistischen Gesellschaft Türen. Er, der Sohn aus gutbürgerlichem, verarmtem Haus, ohne Vater und mit einer kränkelnden, depressiven Mutter aufgewachsen, hätte im kritischen Fokus der Genossen und der Stasi gestanden. Arnold konnte sich nicht scheiden lassen und nur der Gedanke, dass er sich innerlich von seiner linientreuen Frau abgewandt hatte, hielt Lotte aufrecht.

Sie blickte sich um, hoffte, dass niemand sie weinend vor Arnolds Zellentür beobachtet hatte, und putzte sich die Nase. Sie zog die Jacke des schwarzen Kostüms aus, das sie trotz der Hitze angelegt hatte, um Arnold zu zeigen, dass sie seine Trauer teilte. Der Verlust Polinas, die er als seine Ziehtochter bezeichnete, würde ihn mehr treffen als die Trennung von seinem Sohn, der sich gleich nach der Maueröffnung als Maler auf die Kanarischen Inseln abgesetzt hatte.

Lotte verließ die Haftanstalt und rief sich zur Ordnung. Ein Gesteck für die Gedenkfeier in der Firma war zu besorgen.

»Nelken?«, fragte Nguyen Thi Hoa, ihre vietnamesische Blumenhändlerin. »Für Liebe und Freundschaft.«

»Oder Lilien?«

»Ist ein älterer Mensch gestorben? Lilien stehen für Trauer, Verbundenheit, Ehrung.« Nguyen Thi Hoa blickte Lotte mitfühlend an. Sie kannten sich seit über zwanzig Jahren. Die Vietnamesin war in den Achtzigerjahren als Vertragsarbeiterin in die DDR gekommen und hatte in einem Betrieb des ehemaligen Wohnungsbaukombinats als Monteurin gearbeitet. Anfang der Neunziger hatte sie sich im Blumenhandel selbstständig gemacht. Sie gehörte zu den Vietnamesen, die eine unbefristete Aufenthaltserlaubnis hatten, fließend Deutsch sprachen und sich als Gewerbetreibende behaupteten.

»Eine junge Frau aus der Firma ist gestorben. Sie war erst achtundzwanzig Jahre.« Lotte versuchte, Betroffenheit zu zeigen.

»Sie können auch Rosen nehmen, vielleicht zum Kranz gebunden.« Nguyen Thi Hoa lief in ihrem Geschäft hin und her, hob rosa und rote Rosen aus den Wassereimern, hielt sie aneinander, fügte noch weiße hinzu.

»Nein. Keine Rosen«, sagte Lotte heftig. Arnold würde Blumen der Liebe vielleicht passend finden. Aber er hatte ja keine Ahnung, wie machtgierig und besitzergreifend Polina während seiner Haftzeit geworden war. »Machen Sie ein schönes Gesteck, Nelken, Calla, alles weiß, nichts Rotes.«

»Soll ein Band mit einem Gedenkspruch an das Gesteck?«

Darüber hatte sie noch nicht nachgedacht. Im Kulturkreis der Blumenhändlerin würden wahrscheinlich Weisheiten von Buddha zitiert und jeder gab positive, gute Erlebnisse mit dem Verstorbenen zum Besten.

»Im ehrenvollen Gedenken an unsere Kollegin Polina Karova«, sagte sie, fand es hohl und nicht treffend genug, aber etwas anderes, Positives fiel ihr zu Polina nicht ein.

»Soll die Firma darunter oder ein bestimmter Name?«

»Im Namen Arnold Karstaedts und seiner Mitarbeiter.«

Johan wollte sie nicht namentlich auf das Band bringen. Die beiden hatten in letzter Zeit zu viel Streit gehabt.

»Nicht zu viel weinen«, sagte Nguyen Thi Hoa. »Es geht der Frau jetzt gut. Trauer und Tränen sind nur Selbstmitleid. Ich werde einen Kranz binden, für den ewigen Kreislauf der Sonne und die Unvergänglichkeit der Seele.«

Als Lotte in die Firma zurückkehrte, schlug ihr die hektische Stimmung entgegen, die sich einstellte, wenn der gewohnte Arbeitsalltag aus den Fugen geriet. Nadja Kowalewski, die Sekretärin Polinas, eilte mit verheulten Augen auf dem Flur vorbei.

»Polina ist tot und die Presse fällt über uns her! Arbeite ich im Info-Center, oder was?«, rief sie Lotte zu und schüttelte ihre karottenrot gefärbten Haare, die sie trotz ihres Alters von Mitte fünfzig offen bis zum Rücken hängend trug. Lotte und sie waren in der Firma die Einzigen, die bereits in den Achtzigern im Baukombinat unter Arnolds Leitung gearbeitet hatten.

»Soll ich dir helfen«, fragte Lotte, obwohl sie die herrische Frau fast ebenso wenig mochte wie sie Polina gemocht hatte. Nadja traute sich allerdings nicht, Lotte, die immer die rechte Hand des Seniorchefs gewesen war, herumzukommandieren wie die anderen.

»Die Journalisten sind beim Theissen, wegen dem Unglück. Vorher haben die mich ausgequetscht. Wie lange ich schon hier arbeite und ob ich was weiß. Gibt so ein Gerücht um den Alten. Soll früher 'nen Mitarbeiter angeschwärzt haben, den Günther, und der is' dann über Nacht von der Stasi abgeholt worden.«

»Das stimmt nicht«, sagte Lotte scharf, obwohl der Schreck ihr bis in die Knochen fuhr. »Günther hat freiwillig das Baukombinat verlassen, um woanders zu arbeiten.«

Aber schon drückte die Kowalewski ihr die heutige Ausgabe der »Berliner Chronik« in die Hand, drehte ab und befahl zwei auf dem Flur stehenden Sekretärinnen gefälligst an ihre Computer zu gehen.

»Der Flug in den Tod« lautete die Überschrift des Artikels in der »Berliner Chronik«. Lotte ging in die Kaffeeküche, schenkte sich ihren frisch gepressten Mohrrüben-Apfel-Saft ein, den sie von zu Hause mitgebracht hatte, trank, verschluckte sich, hustete. Bloß nicht noch mehr Negativschlagzeilen. Wie kamen die Journalisten im Zusammenhang mit Polinas Tod bloß auf die alte Geschichte mit Günther, dem Dissidenten?

In ihrem Büro schloss sie die Tür, setzte sich auf den mit beigefarbenem Stoff bezogenen Sessel, den Kopf an die Lehne gelegt, und trank ihren Saft. Sie hatte nach den Chefs das beste Zimmer, groß und quadratisch, direkt neben Arnolds Trakt, und hatte sich, um ihren Schmerz nach seiner Inhaftierung zu betäuben, eine elegante Sitzgarnitur und einen großzügigen Glastisch geleistet. Darauf stand ein Strauß gelber Rosen. Seit Arnold in Haft war, durfte sie sich jede Woche einen Strauß von ihrer vietnamesischen Händlerin schicken lassen. Nach einer Weile las sie den Artikel in der »Berliner Chronik« zu Ende:

»Es soll der sportliche Höhepunkt der 25-Jahr-Feier der Karstaedt & Theissen GmbH werden und es endet mit einem Schock: Beim Kartrennen stirbt die Architektin Polina Karova, als ein anderer Kart mit ihr zusammenprallt, sie ins Schleudern gerät und in die Streckenbegrenzung rast. Technikexperten versuchen derzeit herauszufinden, ob ein Wartungsfehler die Ursache des tödlichen Dramas war. Ob Verdacht auf ein Tötungsdelikt besteht, teilte die Kripo nicht mit. Johan Ludwig Theissen, Juniorpartner der Firma, äußert kurz nach dem Abbruch des Rennens seine tiefe Bestürzung: Im Motorsport sei in Sachen Sicherheit noch viel zu tun.«

Lotte stand von ihrem Sessel auf und machte sich auf den Weg zu Johans Trakt, der am entgegengesetzten Ende des Firmengebäudes lag. Mehr als wegen des Todes von Polina, den sie für einen tragischen, aber selbst verschuldeten Unfall hielt, fühlte Lotte große Besorgnis wegen dieser Günther-Geschichte und was es damit auf sich hatte.

Durch die Tür von Johans Büro hörte Lotte Stimmen, klopfte an und trat ein. Johan saß mit einer Frau und einem Mann in der Besprechungsecke. Anders als Arnold, dessen Büro mit alten wuchtigen Holzmöbeln ausgestattet war, war Johans Einrichtung stylish. Weiße minimalistische Möbel, helle Teppiche, ein Schreibtisch aus Glas, in dessen Metallfuß eine Kabelführung eingearbeitet war, und auf dem wenige Bauakten lagen. Lotte wusste, dass Johan seinen Geschäftsverkehr in Papierform führte, da war er genauso wie Arnold und sie. Aber seine Akten verbargen sich in einem weißen Sideboard, das die Form eines Bogens hatte.

Johan hatte die Ärmel seines weißen Hemdes hochgekrempelt und den Schlips gelockert, was er bei Geschäftsbesprechungen nicht tat. Er machte auf Lotte einen ungeduldigen Eindruck. Die junge Frau, die ein buntes Baumwollkleidchen mit Spaghettiträgern trug, hielt ein Mikrofon in der Hand. Auf dem Tisch lagen Kamera, Stift und Schreibblock. Reporter.

»… vermutlich hat ein Fahrer die Kontrolle über sein Fahrzeug verloren und Frau Karova abgedrängt«, sagte Theissen gerade. »Und bitte fragen Sie jetzt nicht nach Frau Karova und ihrem Leben und Wirken hier in der Firma. Wir alle sind tief erschüttert über diesen tragischen Unglücksfall.«

Johan erhob sich. Die Frau schrieb etwas auf den Block. Der junge Mann nahm seine Kamera. »Darf ich ein Foto von Ihnen machen?«

»Nein. Ich möchte in diesem Zusammenhang kein Foto von mir und auch kein Foto eines Firmenangehörigen in den Zeitungen sehen.«

Die Reporterin ließ sich nicht so einfach abspeisen. »Hier im Viertel kennen viele Menschen Karstaedt und Theissen. Der Tod einer Managerin auf einer Firmenfeier wirft Fragen auf.«

»Auch für uns steht eine große Frage im Raum: Warum musste Frau Karova so früh von uns gehen?« Johan ging zur Tür und öffnete sie weit.

Die beiden Journalisten verließen mit enttäuschten Gesichtern den Raum. Die junge Frau blieb in der Tür stehen. »Wenn Sie nicht über das Unglück sprechen wollen«, fragte sie süffisant über die Schulter, »dann vielleicht über die Vergangenheit des alten Chefs? Er soll inoffizieller Mitarbeiter der Staatssicherheit der DDR gewesen sein.«

»Davon ist mir nichts bekannt.« Johan zuckte lächelnd die Schultern. »Sie können ja bei der Stasiunterlagenbehörde nachfragen.« Damit schloss er die Tür.

Lotte fühlte wieder einmal Bewunderung und Respekt über die ruhige und bestimmte Art, mit der Johan lästige Fragen abwiegelte.

»Die DDR gibt es seit fünfundzwanzig Jahren nicht mehr und die wollen wissen, ob Arnold IM war. Es gab hunderttausende IMs. Von mir aus sollen sie in alten Akten wühlen.« Johan wandte sich ihr zu und zeigte das gewinnende Lächeln, das ihn normalerweise zehn Jahre verjüngte. Nur jetzt nicht. »Gut, dass du kommst.« Er ging zu dem großen Fenster, das bis zum Fußboden reichte, schloss die weißen Lamellengardinen, denn eben kam die Mittagssonne herum, und stellte die Klimaanlage an. »Ich habe ein Riesenproblem, Lotte. Es sind Unterlagen verschwunden über das Projekt in Omsk. Baupläne, Planungsbeschreibungen, vertrauliche Vermerke über Besprechungen mit der Baubehörde, all das, was so abläuft.«

»Verschwunden?«

»Polina hat anscheinend die Unterlagen nach Omsk mitgenommen, als sie vorige Woche dort war. Aber sie hat sie nicht zurückgebracht. Ich hatte keine Zeit, mich zu kümmern. Vielleicht sind sie ihr gestohlen worden.«

Lotte wunderte sich, dass Polina, die sehr auf ihren Geschäftsbereich geachtet hatte, wichtige Projektunterlagen unbewacht gelassen hatte. »Die Baupläne kann man doch bei der Baubehörde in Omsk wieder beschaffen.«

»Darum geht es nicht.« Er trat so schnell auf sie zu, dass sie zurückwich. Sein Gesicht war blass unter der Sommerbräune und hart. »Ich befürchte, dem Dieb kam es auf interne Informationen über das Projekt an.«

Sie überlegte, welche illegalen Mächte ein fernes Bauprojekt stören könnten. Schon wieder schoben sich unerwünschte Erinnerungen ein. Wie sie im Baukombinat im Auftrag von Arnold, der bei seiner Karriere von der Stasi begleitet worden war, Mitarbeiter beobachtete. Ihr war die Stasi egal, sie war nur Sekretärin. Sie schrieb auf, um Arnold Zeit zu sparen. In Omsk mochten ähnliche Dinge vorgehen. Das Bauprojekt wurde ausgespäht. Wirtschaftsspionage.

»Ich vermute, russische Firmen wollen uns das Projekt abjagen.« Johan kehrte die Handflächen nach außen. »Jetzt kommen die Geister, die Polina rief.«

Lotte betrachtete seine beschädigte Hand mit dem amputierten Fingerglied. Das waren meine Gegner im zivilisierten Westen, hatte Johan ironisch gesagt, als er bei Arnold anfing, im wilden Osten ist mir bisher nichts passiert.

»Hat Polina dich nicht genügend über Omsk unterrichtet?« Sie befürchtete, dass die junge Russlanddeutsche in letzter Zeit unbekannte Wege beschritten hatte. Arnolds Vertrauensverhältnis zu seiner Ziehtochter war beschädigt und Lotte wusste, wie er darunter gelitten hatte. Wollte Polina in ihrer Heimat groß herauskommen und war dabei in einen fremden, feindlichen Fokus geraten? »Ihr beide habt euch doch früher gut verstanden?«, fügte sie hinzu, als Johann schwieg.

Sie erinnerte sich an ein Bild, das sie, ohne es zu wollen, gesehen hatte. Polina, an Johan hängend, ihn umgarnend, beide auf ihrem Sofa. Die beiden bemerkten sie nicht. In die Eifersucht auf die junge Frau schlich sich erstmals ein Gefühl der Verachtung. Polina bändelte mit dem Juniorchef an, kaum dass der Staatsanwalt ihren Ziehvater Arnold mitgenommen hatte. Aber dann war etwas zwischen den beiden geschehen. Polina ging aggressiv mit Johan um und er ließ sie in seiner ruhigen Art einfach abprallen.

»Ich werde das mit dem Verschwinden der Bauunterlagen schon aufklären.« Johan lachte auf unechte Weise. »Ich befürchte, dass Polina das Geschäft an sich reißen wollte und sich dabei in Gefahr gebracht hat.«

8.

Hauptkommissar Horst Beckmann hatte sich auf seinen kriminalistischen Instinkt immer verlassen können. Die eingebaute Kamera in der Nachttischlampe der Karova hatte interessante Sachen festgehalten: Sex zwischen Karova und Theissen. Klar, Beckmann konnte den Theissen verstehen. Die Karova war schon ein heißer Feger gewesen. Sie hatte ihn so richtig reingelegt, den cleveren Juniorpartner. Beckmann lachte hämisch, er konnte es sich jetzt leisten, er war allein in seinem Dienstzimmer. Hatte doch die Kraefft in ihrer überobjektiven Art gemutmaßt, dass Lampe und Kamera vielleicht vom Vormieter stammten. Als ob jemand, der sich solche Vorrichtungen einbaute, sie zurücklassen würde. Sein Kriminalistengefühl hatte nicht getrogen und jetzt hatte er den Beweis: ein Chip mit eindeutigen Filmaufnahmen.

»Ich will dich aber weiter treffen, und zwar nicht nur im Büro«, erklang Polinas Stimme.

»Das ist ja das Problem«, hörte er Theissen mit leisem unterdrücktem Lachen sagen.

Genau, dachte Beckmann, das wird für Sie ein viel größeres Problem, als Sie gedacht haben, Herr Beischläfer. Sie haben Polina unterschätzt.

Eine Weile hörte er nur Geräusche, das Einschenken von Getränken, sie stießen an, dann erklang Synthesizer-Musik. Er erinnerte sich, dass Polina so eine CD in ihrem Rekorder gehabt hatte. Sehnsüchtige, romantische Musik und er wusste, dass auch schlaue Geschäftsmänner manchmal geradezu chemisch reagierten und auf gezielte Schmeicheleien hereinfielen. Es begann mit einer Filmpassage, in denen er die beiden nicht sah, nur leise, weiche Stimmen und Lachen hörte, offenbar waren sie noch im Wohnzimmer und begannen mit ihrem Vorspiel. Dann kamen sie ins Bild, schoben sich eng umschlungen durch die Tür, tanzten vor dem Fenster. Draußen war Nacht und Polina trug nur noch einen engen Rock und sonst nichts mehr. Theissen griff mit seiner Hand in ihr langes blondes Haar, zog ihren Kopf nach hinten, musterte sie. Dann küssten und küssten sie und Beckmann dachte an eine Episode in seinem Leben, als eine Praktikantin in ihm ein Gefühl wie Feuer hervorgerufen hatte. Aber er hatte sich für seine Karriere entschieden, war gut, wenn auch mittlerweile etwas langweilig verheiratet, und wusste, dass eine Explosion alles zerstören konnte. Er hielt sich an seine Regeln und schickte die Praktikantin in ein anderes Kommissariat. So einfach war das. Offensichtlich nicht für alle Männer.

Er stoppte den Film, ging zum Kühlschrank und holte ein Brot mit Halbfettmargarine heraus. Zwei Kilo hatte er schon abgenommen. Viel Hunger hatte er bei der Hitze sowieso nicht, aber er achtete darauf, seinen Blutzucker nicht zu sehr abzusenken. Er zog die leichten gelben Vorhänge vor, um nicht von der Sonne geblendet zu werden. Es war drei Uhr nachmittags und er war seit sechs auf den Beinen. Nach Hause, dachte er, umziehen. Um dem Bullen-Image vorzubeugen, trug er stets gebügelte weiße oder dezent gestreifte Hemden und eine perfekt sitzende Hose. In die Bermudas steigen, ein bisschen auf dem Rasen kicken mit dem Sohn, dann gegrillte Würstchen auf der Terrasse. Er legte die Beine auf seinen Schreibtisch, kaute an einer Karotte.

Er würde sich noch den Rest vom Film ansehen und schob den Gedanken weg, dass die Beschlagnahme solcher intimer Aufnahmen gegen das Persönlichkeitsrecht der Akteure verstoßen und das Gericht die Mitnahme des Filmmaterials für rechtswidrig erklären könnte. Aber durch ordentliche Ermittlungen hatten sie bisher nicht allzu viel herausbekommen. Liwicki hatte ein paar Gäste der Firmenfeier telefonisch und per E-Mail befragt. Und was war herausgekommen? Zwei Karts waren zusammengestoßen, ach nee! Die Kollision gefilmt oder fotografiert hatte niemand. Und die Russen? Waren auf der Rückreise nach Nimmerwiedersehen. Und der offizielle Weg der Amtshilfe zwischen deutschen und ausländischen Polizeibehörden war langwierig. Ministeriumssache, dachte er zynisch, da könnte die Kriminalrätin sich einbringen.

Beckmann stand auf, wusch sich die Hände in dem kleinen Waschbecken in der Ecke, blickte in den Spiegel. Bei seinem Aussehen und seiner Stellung hätte er leicht Affären haben können. Er wurde schnell braun und das kurze dunkle Haar zeigte noch kein Grau. Er machte mehr Polizeisport als vorgeschrieben, präsentierte sich immer noch als präziser Schütze und verfolgte unerbittlich jede Spur.

Dann schaute er sich den Rest an. Seit seiner Zeit im Dezernat für Sexualdelikte hatte er so viele nackte Körper in verrenkten Posen gesehen, dass er für Aufnahmen wie diese nur noch kaltes Berufsinteresse aufbrachte. Es kam, was kommen musste: Karova rittlings auf Theissen, Gestöhne, dann fiel sie auf seinen Körper, er drehte sie um und Beckmann sah nur noch die nackte Rückseite des Juniorchefs. Immerhin noch gut in Form, dachte er.

Er zwang sich, objektiv zu denken, und da gab es die eine Möglichkeit: Beide fuhren einfach darauf ab, dass eine Kamera ihre Zweisamkeit abbildete, und vielleicht schauten sie sich den Film hinterher an. Aber er hatte Blut geleckt und würde an der glatten Fassade des Juniorchefs kratzen.

»Du darfst nicht weggeh'n«, flüsterte die Karova und Beckman spulte elektrisiert zurück.

Hatte er sich verhört? Nein, sie beschwor Theissen, nicht wegzugehen. Der Liebhaber war auf dem Sprung.

Warum also filmte Polina Sex mit Theissen? Erpressung war das Erste, was einem Kriminalen dazu einfiel. Vielleicht war Theissen fest liiert und das Verhältnis zu Polina war für ihn zum Problem geworden? Hatte sie ihn damit erpresst?

Er griff zum Telefon. »Recherchier mal über Theissen«, wies er Liwicki an, »vor allem Privatleben, du weißt schon.« Beckmann stellte zufrieden den Film ab. Er holte eine Cola light aus dem Kühlschrank, weil er heute noch nicht genug getrunken hatte, und leerte sie. Na also, die Karova hatte begonnen, heimlich Material gegen ihren Liebsten zu sammeln. Er zerdrückte die Dose und beförderte sie schwungvoll in den Müll.

9.

Der Raum war grün gefliest und der Leichnam Polina Karovas lag unter Neonlicht auf dem steinernen Seziertisch. Eine schöne Frau, selbst im Tod. Das Gesicht hübsch, jung und fast ein bisschen kess. Die Haut glatt und hell, das blonde Haar floss nach hinten in die Rinne, die abgespülte Flüssigkeiten entsorgte. Die Augen hatte man ihr geschlossen.

Marion atmete vorsichtig, um sich an den stechenden Geruch nach Sanitärreiniger mit Zitrone zu gewöhnen.

»Sie sind sicher die Staatsanwältin?« Die Rechtsmedizinerin war eine überraschend jung aussehende Rothaarige mit Sommersprossen und großer Hornbrille auf dem zarten Gesicht. »Ich bin Dr. Howe.« Sie lächelte freundlich. »Und neu hier«, fügte sie hinzu. In ihrer grünen Chirurgenkleidung mit Schutzbrille und Latexhandschuhen wirkte sie wie eine Studentin, die für ein Foto die Berufskleidung des forensischen Pathologen angelegt hatte.

»Ich bin auch neu, oder besser: zurückgekehrt und wie neu«, sagte Marion und stellte sich vor.

Der Assistent der Rechtsmedizinerin ging zum oberen Teil des Tisches, eine elektrische Säge in der Hand. Er setzte die Säge auf halber Stirnhöhe an, ein Fräsgeräusch erklang, als werde ein Baumstamm zerlegt. Jetzt war die Untersuchung dran, die Marion nicht mit ansehen wollte. Zum Glück verdeckte der grüne Kittel des Assistenten den Kopf der Toten, aber sie wusste, dass die Säge jetzt so weit einschneiden würde, dass man den Schädel aufklappen konnte. Marion unterdrückte den Impuls, ihr mit Eau de Toilette getränktes Taschentuch an die Nase zu halten, das sie schon vor der Glastür zum Sektionssaal in die Hand genommen hatte. Musste sie sich das antun? Sie könnte hinter der gläsernen Wand, die Sektionssaal und Zuschauerbereich trennte, Platz nehmen, könnte im geruchlosen, verglasten Nebenzimmer über Lautsprecher die Feststellungen der

Rechtsmedizinerin anhören. Aber sie wollte dabei sein. Und zwar vom Anfang bis zum Ende.

»Wir haben Erkenntnisse, dass Karova beim Rennen bewusst gedrallt wurde. Auch war ein Teil der schützenden Gummibegrenzung entfernt worden.«

»Bei einem bloßen Unfall wären Sie ja auch nicht hier.« Dr. Howe grinste. »Kommen Sie ruhig näher.«

Zögernd trat Marion an den steinernen Tisch heran, hielt sich mit den Augen an dem Schild fest, das am großen Zeh der Toten angebracht war: »Nr. 112.«

»Sehen Sie die Prellmarken am Knie? Da ist sie mit Wucht ans Lenkrad gestoßen. Die Halswirbelsäule ist gestaucht, der Leib wurde zusammengedrückt. Die Defekte passen zum Unfallhergang. Mich wundert nur, dass sie keine Striemen vom Sicherheitsgurt hat.«

»Die Kartfahrer tragen keine Gurte.« Zum ersten Mal konnte Marion mit Fachwissen glänzen. Krukowski hatte ihr erzählt, dass die Fahrer in den niedrigen Karts durch die Zentrifugalkraft in ihren Sitzen gehalten würden. »Es sei denn, sie überschlagen sich.«

»Ah«, sagte Dr. Howe. »Ist meine erste Leiche nach einem Kartunfall.«

Der Assistent begann, mit einem Seziermesser das Gehirn aus der geöffneten Schädelhöhle zu lösen. Anschließend würde es untersucht, wieder hineingetan, der Schädel zugeklappt und die Haut angedrückt werden.

»Sie können sich gern einen Kaffee holen, solange ich mich mit dem Gehirn beschäftige«, sagte die Rechtsmedizinerin. »Draußen im Flur ist ein Automat.«

Marion schüttelte den Kopf und steckte schnell einen Pfefferminzbonbon in den Mund, in der Hoffnung, er würde ihren Magen beruhigen. Neben dem Sektionstisch stand eine Metallschüssel, in die die Eingeweide der Toten gelegt würden, für die Untersuchungen auf Krankheit, Medikamenteneinnahme, Gift. Sie blickte lange auf die Plastiksäckchen, in die Proben von Nägeln, Haaren, Gewebe für die Analyse kommen würden, und atmete langsam ein und aus. Dann wandte sie den Kopf zu der Leiche.

Die Rechtsmedizinerin war jetzt dabei, den schlanken Körper aufzuschneiden. Ein großer Schnitt vom Kehlkopf bis zum Schambein, einer entlang der Schlüsselbeine. Trotz aller geistigen Anspannung war Marion auf den Anblick nicht vorbereitet. Der Leib der Toten war jetzt offen. Das Fleisch klaffte auseinander und Dr. Howe entnahm die inneren Organe aus der großen Körperhöhle. Schnell drückte Marion ihr parfümiertes Taschentuch an die Nase.

Dr. Howe tat, als habe sie es nicht bemerkt. »Was mich wundert, ist der Mageninhalt«, sagte sie. »In der Magenflüssigkeit befinden sich Medikamente. Die Frau hat sich beim Rennen erbrochen. Bestimmt hat sie sich nicht krank ins Fahrzeug gesetzt.«

»Medikamente?« Marions Kriminalistengehirn war bereits bei der Tatanalyse.

»Nur eine Vermutung«, sagte Dr. Howe. »Ihr ist vor dem Rennen ein Mittel beigebracht worden, das ihr Reaktionsvermögen gelähmt hat. Ich tippe auf Rufinol oder auch Rohypnol.«

»K.-o.-Tropfen? Die Vergewaltigungsdroge?«

Dr. Howe nickte. »Die Analyse wird nähere Aufschlüsse geben. Wir können heute selbst geringste Mengen von Gift feststellen.«

»Aber sie wird vor einem Kartrennen doch kein Schlafmittel nehmen?«

»Nein, es muss ihr zugeführt worden sein.«

Marion fiel die Entdeckung ein, die Beckmann im Bad der Toten gemacht hatte. »Lithium«, sagte sie. »Es ist möglich, dass Frau Karova an einer bipolaren Störung gelitten hat.«

Dr. Howe sah sie nachdenklich an. »Lithium ist in geringer Dosis gut verträglich und das wichtigste Medikament bei bipolarer Störung. Bei Überdosierung kann es aber zu Schläfrigkeit, Krämpfen, Koma kommen, noch mehr natürlich in Kombination mit einem starken Beruhigungsmittel.«

Marion fühlte das Vibrieren ihres Smartphones, auf dem Display erschien eine Nummer aus dem Kommissariat. Dankbar für die Unterbrechung entschuldigte sie sich und ging auf den Flur.

»Die Angehörigen der Karova sind unterrichtet«, teilte Beckmann mit. »In der Firma hatten sie zum Glück die Telefonnummer der Großmutter in Omsk. Die Karova hat bei ihr gewohnt, wenn sie zu

Hause war. Außerdem sind die kollidierten Karts untersucht worden. Kein Wartungsmangel. Die Beschädigungen passen zum Unfallhergang. Ein vorsätzlich herbeigeführter Crash.« In der Stimme Beckmanns lag Zufriedenheit mit seinem Ermittlungsergebnis.

»Das ging ja schnell«, antwortete Marion und meinte es ehrlich.

»Wenn wir erst Berichte schreiben würden, läge unsere Aufklärungsrate deutlich niedriger.« Damit spielte Beckmann auf Marions Tätigkeit im Ministerium an. »Der Fahrer des Karts Nummer sieben war nach den Unterlagen von Krukowski ein Russe. Dimitrij Smirnow, ist eigens für die Feier angereist, aber schon wieder weg. Wir werden in seinem Hotel nachfragen.«

Sie berichtete von den Medikamenten im Magensaft der Toten, um auch etwas beizutragen.

»Lithium«, sagte Beckmann in Anspielung auf seinen Medikamentenfund im Badezimmer der Toten.

»Man weiß noch nicht, ob es Lithium ist«, erwiderte sie gereizt.

»Dann gibt's noch ein Schmankerl mit Theissen.« Er machte eine effektvolle Pause. Marion beherrschte sich, gleich nachzufragen. »Das können Sie mir ja später erzählen, die Sektion ist noch nicht abgeschlossen.«

Als Marion wieder in den Obduktionssaal eintrat, war die Rechtsmedizinerin dabei, ihren Bericht zu diktieren. »Es handelt sich um eine ein Meter sechsundsiebzig große, sechzig Kilogramm schwere Frau von achtundzwanzig Jahren mit gut strukturiertem Körper und kräftiger Muskulatur.«

Sie unterbrach ihr Diktat, als Marion wieder neben dem Sektionstisch stand. »Ich tippe auf ein Gift, das die Herztätigkeit während des Rennens massiv beeinträchtigt hat. Übelkeit und Erbrechen sind typisch, wahrscheinlich hatte sie Herzrhythmusstörungen.«

»Polina war eine attraktive und erfolgreiche Frau«, sagte Marion. »Bestimmt hatte sie auch Neider. Vielleicht wollte einer sie beseitigen.«

»Derjenige müsste die Tote gut gekannt haben. Medikamente wirken in Abhängigkeit von Alter, Gewicht, Geschlecht, psychischer Verfassung. Der Täter hätte die Frau dazu bringen müssen, das

Medikament vor dem Rennen einzunehmen.« Dr. Howe schnipste mit den Fingern. »Mir fällt was ein. Hat die Tote kurz vor ihrem Rennen etwas zu trinken bekommen?«

Marion zuckte mit den Schultern. »Ich werde das klären«, sagte sie, während sich ihre Gedanken überschlugen. Arbeitsteilige Vorgehensweise. Einer verabreicht ein Gift, Polinas Kreislauf bricht zusammen, sie verliert die Beherrschung über ihren Kart, einer drallt sie im richtigen Moment und verschwindet. Und dann gibt's noch einen, der sich die todbringenden Helfer gekauft hat. Also suchen wir drei Täter, verdammter Mist.

Eine Bemerkung Dr. Howes riss sie aus ihren deprimierenden Überlegungen. »Im Rennanzug war übrigens ein Zettel. Ich brauch' ihn nicht, aber für Sie ist er vielleicht aufschlussreich.« Sie deutete auf ein zerknittertes Stück Papier, das neben dem rot-schwarzen Anzug lag, den Polina getragen hatte.

Marion nahm den Zettel, strich ihn glatt. Sie hatte erwartet, einen Namen, eine Telefonnummer zu finden. Aber es war ein Gedicht, geschrieben mit Füllfederhalter in akkurater, leicht verschnörkelter Schreibschrift:

Wer, wie der Zugvogel, Rettung sucht
durch Wechsel des Ortes, der findet sie nicht,
denn für ihn ist die Welt überall gleich.

ANTON TSCHECHOW

Unerwartete Rührung ergriff Marion. Was hatte diese zielstrebige, übersprudelnde Frau im Innern bewegt, sich für ein Rennen diese melancholischen Zeilen einzustecken?

Als Marion wieder hochblickte, hatte Dr. Howes Assistent der Toten das Gesicht zurückgegeben. Die Haut war wächsern weiß und der Ausdruck, den Marion vorhin als ein bisschen kess empfunden hatte, war verschwunden. »Das Gesicht sieht jetzt anders aus.« Sie merkte, dass ihre Kinnlade zitterte.

»Bevor die Tote freigegeben wird, richtet man sie noch her.« Der Assistent sah sie nachsichtig an. »Danach sieht man die Schnitte nicht mehr und die Angehörigen können Abschied nehmen.«

Marion verließ die Räume der Rechtsmedizin. Draußen war Sommer und ihr schien, als komme sie aus dem Dunkel und werde wieder vom Leben aufgenommen. Sie setzte sich auf eine Bank in dem Park, der das Institut umgab, holte einen Apfel aus der Tasche und biss hinein. Die Rechtsmedizin war schrecklich. Schrecklich und notwendig. Mit einer Leiche auf der Metallpritsche begriff man, dass alles schnell und gewaltsam zu Ende gehen konnte.

Instinktiv griff sie nach ihrem Smartphone, um ihren Sohn anzurufen. Erstaunlicherweise nahm er diesmal das Gespräch an.

»Yep.«

»Magst du heute Abend mit mir zusammen essen?«

»Wir wollen am See grillen.« Feuer war an den Seen verboten, aber an schönen Abenden stiegen überall von den Badestellen die Rauchzeichen auf.

»Wie wär's danach mit einem Bier?« Seit Marion ihren Sohn mit seinen Kumpels Bier und auch Stärkeres trinkend auf der Wiese am Schlachtensee angetroffen hatte, dachte sie, dass es pädagogisch sinnvoller wäre, ab und an mit ihm gemeinsam etwas zu trinken, anstatt Vorwürfe zu machen.

»Mit dir um Mitternacht ein Bier trinken? Du schläfst doch schon beim Abendessen ein.«

Da hatte Sascha recht. Es gab Zeiten, da hatte sich die Arbeit im Ministerium wie eine graue Decke über Marion gelegt. War ihrem Sohn eigentlich klar, dass sie sich zehn Jahre ihres Lebens in die Zwänge der Innenverwaltung eingepasst hatte, um nicht immer die abgehetzte Mutter zu sein, die ihr Kind als letztes Schlag achtzehn Uhr aus dem Hort abholte? Wenigstens war sie keine Klammermutter gewesen, die ständig für die Schule lernen wollte. Es hatte Zeiten gegeben, da hätte sich Sascha eine Klammermutter gewünscht, aber mit sechzehn waren diese Zeiten vorbei. Immer wieder gab es Momente, da befürchtete Marion, dass ihr Sohn ihr entglitt. Sie hatte keine Ahnung, was er in der Schule machte, ob er Liebeskummer hatte, ob er rauchte oder mit Drogen in Kontakt gekommen war. Sie wusste nicht, was ihn umtrieb und er war auch nicht der Typ, mit ihr darüber zu reden.

»Na gut, dann ein anderes Mal«, sagte sie.

»Klar doch, Mam.« Es klackte.

Marion wollte sich gerade erheben, um in die Direktion zu fahren, da setzte sich die junge Rechtsmedizinerin neben sie.

»Kleine Pause bis zur nächsten Sektion«, sagte Dr. Howe und zündete sich eine Zigarette an. »Schön, dass ich Sie noch treffe. Das mit der Toten ist merkwürdig.« Sie nahm einen Zug und blickte in die hohen Linden, die auf dem Gelände standen. »In meiner letzten Stelle hatte ich öfter mit Leichen zu tun, die vollgepumpt waren mit Drogen und Beruhigungsmitteln. Tänzerinnen, Prostituierte.«

Marion blickte sie fragend an.

»Hamburg, St. Pauli. Reeperbahn«, setzte Dr. Howe hinzu. »Viele Frauen dort nehmen ständig etwas, um das auszuhalten. Es gab Selbstmorde. Es gab auch getarnte Selbstmorde. Und es gab Tötungsdelikte, bei denen das Opfer in einen narkoseähnlichen Zustand versetzt wurde, bevor sich der pathologische Mörder ans Werk machte.«

Marion war erstaunt, wie selbstverständlich diese Frau von Anfang dreißig über ihren schweren Beruf sprach.

»Haben Sie noch einen Apfel?«

Marion blickte sie erstaunt an und holte einen weiteren Apfel aus der Tasche.

»Ich habe heute meine Ration schon aufgegessen. Eine Leiche, eine Zigarette, einen Apfel.« Die junge Frau lachte herzhaft.

Was für ein Glück, mit einer so sympathischen Rechtsmedizinerin über den Fall sprechen zu können, dachte Marion. »Der Juniorpartner der Firma hat nicht sehr freundlich über Frau Karova gesprochen. Von Ehrgeiz getriebene Managerin in einer großen Immobilienfirma. Und er hat die russischen Kontakte betont.«

»Bestimmt kommt auch noch die Mafia ins Spiel.« Dr. Howe lachte, dass ihre Sommersprossen im Gesicht tanzten. »Man weiß ja, dass die Russen für Geschäfte zuweilen über Leichen gehen.«

Marion lachte auch, sah aber gerade hier das Problem. Plötzlich hatte sie Angst, dass sie nach einem Riesenanlauf den Vermerk schreiben musste: Täter nicht zu ermitteln, weil nach Russland abgetaucht.

»Ich hatte in Hamburg den Fall einer Sekretärin, die ihren Chef ein wenig zu gut kannte«, sagte die Rechtsmedizinerin. »Pech für sie, dass er sich einer anderen zuwandte. Pech für ihn, dass sie auf Rache sann. Er kippte in einer Besprechung vom Stuhl. Ein starkes Herzmittel. Und raten Sie, wer dahintersteckte?«

»Die abgehalfterte Geliebte?«

»Nicht allein.« Dr. Howe malte mit ihrem Schuh Muster in den Kies. »Die Sekretärin war von der Mafia angespitzt worden. Diesmal nicht die russische, sondern die italienische.«

In diesem Augenblick betraten Menschen in schwarzer Kleidung das Gelände des rechtsmedizinischen Instituts. Ein jüngerer, athletisch gebauter weißblonder Mann und zwei alte Frauen. Die eine, klein und korpulent, hielt eine hochgewachsene Frau mit leuchtend weißem Haar an der Hand. Offensichtlich Verwandte oder gute Freundinnen. Ihre schwarze Kleidung war unmodern und sah aus, als sei sie lange nicht getragen worden

»Ich wette, das sind die Angehörigen«, sagte Dr. Howe und blickte den Leuten mit zusammengekniffenen Augen entgegen. »Vielleicht denken die, sie könnten die Tote jetzt abholen.« Die Ärztin drückte ihre Zigarette im Papierkorb aus.

Zeugen, dachte Marion instinktiv. Dann erkannte sie Michail Petrov.

Die Rechtsmedizinerin trat auf die Leute zu, grüßte auf Russisch, was ein kurzes Lächeln hervorrief.

»Wir gehören zu Polina. Das ist ihre Großmutter«, sagte Petrov, der ein Taschentuch in der Hand hielt, in slawischem Akzent. Er deutete auf die hochgewachsene Frau. »Und das ist ihre beste Freundin. Ich bin Polinas Verlobter.« Er schluchzte auf und fuhr sich mit dem Taschentuch über die Augen.

»Sie können bald Abschied von der Toten nehmen«, sagte Dr. Howe beruhigend.

»Wir müssen zu ihr«, rief der junge Mann und machte einen Schritt auf die Rechtsmedizinerin zu, als wolle er mit Fäusten auf sie losgehen.

»Pscht, Mischa, reg dich nicht so auf.« Die kleine Frau im schwarzen Glockenrock, der um Bauch und Hüften spannte, trat auf den Mann zu und legte ihre Hand auf seinen Arm.

Polinas Großmutter war im Hintergrund geblieben. Sie ließ ihren Blick über das Gebäude der Rechtsmedizin schweifen, als könne sie es nicht fassen. Sie hielt sich gerade und ihr weißes schulterlanges Haar wehte im Wind. Sie weinte nicht, aber ihre hellblauen Augen blickten sehr traurig.

Marion trat auf sie zu.

»Mischa hat uns telefonisch von dem furchtbaren Unglück unterrichtet.« Sie deutete auf den jungen Mann, dessen Schultern jetzt zuckten, als weine er. »Meine Freundin und ich sind sofort gekommen. Mit dem Flugzeug über Moskau. Uns ist gesagt worden, dass Polina in der Rechtsmedizin aufgebahrt wird.«

Die Tote durfte, ehe sie nicht wieder hergerichtet war, keinesfalls Angehörigen gezeigt werden. Der einzige Grund, einen Angehörigen zuzulassen, war die Identitätsfeststellung.

»Nach der Obduktion wird die Tote vom Bestattungsunternehmen an einen Ort gebracht, wo sie sich verabschieden können«, sagte Marion beschwichtigend.

Dass die Staatsanwaltschaft den Leichnam bestimmt nicht vor Auswertung der Laborergebnisse freigeben würde, behielt sie für sich. Sie wollte diese trauernde Frau nicht damit belasten, dass ihre Enkelin in Einzelteile zerlegt und ihre Körperflüssigkeiten in Flaschen aufbewahrt und im Labor untersucht werden würden.

»Mischa hat auch für Arnold und Theissen gearbeitet. Er hat in Russland ein Bürocenter mit aufgebaut«, sagte die alte Frau stolz. »Polina und er kannten sich seit der Schule. Sie wollten heiraten. Aber die Karriere hat unserer Polina nicht gut getan. Sie hat sich zu sehr von ihren Wurzeln entfernt. Immer mehr, immer weiter, immer größer.« Sie ließ ihren Blick über den Park vor dem rechtsmedizinischen Institut schweifen, als wolle sie dort ewig stehen. »Meine Enkelin hat von mir Deutsch gelernt. Dann wollte sie weg nach Deutschland. Weil es ihr da besser gehen würde.« Ihr Mund zuckte. »Und jetzt das furchtbare Ende.«

Marion sah, dass Dr. Howe beruhigend auf Michail Petrov einredete.

»Wir fliegen sobald wie möglich zurück«, sagte die Großmutter. »Polina wird selbstverständlich in ihrer Heimat bestattet.«

»Ich brauche Informationen über die Tote«, sagte Marion vorsichtig. »Ist es möglich, dass wir uns an einem anderen Ort treffen?«

Die alte Frau sah sie prüfend an. »Heute Abend im Samowar«, sagte sie dann. »Das ist ein Teehaus in Charlottenburg. Wir wohnen in der Nähe bei Verwandten.«

In diesem Augenblick hatte Polinas Verlobter sie erkannt. »Sie schon wieder! Tun Sie Ihre Pflicht«, schrie er. »Geh'n Sie endlich zum Theissen. Der wollte Polina weghaben. Der wollte sich den Russlandbereich unter den Nagel reißen.« Petrov stand da, die Hände zu Fäusten geballt, und starrte Marion voller Hass an. »Polina wurde ermordet. Ermordet!«

10.

»Es war doch ein Unfall.« Die Stimme von Nadja Kowalewski, der Sekretärin Polina Karovas, war leise, aber bestimmt. »Warum ist die Kripo jetzt hier?«

Beckmann und Liwicki waren noch am Spätnachmittag in die Firmenräume von Karstaedt & Theissen gefahren, gleich nachdem sich Beckmann den Film über das intime Zusammensein der Karova mit Theissen angesehen hatte. Er fühlte jetzt Rückenwind und es konnte nicht schaden, diesem aufgeblasenen Typen klarzumachen, was Sache war. Beckmann hatte allerdings nicht damit gerechnet, dass Nadja Kowalewski, eine zierliche ältere Frau mit hartem, direktem Blick, ihm die Herausgabe der Gästeliste der 25-Jahr-Feier von Karstaedt & Theissen verweigern würde. Vorhin, in dem mit Marmorfliesen ausgelegten Eingangsbereich, hatte er überlegt, ob es klug war, ohne Absprache mit Marion Kraefft hier einzufallen. Aber dann spürte er wieder Frust hochkommen, dass ihm diese an die Front zurückgekehrte Kriminalrätin vor die Nase gesetzt worden war. Wenn sie sich in der Rechtsmedizin wichtig machte, würde er seinen arbeitsreichen Tag auch mit einem Ermittlungserfolg krönen.

»Es gibt keine Gästeliste«, sagte die Kowalewski schroff.

Die wollte doch einfach nur Zeit gewinnen, um sich bei ihrem Vorgesetzten zu vergewissern. »Dann schauen Sie nach, wen Sie alles eingeladen haben. Ich brauche Namen und ladungsfähige Anschriften.«

Beckmann ignorierte die beschwichtigende Geste von Liwicki, stellte sich breitbeinig auf und blickte sich langsam und genau um. Nicht schlecht. Ledermöbel, Parkett, abstrakte Gemälde, ein englischer Sekretär, Arrangements mit Grünpflanzen, dezente Beleuchtung. Er roch geradezu die Geschäfte, die in diesen Firmenräumen gemacht wurden. Er ließ seinen Aktenkoffer langsam und laut aufschnappen. Darin lag seine Dienstpistole und eine rote Akte der Staatsanwaltschaft. Die hatte mit diesem Fall nichts zu tun, machte aber Eindruck. Die Kowalewski warf natürlich einen Blick darauf. Mittlerweile hatten sich auf dem Flur ein paar neugierige junge Frauen versammelt, die nervös kichernd Arme und Beine verschränkten.

»Wer von Ihnen hat die Einladungen versandt?«, fragte Beckmann.

»Wir müssen den Chef fragen. Er hat den Bereich von Polina übernommen«, sagte eine blondlockige, verängstigt wirkende Frau.

In diesem Augenblick wurde eine Tür aufgerissen und Beckmann wusste sofort, dass das der Juniorpartner war, der hereinstürmte.

»Was gibt es denn noch?« Theissen stützte die Arme in die Hüften. Zwischen seinen Brauen hatte sich eine spitze Falte eingegraben. Er sah aus wie ein Mensch, der übernächtigt ist und seine Müdigkeit hinter betonter Aktivität verstecken will. »Gestern Abend war schon die Frau Kriminalrätin da. Ich habe ihr alle Informationen gegeben.«

Aha, dachte Beckmann, also hatte die Kraefft den Chef schon vernommen. Warum blieb die Frau nicht in ihrem Ministerium und verfasste Berichte über kaputtgegangene Dienstkleidung? Dieses Mordkommissariat war sein Revier. Und der Juniorchef war sein Zeuge.

»Eine sehr kompetente Frau«, fügte Theissen hinzu.

Das steigerte Beckmanns Groll zusätzlich.

Nadja Kowalewski trat auf Beckmann zu, als wolle sie einen Kunden begrüßen. »Der Kommissar möchte eine Gästeliste haben, Herr Theissen«, flötete sie. »Meinen Sie, die Gäste sind damit einverstanden?«

»Nur mit richterlichem Beschluss«, sagte Theissen und wandte sich zum Gehen.

Beckmann überlegte kurz. Er brauchte Zeugen, und zwar schnell. Für diesen Boss wäre es sicher nicht angenehm, wenn seine Gäste Einladungen zur polizeilichen Vernehmung erhielten. Aber wenn er jetzt nachgab, wäre er keinen Schritt weiter. »Den Gerichtsbeschluss reiche ich Ihnen nach«, sagte er lässig zu Theissen, der bereits wieder zu seinem Büro ging. »Da steht sowieso nicht viel drin. Nur, dass wir vermuten, hier Beweismaterial zu finden.«

Die Sekretärin der Karova stemmte die Arme in die Hüften und beobachtete Theissen, ein schiefes Lächeln um den Mund.

»Beweise, wofür?«, fragte Theissen scharf. »Ich habe bereits gestern Abend der Frau Kriminalrätin erläutert, dass es sich um einen tragischen Unfall handelt und nicht um Mord.«

»Ihre Sicht der Dinge ist interessant, ich möchte mich aber überzeugen. Wenn es so ist, wie Sie behaupten, ziehen wir uns zurück.« Beckmann war froh, dass er eines seiner dezent gestreiften, akkurat gebügelten Hemden trug. Vielleicht käme er ja noch einmal wieder, mit einem Gerichtsbeschluss. Oder mit einem Haftbefehl. Er grinste. »Und jetzt geben Sie uns bitte die Gästeliste, Herr Theissen. Oder wir beschlagnahmen Ihre Computer.«

»Wollen Sie auch gleich Fingerabdrücke abnehmen?« Theissen atmete betont ein und aus. »Nadja, suchen Sie die Teilnehmer des Kartrennens heraus.«

Das hämische Lächeln war aus Nadja Kowalewskis Gesicht gewichen und Beckmann wunderte sich über die offenkundige Wut, mit der sie Theissen wegen dieser Anordnung betrachtete.

»Frau Karova war für die Organisation des Festes zuständig. Da dürfte es doch nicht schwer sein, die Einladungen herauszusuchen«, sagte Liwicki, der die Szene bisher schweigend beobachtet hatte, mit sanfter Stimme.

»Natürlich möchte ich nicht nur die Teilnehmer des Rennens«, sagte Beckmann ebenfalls sehr freundlich. »Ich möchte die Namen aller Gäste.«

Theissen schnaufte hörbar. »Nadja, suchen Sie die Gäste heraus und schreiben Sie allen, dass wir verpflichtet sind zu kooperieren, wenn die Kripo einen richterlichen Beschluss hat.« Er wandte sich Beckmann zu. »Wir reichen Ihnen in den nächsten Tagen die Namen und Adressen nach. Wenn der Gerichtsbeschluss vorliegt«, sagte er mit genervtem Gesichtsausdruck. Seinem Ton war anzuhören, er würde seinen Gästen schreiben, dass die Polizei halt ihre Spielchen mache.

Beckmanns Groll, der zunächst der Kraefft und ihrem voreiligen Besuch in der Firma gegolten hatte, richtete sich jetzt auf Theissen. Der Juniorchef wollte seine Gäste vorwarnen. Der Kommissar fühlte, dass er jetzt das tun musste, was er unter Kollegen als »auf die Kacke hauen« bezeichnete. Er grinste hinterhältig. Zu Hause im gutbürgerlichen Dahlem verbot er sich derartige Ausdrücke, aber im rauen Polizeidienst durfte man mal Klartext sprechen. Und jetzt würde er auf die Kacke hauen.

»Ich beschlagnahme wegen Gefahr im Verzug alle Computer und sonstigen elektronischen Anlagen aus dem Geschäftsbereich der Frau Karova.« Der Theissen log ihm doch die Hucke voll.

Der hochmütige Zug um den Mund des Juniorchefs verschwand und sein Gesichtsausdruck wechselte über Erstaunen in Wut. »Hier wird nicht wegen Mordes ermittelt«, rief Theissen. »Das ist rechtswidrig. Wir brauchen unsere Geschäftsausstattung.«

»Und ich brauche Zeugen.« Beckmann gab Liwicki, der ihm auf die Beschlagnahmeandrohung einen zweifelnden Blick zugeworfen hatte, mit den Augen einen Wink. Es brauchte nichts als eine Absprache ohne Worte und sein kompetenter Kommissar holte das Handy heraus, um Verstärkung für den Abtransport der beschlagnahmten Gegenstände anzufordern.

»Meine Anwältin wird Sie wegen Verfolgung Unschuldiger anzeigen«, zischte Theissen und verließ den Raum.

Auf dem Gesicht von Nadja Kowalewski erschien eine fleckige Röte. »Das dürfen Sie nicht«, kreischte sie. »Wir haben doch nichts verbrochen.«

»Davon gehe ich aus.« Beckmann setzte sein charmantes Lächeln auf.

Die Sekretärin der Karova setzte sich jetzt an ihren PC und arbeitete demonstrativ weiter. Beckmann trat hinter sie, um zu sehen, was sie schrieb. »Toll, wie gut Sie Russisch können.«

Da fuhr die Kowalewski mit ihrem Bürostuhl zurück und ihm auf den Fuß. »Autsch, nicht so nervös!«

Die Kowalewski drückte die Aus-Taste. »Das ist hier der Russlandbereich der Firma«, sagte sie spitz. »Wenn die Polizei einen Dolmetscher braucht, können Sie mir gern Bescheid sagen.«

Russland. Beckmann hatte bei der Arbeit bisher nur mit Russinnen zu tun gehabt, die Edelprostituierte waren oder in Spielcasinos oder Modelagenturen arbeiteten.

»Die Polizei hat ihre eigenen Dolmetscher.« Der flapsige Ton der Kowalewski reizte ihn. »Wir bekommen raus, was wir rausbekommen wollen«, fügte er deshalb hinzu.

Die Blondgelockte, die bereits vorhin einen verstörten Eindruck gemacht hatte, fing an zu heulen und ließ sich auf die Ledercouch fallen. »Polina ist tot und die Polizei tut so, als wären wir schuld«, schluchzte sie. »Dabei gibt es doch überall mal Streit.«

Beckmann horchte auf und sah, dass auch Liwicki, der sein Handygespräch wegen der Verstärkung beendet hatte, ein aufmerksames Gesicht machte.

»Streit?«, fragte Beckmann mit schmeichelnder Stimme und trat auf die junge Frau zu, die ein Taschentuch vors Gesicht presste. »Worum ging es denn?«

»Geh in dein Büro. Da liegt Schreibarbeit«, befahl Nadja Kowalewski der Blonden. »Die üblichen strategischen Überlegungen«, sagte sie zu den Kommissaren gewandt. »Wie organisieren wir als Bauträger die Errichtung von Großbauvorhaben.«

Die Frau schien schlau genug, es bei dieser nichtssagenden Erklärung zu belassen. Beckmann hatte auch keine Handhabe, sie zum Reden zu zwingen. Aber er sah es wie in Leuchtbuchstaben vor sich: »Interner Streit über Großbauvorhaben der K & T GmbH im Russlandbereich der Karowa.«

Er würde jetzt seine spezielle Ermittlungsmethode anwenden: ein wie unabsichtlich aussehender Gang durchs Gelände. Fragte ihn jemand, würde er die Suche nach einer Toilette vorschützen. Beckmann ging aus dem Büro der Kowalewski auf den Flur. Dort gab es eine Tür mit der Aufschrift »Privat«. Er stand jetzt kurz vor einer gesetzlichen Grenze. Er hatte wenig gegen Theissen in der Hand. Aber dann dachte er an den kompromittierenden Film und dass die Karova den Theissen vielleicht erpresst hatte. War das denn kein Mordmotiv?

Beckmann spähte noch einmal ins Büro. Die Kowalewski saß reglos und starrte auf den abgeschalteten Monitor, die Blonde putzte sich die Nase, die anderen Büroangestellten waren in ihren Räumen. Leise öffnete er die Tür zum Privatbereich. Hinter der Tür lag eine schicke, kleine Wohnung. Schnell, leise und mit genauem Blick ging Beckmann herum. Es gab einen Salon, ein Schlafzimmer mit Ankleide, alles modern eingerichtet, in weiß und taubenblau gehalten. Beckmann nickte anerkennend. Über einer Chaiselongue lag eine eilig abgeworfene schwarze Anzugjacke, die Ärmel waren umgekrempelt. Er fuhr mit der Hand in die Taschen, sie waren leer. Dann öffnete er die Tür zum Bad. Ein in Weiß und Chrom gehaltener Raum mit Blick auf den Innenhof. Nach seiner kriminalistischen Erfahrung sagte die Besichtigung eines Badezimmers viel über dessen Benutzer aus.

Schnell verriegelte der Kommissar die Tür und öffnete den Spiegelschrank über dem Waschbecken. Zahnpasta, Deo, Duschgels, eine Packung Aspirin und mehrere Parfümflaschen. Ein Parfum kannte er, weil auch seine Frau es benutzte. Wenn aber eine Frau immer nur ein bestimmtes Parfüm benutzte, schienen hier mehrere Frauen verkehrt zu haben. Der Kommissar schob die Flaschen zur Seite, da sah er ein Medikament, das nicht so offen herumlag wie das Aspirin. Sein Herz schlug schneller, als er sich den Wirkstoff ansah. Flunitrazepam. War in Roofis drin, dem Szeneausdruck für Rohypnol, die Party- und Vergewaltigungsdroge. Hatte nicht die Kraefft bei dem kurzen Telefonat aus der

Rechtsmedizin vorhin gesagt, dass die Karowa Medikamente intus gehabt habe?

Beckmann zögerte kurz, dann steckte er das Mittel ein. Wenn das dieselbe Sorte wäre wie die im Blut der Toten, dann hätte er seinen ersten Verdächtigen.

Als er die Privaträume Theissens unauffällig verlassen hatte und gerade wieder das Büro der Kowalewski betreten wollte, hörte er eine Frauenstimme. »Nadja, du musst dich dran gewöhnen, dass Theissen jetzt dein Chef ist. Der war doch schon länger scharf auf den Russland-Bereich.«

11.

Nach einem langen Verhandlungstag in einem düsteren Saal des Kriminalgerichts saß Rechtsanwältin Alexandra Mey endlich in ihrem Gartenlokal am Lietzensee in Charlottenburg, den Kopf zurückgelegt, die Augen geschlossen. Durchatmen. Noch vor Kurzem war ihr der Schweiß aus den Achseln getropft, eine kitzelnde Spur unter der schwarzen Anwaltsrobe. Ein heißer Dunst lag über der Stadt und die ersten gelben Blätter wirbelten herum. Der Wind fuhr in ihre dunkelbraunen lockigen Haare. Gleich mit Verlassen des Gerichts hatte Alexandra ihren Knoten aufgelöst und wohlig geseufzt, als sich die Kopfhaut entspannte.

Feierabend. Die Reinigungsfrau würde jetzt den Richtertisch abwischen, auf dem eben noch rote Strafakten gelegen hatten, mit dem Staubsauger übers Linoleum fahren, über das schon so viele Richter, Staatsanwälte, Verteidiger, Angeklagte, Zeugen gegangen waren. Alexandras Mandant würde wieder in der U-Haft sein und Margarinebrote und Hagebuttentee zum Abendessen bekommen. Ein unauffälliger Mann von sechsundfünfzig Jahren sollte seine Ehefrau umgebracht haben. War es so? Alexandra verlangte keine Aufrichtigkeit von ihren Mandanten. Sie ging davon aus, dass sie schuldig waren und baute darauf ihre Strategie auf.

Sie öffnete wieder die Augen, blickte in den dunstigen blaugrauen Himmel, nahm einen Schluck Weißweinschorle, wartete auf den gegrillten Lachs, den sie sich heute leistete, und lauschte dem Abendgesang einer Amsel. Sommer. Ein paar Tage ohne Gerichtstermine lagen vor ihr. Sie würde zu ihrem Wochenendhäuschen am Scharmützelsee fahren.

Der Klingelton ihres privaten Handys riss sie aus ihren Gedanken.

»Ich brauche eine Rechtsanwältin. Ich brauche dich.«

Noch ehe sie den Sinn der Worte erfasste, erkannte sie die Stimme wieder. Tief, kehlig, manchmal war darin etwas wie ein kleines Lachen. Jetzt klang die Stimme eher gehetzt. Alexandra konnte nicht gleich antworten. Wie sollte sie umgehen mit ihrer Überraschung, ihrem Schreck, ihrer Freude?

»Mit wem spreche ich?« Es klang gleichmütig genug.

»Das ist nicht dein Ernst, Sandra.«

»Doch«, antwortete sie, obwohl der Kosename ihr einen leichten Schauder versetzte. »Ich komme aus einer anstrengenden Verhandlung. Da Sie mein Privathandy anrufen, müssen Sie ein Bekannter sein.«

»Denk an Rom, Sandra.«

Sie wollte nicht an Rom denken. Dort war sie gewesen, bevor sie ihn kannte, dort hatte sie ihn kennengelernt und dorthin war sie zurückgekehrt, als es vorbei war.

Nach dem juristischen Staatsexamen hatte sich Alexandra zur Belohnung in Rom einen Zeichenkurs geleistet. Damals skizzierte sie die Kirche Santa Maria in Trastevere und eine schwarz gekleidete Frau, die nach einem Gebet mit ihrem Einkaufskorb herauskam.

»Malen Sie doch mich, nicht diese alte Kirche«, sagte er auf Italienisch. Er musste sie beobachtet haben.

Sie blickte erschrocken hoch. Ein schlanker Mann um die Vierzig, das schwarze Haar hinten zusammengebunden, ein amüsiertes, leicht schiefes Grinsen auf dem Gesicht.

»Ich habe nicht so viel Übung im Porträtieren«, sagte sie, mühsam italienische Vokabeln zusammensuchend.

»Höre ich da deutschen Akzent?« Er sah eine Weile wortlos zu, wie sie einen kleinen, hell gekleideten Mann neben die noch kleinere Frau in Schwarz zeichnete. »Sie haben mir nicht viel Raum gegeben«, sagte er schließlich. »Vielleicht können wir das ändern. Darf ich die Skizze haben?«

Nein, sie wollte nicht an Rom denken.

»Sandra, ich höre dich nicht.«

Was wollte er nach zehn Jahren? Sie blickte auf das Display ihres Handys, unnötig, denn sie kannte die Nummer mit dem Zahlenende 1001 immer noch auswendig.

»Sind Sie der Baulöwe mit dem fürchterlichen Vornamen Johan Ludwig?«

Sie versuchte, ihre Stimme locker und entspannt klingen zu lassen, während sie einen leichten Schauder fühlte. *Ich brauche eine Rechtsanwältin. Ich brauche dich.* Nicht noch einmal. Ganz bestimmt nicht.

»Ist die Steuerfahndung bei dir eingefallen? Oder warum brauchst du mich?« Das »auf einmal« konnte sie gerade noch unterdrücken.

»Das möchte ich dir persönlich erzählen«, sagte Johan Ludwig Theissen. »Ich bin gegen sechs bei dir im Büro.«

»Nein, um acht. Früher geht es nicht.«

Jetzt war sie in der Position, Termine zu diktieren.

12.

»Polinas Tod sollte mir mehr zu Herzen gehen«, gestand Lotte Kraus ihrem Therapeuten.

Sie hatte die Gesprächstherapie begonnen, nachdem die Kripo Arnold direkt in der Firma festgenommen und abgeführt hatte. Erst ging es darum, mit ihrer Bestürzung, ihrer Trauer, ihrer Verlassenheit fertigzuwerden. Aber jetzt dachte sie manchmal, dass es auch mit fünfundfünfzig Jahren noch nicht zu spät wäre, etwas an ihrem Leben zu ändern.

Sie saßen in dem von der Abendsonne erleuchteten Zimmer einer Altbauwohnung in Friedrichshain, in der ihr psychologischer Therapeut seine Sitzungen abhielt. Wie immer standen frische Blumen auf dem Tisch, daneben eine Karaffe mit Wasser. Es gab auch eine Liege, aber Lotte hatte von Anfang an den Sessel gewählt. Der Psychologe, ein Mann in den Dreißigern mit schmalem Gesicht und dicker Brille saß ihr gegenüber. Er schwieg, wie meist zu Beginn ihrer Stunde. Sie sollte reden, egal was, und dann hakte er ein.

Sie berichtete stotternd vom Tod Polinas. Ein tragischer Unfall beim Kartrennen, so bezeichnete sie es. Etwas in ihr sträubte sich, von einem Mord zu sprechen. Und morgen sei die Firmengedenkfeier und sie habe sich noch keine Gedanken über die Rede gemacht und eine würdige Zeitungsannonce müsse auch aufgegeben werden und überhaupt wisse sie nicht, wie sie alles schaffen würde … Lotte bemerkte, wie es sie erleichterte, über ihr Leben zu erzählen, bis ein Hustenanfall sie stoppte.

»Trinken Sie einen Schluck.«

Der Psychologe schenkte ihr ein Glas Mineralwasser ein. »Die Tote war also wie eine Tochter des Seniorpartners?«

Lotte nickte, obwohl sie diese Bezeichnung für Polina nie benutzt hatte. Es gab andere Bezeichnungen, aber die traute sie sich nicht einmal hier im geschützten Bereich zuzugeben. Polina, das süße Gift, Polina, der Eindringling, Polina, die Angreiferin.

»Arnolds einziger Sohn lebt auf den Kanarischen Inseln als Kunstmaler«, sagte sie stattdessen. »Es besteht kein Kontakt.«

»Aber für Herrn Karstaedt gab es doch nicht nur Polina.«

Sie ahnte, worauf der Psychologe hinauswollte. Ihre Einschätzung über sich selbst. »Ich tippe nur«, hatte sie in der ersten Sitzung ihre Funktion beschrieben. Es hatte Wochen gedauert, bis sie zugab, dass sie mit Arnold ein Verhältnis gehabt hatte. »Na ja, ich war auch mal jung und wohl ganz hübsch.« Sie blickte verschämt zu Boden. »Mein blondes, blauäugiges Mädel von der Ostsee, mein Glücksgriff, hat Arnold gesagt.« Dann hatte sie über den Sommer 1981 erzählt, als sie beide ein Liebespaar wurden. Lotte hatte zu Hause sogar die alten Schwarz-Weiß-Fotos herausgeholt. Sie trug ihr Haar in einer Außenrolle und betonte ihre hübschen Beine mit einem Mini. Sie erinnerte sich an ihren speziellen Platz, ein kleiner Park an der Spree, dicht an der Sektorengrenze. »Das war verboten«, hatte sie dem Psychologen erklärt, in der Annahme, dass er als Mittdreißiger keine Vorstellung von den Achtzigerjahren in der DDR hatte. »Eine wunderschöne Zeit«, hatte Lotte gesagt. Aber dann holte der Psychologe aus ihr heraus, was sie damals bereits gefühlt hatte. Für Arnold, der oft gedankenverloren auf die andere Seite der Spree starrte, in den Westen, würde sie niemals das Wichtigste im Leben sein. »Drüben sieht's doch genauso aus«, sagte sie und versuchte, seinen Blick wieder auf sich zu lenken.

»Nein, drüben bauen sie schönere Häuser.«

»Aber hier bin doch ich.«

Arnold hatte gelacht und sie hatten unter den hohen Bäumen immer eine geheime Ecke gefunden, wo sie eine Decke ausbreiteten und sich liebten. Bis er wieder zu seinen Geschäften musste.

»Sie hätten Herrn Karstaedt gern geheiratet?«

Lotte nickte. Jetzt war sie so weit, das zugeben zu können. »Aber da war Anna-Maria, sie stammte aus einer Funktionärsfamilie, das war wichtig.« Der jüngere Mann wusste bestimmt nicht, dass ein Aufstieg in der DDR nahezu unmöglich gewesen war, wenn man nicht zur sozialistischen Gesellschaft gehörte, dachte sie.

»Aber Herr Karstaedt hat sich doch nach der Wiedervereinigung scheiden lassen?«

Sie schluckte. Sie hatte einen trockenen Mund, aber das war hier in dieser Praxis nichts Neues. Schnell trank sie ein bisschen Wasser.

»Arnold hatte nie Zeit. Der Sprung in den Westen. Im März 1990 hat er die Firma gegründet und mit der Modernisierung der Wohnblöcke begonnen. Er ist einer der Wenigen, die im Westen wirtschaftlich überlebt haben. Und ich habe in seiner Firma überlebt. Wer weiß, was sonst aus mir geworden wäre …« Sie blickte auf das Päckchen Papiertaschentücher, das immer auf dem Tisch lag. Sie wollte kein Tuch brauchen, geheult wurde allein. »Aber ich durfte bis heute in der Firma bleiben, ich werde gut bezahlt, habe eine große Wohnung, ein Auto, leiste mir Urlaub im Ausland.«

»Sie sagen das, als wären es Geschenke von Herrn Karstaedt. Sie haben es sich verdient.«

»Ich versuche jeden Tag, mich selbst zu loben.« Sie senkte den Kopf. »Ein Berg Post erledigt, ein strammer Fußweg zur Firma, Ärger über Polinas Launen runtergeschluckt …«

»Sie haben Polina als Aggressor betrachtet?«

Sie blickte angestrengt an dem Mann vorbei durchs Fenster. Blauer Sommerabendhimmel und doch fühlte sie, dass etwas anders geworden war und beunruhigend. Was war ein Aggressor? Zu fragen traute sie sich nicht. Und so begann sie, von Polina zu berichten.

»Ein nettes, fleißiges Mädchen«, begann sie zögernd, »Abkömmling von Russlanddeutschen, die von Stalin nach Sibirien verschleppt worden waren.« Lotte hielt inne. Sie wusste nicht weiter. Sie wollte nichts Schlechtes über die Tote sagen, sich schon gar nicht darüber beklagen, dass Polina ihr das Wichtigste genommen hatte: die Nähe zu Arnold.

»Das Mädchen hat sich weit entwickelt?«

»So muss man sein«, brach es aus ihr heraus. »Hübsch, ehrgeizig, raffiniert, geltungsbedürftig, machtgierig ...«

»Nennen Sie doch mal eine positive Eigenschaft.«

»Sie liebte schöne Kleider, schöne Autos, schöne Häuser.«

»Das nennen Sie positiv?«

Lotte zwang sich, etwas wirklich Positives zu finden. »Polina konnte andere für ihre Ideen begeistern.« Sie stoppte. »Ach, ich weiß nicht, wie ich sie beschreiben soll, ohne dass es eifersüchtig klingt ...«

»Sagen Sie es einfach.«

»Polina war zu schnell, zu laut, zu überschwänglich. Immer einen Zahn zu viel drauf.« Lotte lachte und merkte, dass es unecht klang. »Sie nahm auch Tabletten.«

»Wissen Sie welche?«

Lotte schüttelte den Kopf. Arnold hatte von Aufputsch- oder Beruhigungsmitteln gesprochen. Einmal hatte sie ein Päckchen auf Polinas Schreibtisch gesehen und es für Kopfschmerztabletten gehalten. »Polina hatte überschießende Ideen und so ein sprunghaftes Verhalten. Sie hat Arnold umschmeichelt und er hat ihr nachgegeben. Älterer Mann und schöne junge Frau.« Lottes Blick fiel auf die Papiertaschentücher, dann schaute sie schnell weg.

»Hat Herr Karstaedt mit Polina ein Verhältnis angefangen?«

Sie fuhr zusammen. Diese Vorstellung schien ausgeschlossen. »Nein. Arnold hat Polina geliebt wie eine Tochter. Er war ja fünfundvierzig Jahre älter.«

»Hatte Polina keinen Freund?«

»Doch. Michail Petrov. Er ist ihr sogar aus Russland in die Firma gefolgt und ist als Ingenieur beschäftigt. Ein tüchtiger Mann. Aber für Polina war er schnell uninteressant. Bei Karstaedt und Theissen gab es mehr zu holen.«

»Wie meinen Sie das?«

»Als Arnold in Haft saß, hat sich Polina an Johan Ludwig Theissen herangemacht. Unser Juniorchef. Polina wollte unbedingt, dass Johan sie unterstützt. Sie hatte ein riesiges Neubauprojekt in Omsk an Land gezogen, das ist Sibirien, da kommt sie her. Arnold war das Projekt zu windig, er hat sich zurückgezogen. Sie hätte die Finger davon lassen sollen. Aber Vernunft war noch nie Polinas Sache. Und jetzt ist sie tot.«

Der Psychologe blickte sie an und Lotte senkte den Blick auf ihren dunklen Rock. Sie trug immer noch das schwarze Kostüm, in dem sie Arnold heute Vormittag kondoliert hatte. Jetzt schämte sie sich, so hässlich über die Tote zu reden. Zugleich fühlte sie Ärger, dass der Psychologe unerbittlich Fakten über Polina aus ihr herausholte. Und dass es meist negative Dinge waren. Und dass es so schmerzhaft war zuzugeben, wie sie an den Rand gedrängt wurde, die zuverlässige, tippende Lotte. Polina dagegen war von draußen hereingekommen, leise, geschmeidig, hatte überall ihre Leute, war überall dabei, hatte ihr Netzwerk ausgebaut.

»Manchmal habe ich an eine Spinne gedacht«, sagte Lotte leise. »Eine Königsspinne, die ihr glitzerndes, giftiges Netz knüpft und alle hineinzieht.«

13.

»Polina wurde ermordet«, sagte Lara Karova leise. »Sie müssen den Mörder finden.«

Pünktlich um sieben war Polinas Großmutter in der russischen Teestube in Charlottenburg erschienen. Sie trug ein schwarzes Kleid mit Spitzen an Hals und Ärmeln, hatte das weiße Haar zu einem Dutt gesteckt und die Lippen rot geschminkt, was in krassem Widerspruch zu ihrer fahlen Gesichtsfarbe stand.

»Als wir gestern den schrecklichen Anruf bekamen, glaubten wir es nicht. Polina war so lebenslustig«, sagte Karova mit heiserer Stimme. »Der Westen hat die Menschen aus dem Osten immer angelockt. Aber nicht alle haben ihr Glück gefunden.«

Marion rührte in ihrem Teeglas herum, das in einem fein ziselierten metallenen Halter steckte. Sie war schon seit einer Weile hier, um sich in Ruhe umzusehen. Die Wände des Lokals waren rosa getüncht, riesige goldumrahmte Kassetten zeigten pastellfarbene russische Landschaften, überall gab es Samoware, Kissen, Kerzen. Während Marion auf Frau Karova wartete, hatte sie mithilfe ihres Smartphones recherchiert, dass etwa dreißigtausend Russen in Berlin lebten und die meisten in Charlottenburg, Wilmersdorf, Schöneberg. Außerdem hatte sie ihrem Sohn eine SMS geschickt, dass es doch später werden würde. Vielleicht doch ein gemeinsames Bier um Mitternacht?

»Haben Sie einen Verdacht?«, fragte Karova leise.

Marion überlegte, ob sie die Frage abblocken sollte, solange nicht der Bericht der Rechtsmedizin über die labortechnische Untersuchung vorlag. Andererseits wollte sie von Polinas Großmutter so viele Informationen wie möglich, bevor sie wieder abreiste. »Möglicherweise suchen wir nach mehreren Tätern. Der Fahrer des Karts, der ihre Enkelin gedrallt hat, ist abgetaucht. Es kann sein, dass er im Auftrag von jemand anders gehandelt hat. An den Hintermann kommen wir aber nur heran, wenn wir sein Motiv kennen.«

Der Wirt, ein junger schwarzhaarige Mann mit einem dicken, künstlichen Brillantring trat an ihren Tisch. Es entspann sich eine Unterhaltung auf Russisch, von der Marion nur so viel erahnte, dass Karova Pelmeni bestellte. »Ich muss etwas essen«, sagte sie fast entschuldigend, »ich muss bei Kräften bleiben.«

»Ich bin hauptsächlich zum Zuhören da«, sagte Marion leise. »Mögen Sie ein wenig über Ihr Leben in Omsk erzählen?« Sie war ehrlich interessiert, nicht nur, weil sich aus Polinas Wurzeln möglicherweise Hinweise auf ein Tätermotiv ergeben könnten.

»Meine Vorfahren hatten an der Wolga gesiedelt. 1942 hat Stalin die Deutschen deportiert. Die Sowjetunion befürchtete, dass wir

Russlanddeutsche mit den Nazis zusammenarbeiten könnten. Für die waren wir Spione und Staatsfeinde.« Die alte Frau hustete, zog ein mit Rosetten bemaltes Döschen aus ihrer schwarzen Tasche und nahm eine Pastille.

»Meine Eltern haben alles verloren, Haus, Grundstück, Vermögen.« Karova hustete wieder. »Meine erste Erinnerung ist ein Viehwaggon, da haben sie meine Großeltern und Eltern, meinen Bruder und mich eingeladen. Wir fuhren tagelang und dann wurden wir irgendwo in Sibirien ausgekippt. Meine Eltern bauten eine Hütte und alle fürchteten sich vor dem Winter. Ich war damals drei Jahre alt und hätte nicht überlebt, wenn uns die Leute dort nicht unterstützt hätten.«

Marion folgte gebannt der heiseren Stimme mit dem rollenden »R« und dem kehligen »Ch«. Es war derselbe Akzent, den sie bereits bei Michail Petrov gehört hatte.

»Meine Großeltern starben an Erkältung, Unterernährung, fehlender Medizin. Meine Eltern und mein Bruder mussten bei wenig Essen und extremer Kälte Schwerarbeit verrichten.« Die Frau tupfte sich mit einem schwarzen Spitzentüchlein kurz die Augen. »Deutsch zu sprechen war verboten, sonst wurde man als Faschist verfolgt. Als junge Mädchen durften wir nicht ausgehen, wurden als leichtlebig diskriminiert und überwacht. Erst in den Fünfzigern begann die Ausreise nach Deutschland.«

Der Kellner brachte die mit Hackfleisch gefüllten Teigtaschen. Marion schenkte Tee ein und aß mit Appetit mehrere Pelmeni. Seit dem Apfel, den sie im Park des Rechtsmedizinischen Instituts in Gesellschaft von Dr. Howe verzehrte, hatte sie nichts mehr zu sich genommen. Und in einem russischen Lokal war sie zum letzten Mal in Ost-Berlin gewesen. In den Achtzigern war Marion häufig in die Hauptstadt der DDR gefahren, um dort billig Bücher und Schallplatten zu kaufen.

»Aber wen interessiert die Vergangenheit«, sagte Karova. Ihr Teller war fast unberührt. »Wir sind in Sibirien geblieben, dort leben noch viele Russlanddeutsche, meist ältere. Es geht uns jetzt gut. Aber junge, gut ausgebildete Menschen wie Polina gingen weg.«

Marion erinnerte sich, dass Theissen etwas herablassend von der Karova als einer typischen Vertreterin der russischsprachigen Ausländer gesprochen hatte.

»Polina hat Abitur in Omsk gemacht und aufgrund ihrer hervorragenden Leistungen durfte sie Architektur studieren. Dann ging sie nach Berlin. Sie hat es schwer gehabt mit ihrem Akzent, sie wurde als Ausländerin aus dem Osten eingestuft.«

Karova zog aus ihrer Tasche ein zerknittertes Foto heraus, das sie mit einem jungen lachenden Mädchen vor einem flachen weißen Haus zeigte. Das Mädchen trug einen Jeansanzug, saß auf seinem gepackten Koffer und ließ die Haare im Wind flattern.

Marion dachte an das Gedicht von Tschechow, das Polina abgeschrieben und beim Rennen bei sich getragen hatte: der Zugvogel, der Rettung sucht durch Wechsel des Ortes und sie nicht findet.

»Polina war stolz, dass sie nicht in einem Russen-Laden Kaviar und Matrjoschka-Puppen verkaufen musste«, fuhr Karova fort. »Sie hat sich sogar eine Eigentumswohnung geleistet, in Wilmersdorf.« Ein kleines Lächeln flog über das Gesicht der alten Frau.

Die Wohnung hatte sie heute Morgen mit ihren Kripokollegen auf den Kopf gestellt. Obwohl es kriminalistisch notwendig war, fühlte Marion so etwas wie Scham, in fremden Sachen herumzuwühlen.

»Wie ging es weiter bei Polina?«

»Vor sechs Jahren fing sie bei Karstaedt und Theissen an. Sie hatte sich so gut integriert. Das hat sie dem Chef zu verdanken.«

»Johan Ludwig Theissen?«

»Nein. Arnold Karstaedt. Der Alte. Den hat sie geliebt wie einen Vater. Er hat sie gefördert und zu dem gemacht, was sie ist.«

»Herr Karstaedt sitzt in Haft.«

»Steuerhinterziehung.« Karova lachte bitter auf. »Er hat für die GUS-Soldaten Häuser bauen lassen, als sie nach Russland zurückkehrten, er hat vielen Menschen Arbeit gegeben. Was wiegt dagegen Steuerhinterziehung?«

Marion trank Tee und überlegte, dass sie unbedingt Karstaedt in der Haftanstalt vernehmen musste.

»Polina hat sehr früh ihren Vater verloren«, fuhr Karova mit brüchiger Stimme fort. »Er starb an einer Kugel. Er war Polizist und hatte einen tödlichen Einsatz.« Die alte Frau schluchzte auf und griff nach einem Taschentuch. »Entschuldigung. Es ist zu viel. Erst Alexej und jetzt auch Polina.«

»Alexej war ihr Sohn?«, fragte Marion leise.

Karova nickte. »Polina heißt mit mittlerem Namen Alexejewna, nach ihm. Das ist so üblich, in Russland ist der mittlere Name der Vatersname.«

»Was ist mit Polinas Mutter?«

»Ljudmila wurde nicht fertig mit seinem Tod. Depressionen, Tabletten, Krankenhaus. Ich habe Polina zu mir genommen, damit sie wenigstens ein bisschen heitere Kindheit hatte.«

»Polina hat bei Ihnen gelebt, bis sie nach Deutschland ging?«

Die alte Frau nickte. »Sie war vor gut einer Woche da. Wegen dem Bauvorhaben. Ich kann immer noch nicht glauben, dass sie jetzt ...« Die letzten Worte murmelte die alte Frau wie zu sich selbst. Dann blickte sie Marion aus hellblauen Augen an. »Wenn es ein Mord war, dann dürfen Sie nicht ruhen, bis Sie den Täter haben.«

Im Hintergrund erklang Synthesizer-Musik, die dramatisch, aber auch sehnsuchtsvoll erschien. »Ein Chanson über verräucherte Bars, verlorene Freiheit und die untreu gewordene Freundin.« Karova lauschte und ein winziges Lächeln zog über ihr Gesicht. »Knastmusik, sagen wir dazu, ist in Russland sehr beliebt.«

Marion legte ihre Hand auf den Arm der Frau. »Hat Polina, als sie bei Ihnen war, auch über Herrn Theissen gesprochen?«, fragte sie vorsichtig.

Jetzt richtete sich Karova auf. »Mit diesem ehrgeizigen Junior begann Polinas Verderben.«

»Was hat Polina über ihn erzählt?«

»Er hat sich an sie rangemacht, kaum dass Arnold Karstaedt in Haft kam. Polina war am Boden zerstört, sie hatte sozusagen zum zweiten Mal den Vater verloren. Und da erhoffte sie sich Unterstützung von diesem Kerl. Ein erfahrener Unternehmer und zwanzig Jahre älter. Da hat sie ihm nachgegeben. Wie sollte das Kind mit

Ende zwanzig den Russlandbereich der Firma leiten?« Karova schluchzte auf und ergriff ihr Taschentuch. »Der Schuft hatte schnell, was er wollte. Dann war nicht mehr sie interessant, sondern nur ihr Bauvorhaben in Omsk. Er hat versucht, sie aus ihrem Geschäft auszubooten.«

Ja, Theissen hatte einen zwiespältigen Eindruck gemacht. Er strahlte etwas aus, als habe er ein Abonnement auf Erfolg und schönes Leben. Schwierigkeiten wurden beiseite geräumt. Stimmte, was Polinas Großmutter sagte, wäre das ein schwerwiegendes Indiz gegen ihn.

»Sie glauben mir nicht?« Karova hatte offenbar Marions zweifelndes Gesicht richtig gedeutet. »Theissen versucht mit allen Mitteln, die Firma an sich zu reißen. Es traf sich gut für ihn, dass der alte Karstaedt verhaftet wurde. Ich weiß das von Mischa, das ist Polinas Verlobter. Ach ja, sie haben ihn ja vorhin kennengelernt. Er arbeitet schon lange als Ingenieur in der Firma, meist auf auswärtigen Baustellen.«

Michail Petrov, der voller Hass den Juniorchef als Mörder bezeichnet hatte. Es gab also bereits zwei Zeugen gegen Theissen.

»Sie vermuten, dass Herr Theissen Ihre Enkelin mit allen Mitteln aus dem Geschäft heraushaben wollte?«, sagte Marion vorsichtig. Für Hinterbliebene war es oft leichter, das Schicksal zu ertragen, wenn sie jemanden dafür verantwortlich machen konnten. Aber ihr erschien wenig einleuchtend, dass ein so intelligenter, erfolgreicher Geschäftsmann aus Machtgier eine leitende Mitarbeiterin umbringen würde. »Herr Theissen ist nicht beim Rennen mitgefahren, er hat es sich nicht einmal angesehen, weil er sich um Gäste gekümmert hat. Wie sollte er schuld sein an Polinas Tod?«

Vielleicht hat er Polina vorher ein Mittel gegeben«, sagte da Karova, »damit sie ohnmächtig wird.«

Marion starrte die Frau an. Über die Medikamente im Magen der Toten konnte sie doch nichts wissen?

»Polina war … wie soll ich sagen … manchmal überdreht und dann musste sie Beruhigungsmittel nehmen. Und dann auch wieder Aufputschmittel.«

»Welche Mittel hat Polina genommen?«

»Es tut mir weh, darüber zu sprechen, aber Sie müssen es wissen. Polina hatte eine psychische Krankheit, das wurde erst in Deutschland festgestellt. Manisch-depressiv.« Eine Veränderung ging mit der alten Frau vor. Sie schluckte mehrmals und ihre Augen wurden seltsam starr. »Polina musste ständig ein bestimmtes Medikament nehmen, sonst war sie merkwürdig. Aber sie nahm die Tabletten nicht immer. Ich habe mit ihr geschimpft. Sie sagte, mit den Tabletten ist alles irgendwie gedämpft und langweilig und sie will intensiv leben.«

Marion spürte, wie die Aufregung sie packte. Bisher war es nur eine Vermutung, dass die Tote Lithium nehmen musste gegen eine bipolare Störung.

»Wenn Polina die Tabletten nicht nahm, dann sprühte sie nur so vor Leben, aber es strengte sie auch sehr an und dann brach sie unter der nächsten Depression zusammen …«

Die alte Frau brach ab. Marion sah erst mit Erstaunen, dann mit Angst, dass sie ihre Lippen bewegte, ohne einen Laut herauszubringen. Dann wurden ihre Augen weit und glasig und sie saß wie eine Statue da.

»Geht es Ihnen nicht gut«, fragte Marion besorgt. Sie hatte das bei Angehörigen erlebt, denen sie Todesnachrichten überbrachte. Manche fingen an zu schreien und konnten nicht damit aufhören. Manche konnten gar nicht mehr sprechen. Manche brachen lautlos zusammen. Und häufig geschah das, nachdem sie erst mit erstaunlich großer äußerer Ruhe die Todesnachricht entgegengenommen hatten.

»Frau Karova, hören Sie mich?« Marion berührte ihren Arm. Aber die Frau antwortete nicht und stierte vor sich hin.

Marion winkte dem Wirt, einen Notarzt kommen zu lassen. Dann rüttelte sie sanft an der Schulter der Frau. Da kippte Karova seitlich auf die Sitzbank.

Der kurz darauf eintreffende Notarzt diagnostizierte einen Schockzustand und gab eine kreislaufstabilisierende Spritze.

»Ins Krankenhaus und absolute Ruhe«, sagte er.

Marion ging mit hinaus und blickte dem Notarztwagen hinterher, der mit blau rotierendem Licht davonfuhr. Hoffentlich gab es nicht eine zweite Tote.

14.

Der gewohnheitsmäßige Blick in den Spiegel, bevor sie Mandanten empfing, war heute länger. Alexandra Mey wandte ihr Gesicht im hellen Licht des Badezimmers hin und her. Die feinen Linien um Augen und Mund störten sie nicht, milderten sie doch den niedlichen Eindruck. Die Zeiten, als sie noch wie Schneewittchen ausgesehen hatte und manche Leute eine entsprechend naive Lebenshaltung vermuteten, waren zum Glück vorbei. Alexandra erneuerte ihr Make-up, bürstete die Haare und steckte sie wieder hoch.

Sie schenkte sich einen Rosé ein, in der Hoffnung, ihre Unruhe zu bekämpfen, und trat auf den Balkon. Sie führte ihre Rechtsanwaltspraxis in drei Räumen ihrer Fünf-Zimmer-Altbauwohnung in Charlottenburg und besaß außerdem eine Hütte am Scharmützelsee südöstlich von Berlin, in der sie gern ihre Sommer-Wochenenden verbrachte. Als Ersatz für den Garten blühten hier auf dem Balkon hoch über dem brandenden Verkehr des Kaiserdamms Petunien, Sonnenblumen, Gerbera, eine kleine Oase, die seit einiger Zeit von einer Gartenfirma angelegt und betreut wurde. Sie konnte es sich jetzt leisten.

»Salute, kleine Sandra«, sagte sie selbstironisch, setzte sich in ihren blau-weißen Strandkorb auf dem kleinen Balkon, umfasste das Glas mit beiden Händen und trank. Sie würde sich anhören, was Johan Ludwig Theissen zu erzählen hatte, wahrscheinlich ging es um Geschäftsstreitigkeiten. Alexandras Finger trommelten auf dem Weinglas.

Johan war ihr Mandant gewesen, manchmal ihr Liebhaber, noch seltener ihr Freund, und die merkwürdige Beziehung war irgendwann ausgelaufen. Sie hatte sich in Arbeit gestürzt, um nicht ständig an ihn zu denken. Sie müsste ihm ja dankbar sein, das war die Zeit, in der sie ihre Kanzlei aufgebaut hatte.

Damals vor zehn Jahren in Rom waren sie durch die Altstadt geschlendert und Johan erzählte von der Baufirma im Osten Berlins, die er mit seinem Seniorpartner, ein alter Bonze aus der DDR, betrieb. Alexandra hörte fasziniert zu, sie hatte gerade das Staatsexamen gemacht. Dass die Paragraphen mit Leben erfüllt werden können, verstand sie erst, als sie in der Kanzlei, die für Johan und seinen Seniorpartner arbeitete, ihre Tätigkeit als Rechtsanwältin begann.

Nachdem sie für Johan einige Mandate gut erledigt hatte, lud er sie in ein italienisches Lokal ein, das Erinnerungen weckte. Gutes Essen, guter Wein. Dann lag sie in seinem Bett, genau genommen im Bett der Zweitwohnung, die sich auf seiner Büroetage befand. Sie hatte es ihm leicht gemacht, verliebt wie sie war, viel zu leicht. Sie beschwerte sich nicht, dass es immer geschäftliche Anlässe waren, zu denen er sie mitnahm. Besprechungen mit wichtigen Kunden, Beratung im Immobilienrecht, Anbahnung neuer Kontakte.

Und dann gab es die Anlässe, zu denen er sie nicht mitnahm. Nach einiger Zeit erfuhr sie von Beatrice Aigner, Tochter eines argentinischen Baulöwen, die nicht neben dem Büro nächtigte, sondern in der Villa in Dahlem. Zeit verbrachte Johan auch mit einer in Berlin bekannten Galeristin, deren Namen er ihr nicht sagte, und mit der er sich durch seine Freude an der bildenden Kunst verbunden fühlte. Er sei schließlich Mäzen. Und dann gab es Polina Karova, eine russischstämmige Architektin, mit der Johan viele Abende über den Ausbau des Ost-Geschäfts konferierte.

Alexandra redete sich ein, dass jede der Frauen ihren Platz hatte und sie keinesfalls ihre Selbstständigkeit mit einer anderen tauschen wollte. Ob er mit all den Frauen Sex hatte, wusste sie nicht und wollte es auch nicht wissen. Johan war diskret. Und Sex, selbst wenn er gut war, war auch nur wie ein Schlemmeressen und hinterher war man satt. Es hatte, verdammt noch Mal, keine Bedeutung. Einmal hatte sie seine Akten an die Wand ihres Büros gedonnert und sie hinterher mühsam wieder zusammengesetzt.

Alexandra verscheuchte die Erinnerung, zog ihr Kostüm aus, das sie heute in der Strafverhandlung getragen hatte, und warf es auf einen der beiden Sessel im Wohnzimmer, die rechts und links des großen Fensters standen. Auf den einen setzte sie sich gern zum

Lesen, warum sie einen zweiten gekauft hatte, darüber dachte Alexandra lieber nicht nach.

Während sie Jeans und eine leichte weiße Bluse anzog, überlegte sie, ob es nicht besser gewesen wäre, sie hätte gleich abgeblockt. Wahrscheinlich hatte Johan ein Problem mit einer Subunternehmer-Firma oder mit der Bank wegen der Kreditbedingungen. Oder seine GmbH war in Insolvenz. Vielleicht hatte er eine schmutzige Scheidung. Aber schließlich lebte sie von den Streitigkeiten anderer. Alexandra legte poppiges Rot auf die Lippen, wischte das meiste davon wieder ab. Sie bemerkte, dass sie immer noch barfuß war, sie liebte nach einem Tag in engen Schuhen das Gefühl ihres Parketts unter den Füßen. Sie schlüpfte in Shaks, zu leger, in Sandalen fand sie ihre Füße zu nackt, schließlich zog sie die weißen Pumps von vorhin wieder an. Sie drückten jetzt an den Füßen.

»Ciao, Sandra«, sagte Johan als er eine halbe Stunde zu spät ihre Kanzlei-Wohnung betrat. Wie damals waren es seine Augen, die sie als Erstes wahrnahm. Dunkel, offen, neugierig. Animieraugen, dachte Alexandra. Das »Ciao«, die Erinnerung an das Land ihres Kennenlernens, ließ sie unwillkürlich lächeln. Sie fand, dass er sich nicht sehr verändert hatte, obwohl er jetzt neunundvierzig Jahre alt war. Das schwarze lange Haar, das er damals manchmal im Nacken zusammengebunden hatte, trug er jetzt kurz, es war an den Schläfen von Grau durchsetzt. Die Falten auf der Stirn waren tiefer, sie erinnerte sich an seine starke Mimik, insbesondere das Heben und Zusammenziehen der Augenbrauen.

»Entschuldige die Verspätung, Sandrina, dabei denke ich an nichts anderes, als zu dir zu kommen«, sagte er mit tiefer, voller Stimme. Eine Verführerstimme, nur eins passte nicht: die Stimme klang nicht frei.

»Guten Abend, Johan«, sagte sie. Dann sah sie die verletzten Finger an seiner linken Hand. »Was ist passiert?«

»Eine heftige Reaktion auf ein Immobilienprojekt. Briefbombe.« Er strahlte sie mit seinen dunkelbraunen Augen an.

»Willst du Schmerzensgeld einfordern?«

Sie ging voraus, den langen Gang der Altbauwohnung entlang, öffnete die weiße Flügeltür zu ihren Kanzleiräumen. Er blickte sich um, dann nickte er leicht, als wolle er sagen: Das habe ich von dir auch nicht anders erwartet. Alexandra achtete darauf, dass auf ihrem gläsernen Schreibtisch nur wenige Akten lagen und verbarg das vollgestopfte Nebenzimmer vor den Augen der Mandanten. Sie nahmen einander gegenüber auf zwei schwarzen Ledersofas Platz. Theissen stellte die Aktentasche aufs Parkett. Alexandra schenkte Mineralwasser ein, keinen italienischen Rosé jetzt.

»Es geht nicht um Schmerzensgeld.« Er ließ seine Hand durch die Luft gleiten. »Es geht um ein Tötungsdelikt.«

Sie lachte krampfhaft. »Scherz gelungen.«

»Kein Scherz. Meine Mitarbeiterin ist tot. Crash bei einem Kartrennen. Auf der Jubiläumsfeier.« Er hob die Brauen. »Es handelt sich um Frau Karova.«

Alexandra zog hörbar die Luft ein. Polina Karova, die attraktive russische Architektin, mit der Johan so viel Zeit verbrachte, war tot? Sie hatte in den letzten Tagen weder Radio gehört, noch Zeitung gelesen. Zu viele Termine.

»Aber damit hast du doch nichts zu tun«, rief sie spontan und bemerkte zugleich die Naivität dieses Ausrufs. »Was kannst du dafür, wenn deine Mitarbeiterin ihren Kart nicht beherrscht«, fragte sie ruhiger.

Theissen antwortete nicht gleich und zog ein goldenes Etui aus der Tasche seines grauen Sommerjacketts. »Darf ich rauchen?« Er wartete die Antwort nicht ab und zündete sich eine Zigarette an. Sie stand auf, um einen Aschenbecher zu holen. In ihren Räumen wurde eigentlich nicht geraucht, aber sie wollte nicht kleinlich wirken.

»Ein wild gewordener Kommissar hat vorhin die Firma auf den Kopf gestellt«, sagte Theissen grimmig. »Dieser Beckmann hat meine Leute ausgefragt, Kundenakten und PCs beschlagnahmt. Der wollte zufassen, der hatte so ein Glitzern in den Augen.« Er stand auf und ging hin und her. Asche fiel aufs Parkett. »Der Mann muss gestoppt werden. Er ruiniert mich noch.«

»Wenn sich der Kommissar nicht an die Vorschriften hält, solltest du dich bei seinem Vorgesetzten beschweren«, sagte Alexandra spitz.

»Sei nicht böse, dass ich dich so überfalle.« Er lächelte und sie dachte unwillkürlich an sein Lächeln, als er ihre Skizze der Kirche in Trastevere betrachtete. »Lass uns einen zusammen trinken, Sandrina. Wasser ist mir zu fad.«

»Ein Glas Wein?« Schon war sie aufgesprungen, viel zu schnell, sie ging in die Küche, atmete ein paar Mal tief und versuchte dieses Gewirr von Gefühlen zu ordnen. Neugier, was denn wirklich geschehen war. Schadenfreude, dass auch Johan mal in der Klemme steckte. Ja, und geschmeichelt fühlte sie sich auch, dass er mit seinem Problem zu ihr kam. Sie rutschte mit dem Korkenzieher ab. Der Finger blutete. Sie steckte ihn in den Mund, sog daran, schloss einen Augenblick die Augen und zwang ihre Gedanken in sachliche Bahnen. Was war geschehen? Eine Tote beim Betriebsfest. Offensichtlich gab es einen Verdacht auf Fremdverschulden, sonst hätte die Kripo nicht alles auf den Kopf gestellt. Wenn Johan da ohne Schuld hineingeraten war, ja dann würde er auch wieder herauskommen. Ihr war kein Mandant bekannt, der völlig unschuldig vor ein Strafgericht gestellt wurde. Die Ermittler hatten viel zu viel Bedenken, forsch vorzugehen.

»Salute.« Sie kehrte ins Zimmer zurück, schenkte ein, hob lässig ihr Glas in seine Richtung. Johan sollte merken, dass sie Rom längst verarbeitet hatte. »Was gibt's noch?«

»Dieser durchgeknallte Kommissar war in meinem Badezimmer.«

»Wie? Er hat dein Haus durchsucht?« Die Durchsuchung von Privaträumen wäre ein starkes Indiz dafür, dass die Kripo Johan verdächtigte.

»Nein«, er lachte auf, »er war in dem Bad meiner Zweitwohnung in der Firma.«

Sie schluckte, dachte daran, dass sie in genau dieser Wohnung neben seiner Büroetage einige Male mit ihm die Nacht verbracht hatte.

»Was ist dabei, wenn er in dem Bad war«, sagte sie locker. »Vielleicht hatte er ein Bedürfnis?«

»Ein Bedürfnis, mir einen Verdacht unterzuschieben. Wir haben ein Bad extra für Kunden, Sandra. Wie er in meinen privaten Trakt gekommen ist, weiß ich nicht. Als er rauskam, hat er sich scheinheilig für sein ruppiges Vorgehen entschuldigt.«

»Dann ist doch alles okay?«

»Eben nicht. Er hat gesagt, er nehme eben keine Beruhigungsmittel, und dabei hat er blöde gegrinst.«

Alexandra blickte ihn mit zusammengekniffenen Augen an.

»Ich erklär's dir, Sandra. Polina hat eine ganze Reihe von Medikamenten genommen. Irgendwelche russischen Pillen für ihre Leistungsfähigkeit, dann abends Beruhigungsmittel und was weiß ich noch anderes. Sie war unausgeglichen und hatte viel Stress.«

»Hat sie sich vollgedröhnt in den Kart gesetzt?«

Johan hob theatralisch die Schultern und ließ sie wieder fallen. »Glaubst du, ich frage bei der Kripo nach? Dann bin ich ja gleich verdächtig. Jedenfalls kam dieser Bulle mit dem Medikament aus meinem Bad und sagte, Beruhigungsmittel seien in seinem Job meist hinderlich, in diesem Fall aber nützlich.«

Ihre Gedanken überschlugen sich. Einen richterlichen Beschluss konnte der Kommissar so schnell noch nicht bekommen haben. Wenn er das Beruhigungsmittel als Beweismittel beschlagnahmte, bedeutete das Gefahr im Verzug. »Was hast du gesagt?«

»Ich habe einen Fehler gemacht. Ich war müde, die ganze Nacht durchgearbeitet, um mich mit Polinas Bereich vertraut zu machen.« Theissen wies auf die Aktentasche, die er auf dem Boden neben der Couch abgestellt hatte. »Da drin sind Polinas Unterlagen. Meine Nacht wird auch heute kurz sein. Also, vor Müdigkeit hab' ich nicht nachgedacht und gekontert, dass auch ich keine Tranquilizer brauche. Verdammt, ich hätte dem Kommissar sagen sollen, dass diese Pillen mir gehören, dass ich sie zum Schlafen nehme. Dann wäre die Angelegenheit erledigt gewesen. Und dann hab ich noch gesagt, dass Beruhigungsmittel für manche anderen Menschen hilfreich wären.«

»Womit du diesen Beckmann meintest?«

»Genau. Dieser Staatsdiener hat mit einer Anzeige wegen Beleidigung gedroht. Viel schlimmer aber ist, dass er das Medikament eingesteckt hat.«

Alexandra atmete tief durch und versuchte, Fakten zusammenzusetzen. »Der Kommissar hat also bei dir ein Beruhigungsmittel gefunden, das möglicherweise auch Polina eingenommen hat?«

Johan lachte unfroh. »Was weiß ich? Ich hab das Medikament nie in meinem Badezimmerschrank gesehen. Aber dieser Bulle machte die süffisante Bemerkung über die Nerven und wie schädlich Stress sei.«

»Dass in deinem Schrank Beruhigungsmittel gestanden haben, genügt nicht für einen Verdacht, selbst wenn dasselbe Mittel im Blut der Toten gefunden wird«, sagte Alexandra, während sie im Geist die möglichen Folgen dieses Fundes durchging. »Vielleicht ist es ein bekanntes und häufig verwendetes Mittel, vielleicht hat es jemand anderer bei dir stehen gelassen?«

»Du tust, als gingen in meinem privaten Trakt die Leute ein und aus«, rief Johan erregt. »Verstehst du nicht, Sandra? Dieses Medikament hat man mir untergeschoben. Ich nehme es nicht und habe es nie genommen. Wenn ich nur wüsste, was damit bezweckt wird.«

Wahrscheinlich hat dich Polina in deiner Zweitwohnung besucht und es im Bad stehen lassen, dachte sie. Es gab Menschen, die ihre Marke setzten. »Welches Motiv, deine Mitarbeiterin zu beseitigen, hat dir denn dieser eifrige Kommissar unterstellt«, fragte sie vorsichtig.

»Mein Motiv …«, sagte Johan gedehnt und rollte die Augen. »Ich habe keins, jedenfalls keins, wofür ich jemand umbringen würde.«

»Dann hat sich der Typ von der Kripo offensichtlich verrannt.« Sie schlug die Beine übereinander und achtete darauf, sie nicht ineinander zu verschlingen. »Bestimmt meldet der sich schon morgen und entschuldigt sich.«

»Nein. Der denkt, er ist auf der Spur. Es geht ja noch weiter.« Theissen zog tief den Rauch ein, blies ihn aus, hastige tiefe Züge, dann klopfte er die Asche ab, drückte die Zigarette aus. »Eine Sekretärin hat einen Nervenzusammenbruch bekommen, als die Bullen die Computer beschlagnahmt haben …«

»Was? Die Kripo hat die Geschäftsausstattung mitgenommen?« Alexandra war entsetzt. Das wäre ein massiver Eingriff und nur gerechtfertigt, wenn in den Computerdateien wichtige Beweismittel vermutet würden.

»Die haben die Situation gnadenlos ausgenutzt. Das Mädchen hat ihnen unter Tränen erzählt, dass ich mit Polina gestritten hätte. Ich hätte sie beschimpft und unter Druck gesetzt, dabei habe ich ihre ehrgeizigen Erwartungen an ein Projekt in Omsk nur gedämpft. Aber dieser Oberbulle hat sich auf mich eingeschossen.«

Alexandra stand auf, begann herumzulaufen. Sie wollte aus seiner Nähe. Sie fühlte etwas wie ein Pieken. Die Wut auf Johan war wieder da. Dass er einfach nach zehn Jahren erschien und selbstverständlich davon ausging, dass sie sich noch einmal für ihn engagieren würde. Nein, bestimmt nicht.

»Ich will das nicht machen, Johan«, sagte sie mit fester Stimme. »Ich kann dich gern an einen erfahrenen Kollegen vermitteln.«

»Ich will aber, dass du mich vertrittst, Sandra.« Er sah sie mit seinen dunklen Augen an. »Salute!«

Wie auf Befehl nahm sie einen Schluck Wein und ärgerte sich sogleich.

Johan lächelte. »Du trinkst noch wie damals.«

Sie schaute ihn irritiert an.

»Du schnupperst am Wein, steckst die Nase fast hinein, dann kommt die Zunge, schließt Freundschaft, und dann nimmst du einen Schluck. So hast du damals den Campari getrunken, erinnerst du dich, in Rom, in der Bar am Tiber?«

»Jeder trinkt auf seine Weise.« Sie stellte ihr Glas klirrend auf den Couchtisch. Sie erinnerte sich. Sehr sogar. Sie senkte den Kopf. Meist tat sie das, wenn sie konzentriert war. Jetzt war es, weil sie seinen Augen ausweichen wollte.

Etwas in ihr sträubte sich. Sie konnte dieses Mandat nicht annehmen. Sie hatte mit diesem Mann die wichtigste, aufregendste, traurigste, schönste Liebesaffäre ihres Lebens gehabt. Sie hatte es verarbeitet und wollte diesen persönlichen Erfolg nicht aufs Spiel setzen. Das würde sie aber, wenn sie ihrem Grundsatz treu blieb. Als Anwältin ging sie von dem aus, was sie als Worst Case bezeichnete. Aber das bedeutete, sie müsste davon ausgehen, dass Johan sich schuldhaft in ein Tötungsdelikt verstrickt haben könnte. Der

Gedanke war einfach schrecklich. Aber es gab noch einen anderen Gedanken: Johan brauchte sie. Zum ersten Mal brauchte er sie. Sie wäre in der stärkeren Position.

»Hast du einen Verdacht?«, sagte sie endlich und wusste, dass sie gegen ihren Grundsatz verstieß.

Johan schnaufte. »Deshalb brauche ich dich. Du musst herausfinden, was die Kripo denkt und tut. Ich glaube, es hat mit Geschäftskonkurrenz um das Bauvorhaben in Omsk zu tun, das Polina akquiriert hat. Der Fahrer des Karts, der sie gedrallt hat, war ein Russe. Der ist jetzt verschwunden.«

Alexandra schluckte die Bemerkung hinunter, dass die Kripo ihr jetzt nicht die Akten geben würde.

»Sag mir eins, Johan: Hattest du mit der Toten eine sexuelle Beziehung?« Sie wusste, dass sie innerlich das Mandat angenommen hatte.

Johan zog eine Augenbraue hoch. »Hältst du mich für unprofessionell?«

Ich bin jung und suche nach Antworten auf mein Leben. Ich habe eine neue Liebe. Kein Mann. Es ist meine Arbeit. Die Hingabe an eine Aufgabe ist genauso stark wie die Liebe zu einem Menschen. Ich bin der glücklichste Mensch der Welt. Arnold Karstaedt ist ein Chef, der mir Gestaltungsraum gibt.

Ich zeichne Bauwerke. Ich laufe stundenlang in der Stadt herum, um von den großen Architekten zu lernen. Ich sprudle über vor Ideen, oft kann ich nicht schlafen, der Skizzenblock liegt neben meinem Bett. Vom ersten Geld habe ich mir ein Kanapee nach meinem Entwurf fertigen lassen. Mein Arbeitszimmer liegt weit oben im Firmengebäude. Wenn ich mich auf mein Kanapee lege, sehe ich über Hohenschönhausen bis zum Fernsehturm. Meine Arbeit bei Karstaedt & Theissen ist das, was meine Existenz ausmacht. Meine Zukunft ist unendlich und meine einzige Angst ist, dass ich es nicht schaffe, sie vollständig zu erobern.

Polina Karova, Berlin, August 2009.

Freitag, 3. Juli

15.

Die letzten Schritte zu ihrem Dienstzimmer nahm Marion im Laufschritt. Es war morgens um fünf nach acht und sie hatte die Kommissare zur ersten Besprechung gebeten. In der Hand hielt sie eine Holunder-Bionade, die sie gern trank, wenn auch nicht morgens. Aber sie wollte klarmachen, dass sie nicht ein Kaffeetablett für alle bereitstellen würde. Marion erinnerte sich an ihren alten Chef, der bei der Morgenbesprechung geradezu Hof hielt und die Sekretärin mit der Vorbereitung einer Kaffeetafel, auf der weder Kekse noch frische Blumen fehlten, und dem Abwasch beschäftigte. So etwas wollte sie keinesfalls.

Ihre Kollegen standen schon vor ihrem Zimmer, alle mit dem Kaffeebecher in der Hand. Marion entschuldigte sich für ihre winzige Verspätung. Sie hatte dreimal ihren Sohn wecken müssen, nachdem sich seine Behauptung vom schulfreien Tag als Irrtum herausgestellt hatte.

Hauptkommissar Beckmann trug ein hellblau-weiß-gestreiftes Hemd und zartgraue Sommerhosen, der dünne, blasse Kommissar Liwicki Jeans, die nach Arbeit vor Ort aussahen. Marion schloss ihr Zimmer auf und wies mit der Hand auf die Besprechungsecke. Wuchtige Sessel, eine Couch, alles in Tannengrün bezogen, und ein tiefer, aber großer Tisch wiesen auf ein Chefzimmer hin. Marion wäre ein höherer Tisch mit Stühlen lieber gewesen, aber die Einrichtung war bestimmt seit vierzig Jahren hier drin und würde auch weiterhin hier stehen bleiben.

Auf dem Tisch stand Marions Glasschale, in der Halbedelsteine lagen. Heilsteine, Glückssteine, Geschenksteine, es hatte sich in den Jahren viel angesammelt. Auch wenn sie nicht unbedingt an die positiven Schwingungen glaubte, die von diesen Steinen übergehen sollten, so waren sie doch ein Augenfänger und ersetzten eindrucksvoll jeden Blumenstrauß. Ganz oben lag das Tigerauge, das sie vorgestern zum Tatort mitgenommen hatte. Sie wechselte ab, nahm mal Amethyst, mal Bernstein, mal Quarz, ein glatter Stein in der Hand war allemal besser als eine Büroklammer.

Liwicki breitete seine Unterlagen aus und hing mit krummem Rücken über dem Tisch, um sie nochmals zu überfliegen. Er schrieb mit der Hand, was Marion mit Befriedigung sah.

Es klopfte und ein junger schwarzhaariger Mann trat ein, der sich als Kommissar-Anwärter vorstellte und seinen Laptop mitbrachte.

Beckmann teilte mit, dass ein Mitglied des Kommissariats an einer Sommergrippe erkrankt sei und zwei andere heute Nacht zu einem neuen Mord abgezogen worden seien.

»Was konnten wir im Todesfall Karova bisher ermitteln?« Marion setzte sich auf ihren Sessel und stellte mit Wucht ihre Bionade auf den Tisch.

Beckmann blickte auf Marions Getränk, dann zu Liwicki, der den Kopf senkte, und dann wieder auf die Flasche. Alle drei schienen jetzt zu begreifen, dass sie hier keinen Kaffee bekommen würden. Der Schwarzhaarige neben ihr klappte seinen Laptop auf. Anscheinend ging er ohne Anweisung davon aus, dass er als Jüngster das Protokoll führte.

»Also fange ich an«, sagte sie in die plötzliche Stille. Sie berichtete von der Befragung Michail Petrovs und dass er sich als Verlobter Polinas bezeichnet habe, von ihrem Gespräch mit Polinas Großmutter gestern Abend, dem Verdacht, den sie gegen Theissen geäußert habe und dass sie plötzlich zusammengebrochen sei. »Ich werde beim Krankenhaus nachfragen, ob sie vernehmungsfähig ist.« Den ruppigen Beckmann wollte Marion nicht zu der armen alten Frau lassen. »Herr Theissen hat übrigens gestern während unserer Durchsuchung versucht, in die Karova-Wohnung zu gelangen, hat dann aber abgedreht«, schloss sie ihren Bericht.

»Vielleicht wollte er die Wohnung nach belastendem Material absuchen.« Liwicki wiegte den Kopf hin und her. »Er rechnete damit, dass die Wohnung durchsucht wird und wollte Spuren verwischen.«

»Das schafft er nicht«, warf Beckmann ein. »Steltner von der Spusi hat vorhin angerufen. Jede Menge Fingerabdrücke. Die Dame scheint wechselnden Besuch gehabt zu haben.« Er warf einen herausfordernden Blick in die Runde.

»Vielleicht war Frau Karova einfach gastfreundlich«, sagte Marion verärgert, dass Steltner nicht ihr den Bericht geschickt hatte. »Herr Liwicki, konnten Sie den Fahrer des Karts Nummer sieben ausfindig machen?«

Wie angestochen schnurrte Liwicki herunter: »Der Fahrer heißt Dimitrij Smirnow. Er ist nur zur Firmenfeier gekommen und noch am Abend nach Moskau geflogen.«

»Wenn er denn wirklich Smirnow heißt«, sagte Beckmann zynisch. »Der Kartbahnbetreiber sagt, der Typ hätte die Papiere im Hoteltresor gelassen.«

»Braucht man nicht einen Ausweis, um überhaupt am Kartrennen teilzunehmen?«, Marion trank einen Schluck Bionade und wartete neugierig, wie der besserwisserische Kollege es verkaufen würde, dass er das Wichtigste nicht herausgefunden hatte: Wer war Smirnow wirklich und wieso war er so plötzlich abgetaucht?

»Smirnow hat die Papiere beim Qualifying vorgelegt«, sagte Beckmann in geduldigem Ton als halte er einen Lehrgang für angehende Kriminalbeamte ab. »Krukowski hat ihn starten lassen, auch ohne Ausweis, war ja nur ein Laienrennen. Wir sind natürlich ins Hotel und haben uns die Meldeunterlagen zeigen lassen.«

»Und?«, fragte Marion.

»Dimitrij Smirnow und eine Adresse in Moskau«, sagte Liwicki mit schiefem Grinsen. »Hab mit den Moskauer Kollegen telefoniert. Haben sich halb tot gelacht. Dimitrijs und Smirnows gibt's da wie Sand am Meer. Als ob wir einen Peter Müller suchen würden.«

»Steht in der Hotelanmeldung keine Adresse?«

»Doch.« Beckmann stand auf, ging an Marions Sessel vorbei zum Fenster, als wolle er den Raum einnehmen, und blickte auf die Keithstraße hinaus, die jeder Kommissar zur Genüge kannte. Mietwohnblocks, Autos und einige Straßenbäume. In dem architektonisch eindrucksvollsten Haus saßen die Kommissare selbst.

»Die Adresse in Moskau haben wir abgefragt«, sagte er, ohne sich zu seinen Kollegen umzudrehen. »Es gibt sie nicht.«

»Also soll die Identität Smirnows vertuscht werden.« Marion spürte, wie ihr Mund trocken wurde, trotz Bionade. Arbeitsteilige Vorgehensweise, dachte sie, die Spur geht nach Russland, da kriegen wir nie etwas raus.

Liwicki hob die Hand. »Wir haben einen Film beschlagnahmt. Mit dem Handy gemacht von der Frau eines mitfahrenden russischen Geschäftspartners.«

»Die beiden waren zum Glück noch hier.« Aus dem zufriedenen Gesichtsausdruck Beckmanns schloss Marion, dass er den Film bereits kannte.

»Woll'n Sie sehen? Hab 'ne Kopie gemacht.« Kommissar Liwicki zog sein Handy aus der Jeanstasche.

Marion hätte den Film gern allein angeschaut, aber das wollte sie jetzt nicht sagen. Sie drückte die Play-Taste und konzentrierte sich. Die Kamera schwenkte abrupt vom Rennen ins Publikum. Die Stimmung war noch gut, man trank Sekt, unterhielt sich, lachte. Dann ein Schwenk zur Anzeigetafel, die ersten Rufe: »Gasgeben!« Die Karts beschleunigten, Motoren heulten. »Volles Rohr!« Dann ging es auf die Außenstrecke, die Filmaufnahmen wurden aus weiterer Entfernung gemacht. Ein Kart schob sich nach vorne, ein anderer folgte unmittelbar, jetzt waren beide auf gleicher Höhe, der eine Kart begann zu schlingern, jetzt gab der nach vorn drängende Kart ihm einen Drall, der andere kam von der Bahn ab, drehte sich um seine eigene Achse, überschlug sich und schlitterte in die Streckenbegrenzung.

»Ziemlich verwackelt«, sagte Marion. »Viel zu schnell und die Nummern kann ich auch nicht erkennen.«

»Für die Technik kein Problem«, warf Beckmann großspurig ein. »Die zerlegen den Film in einzelne Aufnahmen und holen Details heraus. Wir können beweisen, dass Kart Nummer sieben, gefahren von Dimitrij Smirnow, ausholt, um Kart Nummer dreizehn, gefahren von Karova, zu drallen. In voller Absicht.«

Der junge schwarzhaarige Mann neben Marion nickte, ohne den Kopf vom Laptop zu heben, und fuhr in seinem Protokoll fort.

»Ist Smirnow bei der Kollision nicht verletzt worden?«, fragte sie verwundert.

Beckmann zuckte die Achseln. »Schlimm kann's mit Verletzungen nicht gewesen sein, er ist gleich nach dem Rennen zum Flughafen. Bevor die Polizei eintraf.«

»Wenn er genügend Rennerfahrung hat und seinen Kart beherrscht, konnte er vielleicht den Aufprall steuern.« Liwicki beugte sich vor und legte die Hände ineinander. »Er ist ja nicht direkt in Karova hineingefahren.«

»Sonst wäre Karovas Kart aufgerissen und die Schnauze von Smirnows Wagen stärker beschädigt«, bestätigte der Anwärter.

»Wenn Smirnow hier nicht wieder auftaucht, kriegen wir ihn nie.« Sie merkte, dass ihr Fuß kleine Trittbewegungen ausführte. Schnell stellte sie ihn ruhig auf. »Noch etwas?«

»Gestern, als Sie in der Rechtsmedizin waren«, sagte Beckmann, der es offenbar nicht Marion überlassen wollte, die Besprechung zu beenden, »bin ich mit Marcel hin zur Firma, um mir von der Karova-Sekretärin die Gästeliste geben zu lassen.« Er machte eine Pause. »Marcel, sag du mal was. Du weißt, ich war ja beschäftigt.« Er grinste hinterhältig, so dass sie sofort eine diffuse Befürchtung hatte.

Liwicki berichtete ausführlich von den Befragungen. »Zwanzig Mitarbeiter waren in der Firma, aber sagen konnten nur zwei etwas. Die eine is' eine Büroassistentin, die Streitigkeiten zwischen Theissen und Karova mitgekriegt hat, aber nicht kapiert, worum es wirklich ging.«

»Die hat nur geheult«, sagte Beckmann abfällig. »Die können wir als Zeugin vergessen.«

»Die zweite is' Nadja Kowalewski, die Karova-Sekretärin«, sagte Liwicki. »Die hat erst so rumgedruckst. Dann hab' ich sie allein befragt und da hat sie angedeutet, dass sich der Theissen in ein großes Bauvorhaben in Sibirien einmischt. Wohl ein Geschäft von Frau Karova.«

Genau das hatte auch Polinas Großmutter vermutet. Aber Marion zweifelte daran. »Seine Geschäfte kommen der Firma und damit auch Frau Karova zugute, er ist doch Partner«, sagte sie. Dann kam ihr ein anderer Gedanke. »Oder wirbt Theissen der Firma Geschäftspartner für sich ab?«

»So was läuft nicht öffentlich«, sagte Beckmann verdrießlich.

»Die Kowalewski denkt, Theissen wollte Karova ausbooten.« Liwicki hob und senkte die Schultern. Anders als Beckmann wirkte er jedoch nicht genervt und ärgerlich. Seinem angestrengten Gesicht war das Ringen um die Bewertung seiner Ermittlungen anzusehen. »Die Frau is' schlau. Hat nur ganz allgemein gesagt, dass es Streit gab über Bauvorhaben.«

Also drei Zeugen gegen Theissen, dachte Marion. Petrov, Polinas Großmutter, Kowalewski.

»Es gibt was von einer Bank in Omsk, hab' ich so mitgekriegt«, sagte Beckmann von seiner Position am Fenster aus. »Das ist da, wo die Karova herstammt. Vielleicht hat sie dort einen Kredit aufgenommen.«

»Sie hatte doch bestimmt keine Generalvollmacht.« Marion versuchte, ihre aufkommende Ungeduld angesichts der vielen Vermutungen und Unwägbarkeiten in objektive Bahnen zu lenken. »Wir müssen klären, was es mit diesem Bauprojekt in Omsk auf sich hat. Theissen hat gesagt, er war gegen das Bauvorhaben.«

»Muss ja nich' stimmen, was der sagt.« Beckmann blickte aus dem Fenster und wandte ihr den Rücken zu. Wahrscheinlich ärgerte er sich, dass er nicht mehr herausbekommen hatte. »Vielleicht hat ja auch die Karova das Projekt allein betrieben, sie soll manchmal unbedacht und größenwahnsinnig gehandelt haben«, fuhr Marion fort. »Und es soll heftige Konkurrenz vor Ort gegeben haben.«

Beckmann stöhnte demonstrativ, der Kommissar-Anwärter tippte eifrig, Liwicki beugte sich wieder über seine Notizen.

»Die Einzige, die wir noch nich' befragt haben, is' die Lotte Kraus, Sekretärin von Karstaedt«, sagte Liwicki schließlich. »Die Frau is' schon älter und nich' den ganzen Tag in der Firma. Ich geh morgen noch mal hin. Dann haben wir alles abgegrast.«

»Das war's dann fürs Erste.« Marion ging an die Tafel in der Ecke und schrieb:

Michail Petrov (Verlobter) Eifersucht? Rache?

Johan Ludwig Theissen (Juniorchef) Machtgier? Heimliche Beziehung? Verdeckungsabsicht?

Dimitrij Smirnow (unbekannter Rennfahrer) Auftragsmörder?

»Sorgen Sie bitte dafür, dass Petrov und Theissen von jetzt ab observiert werden«, sagte sie zu Beckmann.

»Mit Gerichtsbeschluss oder ohne?« Beckmann verließ seine Fensterposition und begann, im Raum herumzulaufen. Es war ein heikles Thema. Kurzfristige Beobachtungen durfte die Kripo ohne weiteres durchführen, bei länger dauernden Observierungen, vor allem unter Einsatz technischer Hilfsmittel wie Telefonabhörung, war eine richterliche Anordnung notwendig.

»Erst mal ohne.«

In diesem Augenblick klopfte es und eine hübsche dunkelhaarige Frau in den Dreißigern in einem weißen, eng geschnittenen Sommerkostüm betrat den Raum. »Entschuldigung, wenn ich in Ihre Besprechung hereinplatze.« Die Frau blickte selbstbewusst in die Runde. »Ich bin Rechtsanwältin Alexandra Mey. Ich vertrete Herrn Theissen.«

Marion sah, wie ihre Kollegen erstaunt hochfuhren. Offensichtlich hatte diese Rechtsanwältin es geschafft, am Pförtner vorbeizukommen.

»Eine Vollmacht liegt für Sie nicht vor, Frau Mey«, sagte sie ruhig. Sie kannte die Anwältin nicht, wahrscheinlich hatte sie noch studiert, als Marion das letzte Mal mit Verteidigern zu tun hatte.

»Hier bitte. Herr Theissen hat mich gestern Abend mandatiert.« Die Rechtsanwältin zog die Vollmachtsurkunde aus ihrer knallroten Tasche.

Marion stand auf und nahm das Schriftstück. Wenn sich Theissen eine Rechtsanwältin nimmt, hat er etwas zu verbergen, war ihr erster Gedanke. Nein, korrigierte sie sich, es ist sein Recht, wenn die Kripo bei ihm durchsucht. »Sie hören von uns, Frau Mey.« Wenn die Ermittlungen abgeschlossen sind, dachte sie, und das dauert noch.

Die Anwältin schien ihre Gedanken zu erraten. »Ich habe heute früh beim Gericht Beschwerde gegen die Beschlagnahme der PCs und Unterlagen der Firma Karstaedt und Theissen erhoben. Es gibt keinen Hinweis, dass Firmenangehörige in einen Mord verwickelt sind. Und es gibt schon gar keinen Grund, in das private Badezimmer meines Mandanten einzudringen und Medikamente mitzunehmen. Mein Mandant nimmt dieses Mittel nicht. Das muss jemand anderer in seinen Schrank getan haben.«

Beckmann grinste mit herabgezogenen Mundwinkeln. Der Anwärter tippte hektisch etwas in seinen Laptop.

Die Anwältin beginnt mit ihrer Verteidigungsstrategie, dachte Marion. Sie hätte auch sagen können, dass Theissen dieses Mittel selbst nutze, aber dann hätte sie Erklärungsnöte, wenn man fremde Spuren darauf fände. Geschickt überlegt.

»Ihnen ist klar, dass das Medikament auf Fingerabdrücke untersucht wird.« Beckmann machte einige schnelle Schritte auf die Anwältin zu.

Die überging seine Bemerkung. »Der Richter wird dieses eigenmächtige Handeln für rechtswidrig erklären. Dann folgt eine Anzeige wegen Hausfriedensbruch, falscher Verdächtigung, Verleumdung.« Sie drehte sich um und wollte den Raum verlassen.

Marion atmete einmal tief. »Ich habe volles Vertrauen in meine Kollegen. Das Verhalten Ihres Mandanten ist verdächtig.«

Die Anwältin, schon die Klinke in der Hand, drehte sich noch einmal um. »Der falsche Verdacht wird bald aus der Welt sein.« Dann zog sie heftig die Tür zu.

»Warum haben Sie mir nichts von dieser Aktion gesagt?«, fuhr Marion Beckmann an, kaum dass Rechtsanwältin Mey draußen war.

»Ich wollte erst einen Vermerk schreiben«, sagte Beckmann in Anspielung auf ihre Ministeriumstätigkeit und lächelte.

»Handelt es sich um dieselbe Sorte Medikament wie in Karovas Badezimmer?«

»Natürlich«, sagte Beckmann genussvoll.

Marion spürte die Wucht dieser Mitteilung. »Unterrichten Sie mich sofort, welche Fingerabdrücke auf dem Medikament gesichert wurden«, sagte sie, immer noch ärgerlich, dass sie überrumpelt worden war.

»Bin gespannt auf die Forensik. DNA. Von Theissen.« Beckmann schnalzte mit der Zunge.

»Fragen Sie gleich nach, ob der Richter die Beschwerde schon vorliegen hat«, wies sie den jungen Anwärter an, der ständig mit dem Mittelfinger auf die Tastatur tippte. »Wenn wir das Medikament nicht behalten dürfen, haben wir ein Beweisproblem. Denken Sie alle mal darüber nach.«

Der Anwärter nickte und begann zu tippen.

Liwicki, anscheinend ein Computerfreak, versuchte, die angespannte Lage auszugleichen. »Bin noch nich' in die Büro-PCs reingekommen«, berichtete er. »Ich probiere noch ein paar Kombinationen aus.«

»Wenn wir den Beschluss vom Richter haben, sagen sie dir das Passwort vielleicht freiwillig«, warf Beckmann lässig ein.

»Aber etwas hab ich.« Liwicki berichtete von einer SMS, die er im Smartphone der Karova gefunden hatte. »Ich hasse dich. Du bist abscheulich. Das hat sie an Theissen geschrieben.« Er blickte triumphierend in die Runde. »Du zerstörst mich und meine Geschäfte.«

Marion nickte. Diese vehemente Gefühlsäußerung Karovas passte zwar nicht zu Theissens distanzierter, unbeteiligter Beschreibung seines Verhältnisses zu Polina, aber sie passte zu dem Verdacht, den Polinas Großmutter geäußert hatte. Und sie passte zu dem Streit, den der Handwerker in der Nachbarwohnung gehört hatte.

»So viel Stunk nach so viel Liebe«, sagte Beckmann und berichtete von dem Sex-Videofilm.

Schon wieder etwas, das er mir nicht gleich gesagt hat, dachte Marion. »Sie haben also intime Aufnahmen beschlagnahmt. Ohne richterlichen Beschluss.« Sie blickte Beckmann an, der mit den Achseln zuckte. Dann blickte sie auf ihre Schale mit den Steinen und konzentrierte sich darauf, jetzt nicht beleidigt zu wirken. Die Beschlagnahme eines derartigen Videos war eindeutig ein Verstoß gegen das Persönlichkeitsrecht der beiden Beteiligten, das war bestimmt auch dem Hasardeur von Kollegen klar. Rechtfertigen könnte sie es allein mit der Vermutung, dass der Film als Erpressungsmittel gedient hatte. Polina erpresste Theissen und der sah keinen Ausweg mehr.

»Gut gemacht, das mit dem Smartphone«, sagte Marion zu Liwicki, der ebenfalls ihre Steinsammlung betrachtete.

»Meine Großmutter hat immer Steine gehabt und kannte die ganze Heilwirkung und Bedeutung …« Er stoppte.

»Ja, Steine bringen einen zur Ruhe und Konzentration. Kann in unserem hektischen Beruf nicht schaden.« Sie wandte sich an Beckmann. »Fangen Sie mit der Auswertung des beschlagnahmten Schriftwechsels an. Es eilt, vielleicht müssen wir bald alles wieder herausgeben.« Sie erhob sich, um zu zeigen, dass die Besprechung zu Ende sei. »Eine sinnvolle Aggressivität erfordert das Bewusstsein, auf dem richtigen Weg zu sein«, sagte sie mit einem schiefen Lächeln und schwenkte die Bionade-Flasche.

»Da sind wir einer Meinung.« Beckmann grinste zurück.

16.

Lotte Kraus, Kontoristin seit 1980 im Wohnungsbaukombinat Berlin-Hohenschönhausen entwickelt sich zur zuverlässigen, lenkbaren, wenig kritischen Kontaktperson.

Lotte saß in einem Raum des Bundesbeauftragten für Stasi-Unterlagen in der Karl-Liebknecht-Straße und fragte sich, aus welchem Grund die Stasi über sie eine Akte angelegt hatte. Sie war keine inoffizielle Mitarbeiterin, keine IM, gewesen, hatte nie eine Verpflichtungserklärung abgegeben. Und doch saß sie jetzt hier, sechsundzwanzig Jahre nach der Wiedervereinigung, und las in einem archivierten Bericht über sich selbst. Den Antrag bei der Stasiunterlagenbehörde hatte sie auf Anraten ihres Therapeuten gestellt, der ihr klarmachte, wie wichtig es sei, sich selbst kennenzulernen, und dazu gehöre auch, wie andere sie sahen und einschätzten. Wo konnte sie das so unverblümt erfahren wie in Spitzelberichten?

Es war erstaunlich viel Papier im roten Hefter. Lotte hatte das Gefühl, dass fünfzehn Jahre ihres Lebens in der DDR erfasst worden waren. Es begann mit ihrer Ausbildung als Kontoristin am 1. April 1976. *Lotte Kraus ist ein wenig ängstlich, zurückhaltend, aber fleißig und pflichtbewusst. Bei guter Führung kann sie sich zur wertvollen Quelle entwickeln.*

Operative Personenkontrolle nannten sie es und Lotte konnte kaum fassen, dass Decknamen von fünf inoffiziellen Mitarbeitern auftauchten, die sie im Ausbildungsbetrieb, in der Berufsschule und sogar bei ihren wenigen Besuchen im Jugendclub beobachtet und kontrolliert hatten. Es gab »IM Klaus«, »IM Ilona«, »IM Markus«. Und dann gab es einen »FIM Stahl«, das war ein IM mit Führungsaufgaben, wie Lotte bei der jungen Frau im Besucherbüro, die an einer Diplomarbeit über »Mittel und operative Vorgehensweise« saß, erfahren hatte. Wer verbarg sich hinter »FIM Stahl«, der wiederum einige IM unter sich hatte? Lotte konnte niemanden identifizieren, es gab auch Schwärzungen in der Akte. Die Studentin sagte, sie könnte die realen Namen herausfinden lassen. Lotte schüttelte den Kopf. Den Antrag wollte sie nicht stellen.

Allerdings schien »FIM Stahl« sie gut zu kennen. *Lotte Kraus hat hohe moralische Wertvorstellungen, will sich nützlich machen und strebt nach Anerkennung. Mit der richtigen Führung kann sie ein wertvolles Mitglied der sozialistischen Gesellschaft werden.*

Eine unrühmliche Rolle spielte eine IM mit dem Decknamen »Klara«. Diese Person wusste offensichtlich über ihr Liebesverhältnis mit Arnold Bescheid, kannte sogar ihre heimlichen Treffpunkte in den Kriegsruinen an der Spree. Einmal hatte sie Nadja Kowalewski von Weitem gesehen, als Arnold und sie, erhitzt und zerzaust, Hand in Hand aus einer Grünanlage kamen. Sie hatten sich sofort voneinander gelöst, Arnold ging in die entgegengesetzte Richtung. Lotte erzählte Nadja später etwas von einem Spaziergang durch den Park, bei der ihr Arnold einiges über die Planvorgaben und deren Erfüllung erklärt habe. War Nadja etwa »Klara«?

Anscheinend bin ich für die durch die Beziehung zu Arnold interessant geworden, dachte Lotte erst verwundert, dann enttäuscht und wütend. Deshalb hat Arnold mit mir, kaum dass wir uns geliebt hatten, über Firmenangelegenheiten gesprochen. Wer erfüllte eifrig die Vorgaben des Planungskomitees? Wer machte systemkritische Sprüche? Lotte stöhne auf. Nie hatte sie gedacht, dass hinter dem Interesse an ihrem Arbeitsalltag Methode steckte. Ihre Beziehung zu dem mit einer linientreuen Frau verheirateten Arnold war von höherer Stelle geschützt worden. Verbarg sich Arnold hinter »FIM Stahl«? Irgendwann stieß Lotte auf den Begriff der »Abschöpfung« und erschrak. Ja, sie war »abgeschöpft« worden.

Aber hatte nicht auch sie sich für das Verhalten von Kollegen interessiert, weil Arnold ihr gesagt hatte, sie solle sich dafür interessieren? Einmal schrieb sie einen Bericht über eine neue Kontoristin, ob diese klatschte oder vertrauliche Dinge für sich behalten konnte, einmal über Spielzeug kapitalistischer Herkunft, aus der BRD, im Kindergarten des Kombinats.

Und sie war es gewesen, die Arnold berichtete, dass sein Schulfreund Günther sein Parteibuch zurückgegeben hatte, dass er Kontakte zu Leuten im nicht sozialistischen Ausland pflegte. »Subversive Verbindungen« hatte Arnold das genannt.

Ein Gedanke stieg hoch, so furchtbar und belastend, dass Lotte hochsprang und auf die Toilette ging, um kaltes Wasser über ihre Hände laufen zu lassen. War sie mit Schuld daran, dass Günthers »feindlich-negative Haltung gegenüber der DDR und ihren Sicherheitsorganen« bekannt geworden war? Hatte Arnold seinen alten Freund etwa dem MfS verraten? Günther war über Nacht weg aus der Firma und auf Lottes Fragen antwortete Arnold ausweichend. Hatten sie Günther etwa nach Bautzen gebracht?

Sie ließ sich von der Studentin im Empfang des Besucherbüros Material geben. Die Namen der Gefangenen in Bautzen würde sie allerdings nicht erfahren, sagte die Studentin, es sei denn, sie träten von sich aus an die Öffentlichkeit. Lotte ging an ihren Tisch zurück und las.

Bautzen II – Die Sonderhaftanstalt der Stasi

In den Hochsicherheitstrakt für Regimegegner, Spione und sonstige politische Gefangene schickte die DDR-Staatssicherheit Häftlinge, die für das Regime als besonders gefährlich galten.

Schon in den ersten Jahren des Bestehens der DDR versuchten SED und MfS, politische Gegner zu kriminalisieren.

»Wer unsere antifaschistisch-demokratische Ordnung angreift, wer den Aufbau unserer Friedenswirtschaft stört, begeht eine strafbare Handlung und wird seiner verbrecherischen Taten wegen bestraft. Diese Strafgefangenen sind keine ›politischen Gefangenen‹, sondern kriminelle Verbrecher.«

Die Strafe für die politischen Häftlinge wurde mit der SED abgestimmt. Nach der Einlieferung nach Bautzen II war der Häftling der Willkür der Staatssicherheit ausgeliefert. Knappe Nahrung, Isolation, keine Beschäftigung, Störung der Nachtruhe durch ständige Beleuchtung und Geräusche, zuweilen körperliche Angriffe waren Mittel der Drangsalierung politischer Gefangener. Jede Kontaktaufnahme nach außen war verboten. In vielen Fällen wurde der Häftling von seinen Angehörigen und Freunden für tot gehalten.

Nach der Absetzung von Honecker und Mielke stellte die Stasi ihre Arbeit in Bautzen ein. Von Oktober bis Dezember 1989 wurden die politischen Gefangenen durch die neue DDR-Regierung amnestiert. Bautzen II ist seit 1993 Gedenkstätte.

Nach drei Stunden verließ Lotte aufgewühlt das Gebäude. Ihr Vertrauen, ihre Gutgläubigkeit und ihr Wunsch, gemocht zu werden, waren ausgenutzt worden. Das war das eine. Das andere waren Schuldgefühl und Scham. Und die Angst, was es mit dem plötzlich aufgeflammten Interesse der Presse an Günther auf sich hatte. Gestern hatten die beiden Journalisten versucht, Johan über alte Vorkommnisse auszuquetschen. Für Johan, den Wessi, war das Geschichte. Aber wer außer Arnold und ihr wusste von Günthers Verschwinden? Nur Nadja Kowalewski. Lotte fühlte ihr Herz unregelmäßig schlagen und nahm eine von den Pillen, die der Therapeut ihr gegen Erregungszustände empfohlen hatte.

War Günther tot? Niemand, der ihn kannte, hatte seit jenem Tag wieder etwas von ihm gehört. Wenn sich die Presse jetzt im Zusammenhang mit dem Tod Polinas dafür interessierte, dann hatte Günthers Leben kein gutes Ende genommen. Lotte nahm sich vor, das herauszufinden.

17.

Beim Entwickeln ihrer Verteidigungsstrategie ging Alexandra Mey vom Worst-Case-Prinzip aus. Dein Mandant hat es getan. Wenn er es bestreitet, lügt er dich an. So konzentrierte sie sich darauf, entlastende Indizien zu sammeln und sich gar nicht erst auf dem Gedanken auszuruhen, dass sich seine Unschuld spätestens vor Gericht herausstellen würde.

Nur im Fall ihres neuen Mandanten Johan Ludwig Theissen versagte ihr Prinzip. Alexandra versuchte, die bisherigen Erkenntnisse zusammenzusetzen: Der Kommissar hat ein Beruhigungsmittel in Johans Bad beschlagnahmt, weil er einen Zusammenhang zu der Tat vermutet. Hatte man Karova dasselbe Mittel eingeflößt, damit sie die Kontrolle über ihren Kart verlor und ein leichteres Opfer für den angreifenden Fahrer wurde? Aber welches Motiv sollte Johan haben? Geschäftliche Meinungsverschiedenheiten über das Großprojekt in Omsk? Das reichte sicher nicht aus. Alexandra stöhnte. Sie hatte einfach zu wenig Fakten. Sie wanderte in ihrer Kanzlei-Wohnung herum, während sie ihr Worst-Case-Prinzip auf den Kopf stellte. Also: Johan hat am Rennen nicht teilgenommen. Er war mit Gästen im Gespräch. Er hat Polina also kein Medikament zuführen können. Ein anderer hat Polinas Kart gedrallt. Johan ist unschuldig. Es ist eine Verschwörung gegen ihn.

Ihre Müdigkeit nach der intensiven Arbeit war wie weggeblasen, als sie beim Amtsgericht anrief und erfuhr, dass ihre Beschwerde, die sie noch in der letzten Nacht formuliert und ans Gericht gefaxt hatte, erfolgreich gewesen war. Die nette Frau in der Geschäftsstelle, die Alexandra – wie auch andere an strategisch wichtigen Stellen arbeitende Bedienstete – ab und an mit Pralinés oder einer Flasche Sekt erfreute, hatte ihrer Beschwerde Vorrang eingeräumt und sie sofort dem Richter vorgelegt.

Sie führte einen Freudentanz durch ihre Wohnung auf, »Yippie-Yippie-Yeah«, und setzte sich dann an ihren PC. Die E-Mail an die Kripo, die »wegen eines völlig aus der Luft gegriffenen Verdachts die Räume ihres Mandanten auf den Kopf gestellt habe«, floss ihr geradezu aus den Fingern. Leider fiel ihr der Name der älteren Frau nicht ein, die anscheinend das Sagen im Kommissariat hatte. Die Frau hatte kurz gezögert, ehe sie die Durchsuchungsaktion ihrer Leute in Schutz nahm. »Geben Sie sofort alle rechtswidrig beschlagnahmten Gegenstände heraus! Mey, Rechtsanwältin.«

Dann musste sie einfach laufen gehen. Alexandra schlüpfte in kurze Hosen und Joggingschuhe und ging zu dem Park am Lietzensee in Charlottenburg. Jetzt hatte dieser in Schale geworfene Kommissar die Quittung erhalten. Sie lachte und kickte einen Fußball zu einer Mannschaft kleiner Jungs zurück. Dieser Punkt ging klar an sie. Sie schwebte geradezu über den Kiesweg. Auf den Wiesen lagerten junge Mütter mit Kinderwagen und Kleinkindern, türkische Männer schoben über einem Picknicktisch Spielsteine hin und her und am See betätigte sich eine Gruppe Trommler, überwiegend ältere Männer und Frauen, die keine politische Botschaft übermitteln wollten, sondern einfach Spaß daran hatten, auf die Pauke zu schlagen. Nachdem Alexandra zweimal den Lietzensee entlang- und wieder zurückgelaufen war, schlenkerte sie ihre Arme aus und entschloss sich, noch in ihr Stammlokal am Ende des Sees zu gehen.

Während sie den weiten Blick über den See bis zum Funkturm genoss und die Waffel ins Erdbeereis tauchte, kam ihr ein Gedanke, der den schönen Sahnegeschmack geradezu auslöschte: Der Richter hatte zwar die Beschlagnahme des Beruhigungsmittels und der Geschäftsutensilien für rechtswidrig erklärt. Dieser Haudegen von Kommissar müsste also alle Gegenstände wieder herausgeben. Aber so eine Backpfeife vom Gericht würde so einen zu noch mehr Verfolgungswut veranlassen, schon um zu zeigen, dass sein Riecher ihn nicht getäuscht hatte. Er würde den Fund des Medikaments nicht aus seinem Gedächtnis löschen und würde weiter bohren, nach Johans Arzt- und Apothekenkontakten und vor allem nach einer persönlichen Beziehung Johans zu der Toten. Denn dass Polina dasselbe Mittel in ihrem Körper hatte, davon ging Alexandra nach ihrer Erfahrung als Strafverteidigerin aus. Sonst wäre dieser Bulle nicht so drauf abgefahren. Die Frucht des verbotenen Baumes darf man essen, so hatte ihr Strafrechtsprofessor an der Uni es beschrieben. Auch auf verbotene Beweismittel durfte die Kripo neue Ermittlungen gründen. Und dieser Draufgänger von Kommissar würde mit Wonne verbotene Früchte essen, das hatte sie an dem abfälligen Gesichtsausdruck gesehen, mit dem er sie, als sie in der Besprechung aufkreuzte, musterte. Sie lachte über die Schmalspur-Denkart der Polizei, aber ihr Lachen war nicht mehr fröhlich. Sie zahlte und ging in ihre Kanzlei.

Kaum war sie dort angelangt, klingelte ihr Telefon.

»Ciao Bella, was tust du im Augenblick?«

»Hör mit dem Italienisch auf«, fauchte sie ins Telefon. An Johans ruhiger Stimme merkte sie, dass er ihre auf dem Anrufbeantworter hinterlassene Erfolgsmeldung gehört hatte.

»Die Beschlagnahmung war also rechtswidrig.« Seine Stimme klang zufrieden. »Das war's dann wohl.«

»Das war's überhaupt nicht. Jedenfalls nicht, bis die Kripo den Täter hat.«

»Hast du vielleicht Hunger, oder warum bist du so ungehalten?«

»Ich versuche, mir einen Überblick über dein Umfeld zu verschaffen. Die großen Ws, verstehst du: Wer könnte warum und auf welche Weise Polina umgebracht haben?«

»Soll ich rumkommen mit einem guten Orvieto?«

»Wann begreifst du, dass das kein Spiel gelangweilter Kripo-Jungs ist?«, schrie sie ihn an. »Ich ackere die Nacht über, um deine verdammte Rolle in diesem Todesspiel zu erfassen, und du denkst, mit einem guten Schluck und einem Blick aus dunklen Augen ist es getan.«

»Also kein Orvieto. Dafür die Wahrheit?«

»Genau so.«

»Soll ich rumkommen?«

Alexandra überlegte kurz. Ein Besuch Johans wäre bequem, aber sie fürchtete, dass eine unvorhergesehene geschäftliche Angelegenheit ihn davon abhalten könnte.

»Ich komme zu dir. Jetzt gleich.« Sie wartete seine Antwort nicht ab, schleuderte ihre Jogging-Kleidung auf den Sessel und griff sich ein leichtes gelbes Sommerkostüm.

18.

Marion Kraefft schob die Vorhänge zur Seite, öffnete ihr Fenster, aber kühler wurde es auch nicht. Es war schwülwarm und die Blätter der Linden bewegten sich nicht. Für einen Durchzug hätte sie ihre Tür offen lassen müssen, aber das wollte sie nicht. Sie brauchte diese Zeiten des Rückzugs, allein und zum Nachdenken.

Sie begann damit, was ihr in unübersichtlichen Fällen schon geholfen hatte: Alle Personen aus dem Umfeld Polinas wie Schachfiguren hin- und herzuschieben, sich in jede einzelne hineinzuversetzen, jede von ihnen zum Opfer und auch zum Täter zu machen, auch wenn es noch so abwegig schien. Als Erstes malte sie eine stilisierte Frau. *Polina – Opfer.* Sie hatte in ihrem, von Theissen als manisch bezeichneten Überschwang ein großes Geschäft in Omsk begonnen. Und war dabei in die Hände russischer Geschäftemacher gefallen? Die fernab ihren Tod geplant und mittels eines russischen Auftragsmörders herbeigeführt hatten? Einen in Russland untergetauchten Täter mit einem Falschnamen zu finden, war nahezu unmöglich. Schachmatt gesetzt.

Neuer Schachzug. Marion malte einen Mann: *Theissen – Täter?* Polinas Großmutter und Michail Petrov hatten ihn übereinstimmend bezichtigt. Hatte Theissen vorgestern in der Befragung gelogen, als er angab, er wolle das Omsk-Geschäft nicht? Und Polina hatte das Projekt, verletzt, weil er sie nach einer Affäre nicht mehr wollte, weiterverfolgt? Aber warum hatte Theissen als geschäftsführender Teilhaber ihr nicht die Vollmacht entzogen? Vielleicht, weil Polina ihn erpresst hatte? Mit der Affäre, die eine wichtige private Beziehung zerstören konnte? Oder wusste Polina von Straftaten? Bestechung, Steuerhinterziehung, das waren häufige Delikte in derartigen Unternehmerkreisen. Hatte Theissen als letztes Mittel den Auftrag zum Mord an Polina erteilt?

Sie starrte auf die vielen Fragezeichen, trank den schalen Rest ihrer Holunder-Bionade und versuchte sich an ihrer Yogaübung für innere Ruhe, zu der sie heute früh um sechs weder Lust noch Zeit gehabt hatte. Der »Baum«: Stehen auf einem Bein, das andere in

Kniehöhe angelegt, die Arme in der Höhe mit den Handflächen aneinander. Das Telefon klingelte.

»Hallo, haben Sie gerade Zeit?«, erklang die fröhliche Stimme der Rechtsmedizinerin Dr. Howe. »Wir haben die Medikamentenrückstände im Körper analysiert. Die Tote hatte einen richtigen Cocktail in sich.«

»Was für Medikamente?« Marion konnte sich vor Aufregung kaum zügeln.

»Flunitrazepam. Die Droge hat einen stark beruhigenden Effekt. Eintritt der Wirkung nach fünfzehn bis zwanzig Minuten. Das Reaktionsvermögen verlangsamt sich bis hin zur Bewusstseinstrübung. Was das beim Autorennen bedeutet, können sie sich vorstellen.« Es folgte ein Geräusch, als beiße die Frau in einen Apfel. Ach ja, zu jeder Zigarette einen Apfel, das hatte Dr. Howe gestern nach der Sektion erzählt. »Die Droge wurde früher in der Junkie- und Partyszene missbraucht, weil sie farb- und geschmacklos war. Später wurde die Zusammensetzung geändert, die Tabletten waren blau und schmeckten bitter.«

»Aber dann hätte Frau Karova die Droge doch nicht zu sich genommen?« Marion versuchte nervös, die zahllosen Kringel des Telefonkabels in die Länge zu ziehen, um im Stehen zu sprechen.

»Die Tabletten in ihrer ursprünglichen Form, also farb- und geschmacklos, sind in einigen Ländern noch erhältlich. Auf dem Schwarzmarkt werden sie als ›Flummis‹ gehandelt.«

»Flummis?« Marion dachte an die stark springenden kleinen Gummibälle, mit denen ihr Sohn sich vor vielen Jahren amüsiert hatte.

Ihre Gesprächspartnerin biss krachend in ihren Apfel. »Ich weiß, woran Sie denken. Flummis kommt vom Inhaltsstoff Flunitrazepam.«

»Sie sprachen von einem Medikamenten-Cocktail?«

»Ja. Lithium. Die Tote hat unter einer psychischen Erkrankung gelitten. Eine bipolare Störung. Früher hat man das als manischdepressiv bezeichnet. Es kommt zu ausgeprägten Hochgefühlen, in denen waghalsige Unternehmen und risikoreiche Geschäfte eingegangen werden, gefolgt von depressiven Episoden.«

Marion schlang ein Bein ums andere. Also hatte Polina das Lithium wirklich eingenommen. »Haben Sie noch etwas gefunden?«

»Reste eines Energiegetränks.« Die Rechtsmedizinerin lachte. »Wasser, Zucker, Koffein, Vitamin B, Mineralstoffe.«

»Wie wirkt die Überdosierung von diesen Medikamenten?«

»Sowohl Lithium wie Flunitrazepam haben einen beruhigenden Effekt. Dabei wirkt Lithium schon in ganz geringen Dosen. Bei Überdosierung kommt es zu starker Müdigkeit, Übelkeit, Krampfanfällen, Herzrhythmusstörungen. Die Tote hatte sich erbrochen, das ist ein typisches Zeichen.« Dr. Howe zündete sich dem Geräusch nach zu urteilen eine Zigarette an. »Noch ein Tipp zum Abschluss: Als Rechtsmedizinerin in Hamburg habe ich die Flummis häufiger im Blut von Prostituierten aus dem Osten gefunden. Dort ist diese Droge noch immer auf dem Schwarzmarkt erhältlich. Die Tote stammte doch aus Russland?«

19.

Alexandra Mey parkte ihr Auto vor dem Bürogebäude. Es lag in einem Plattenbau in Hohenschönhausen und war aufs Neueste umgestaltet. Eine Tafel aus poliertem Granitstein kündigte die Karstaedt & Theissen Bauausführung Sanierung GmbH an, durch die große Drehtür gingen Menschen hinein und hinaus, Kunden, Gäste, Angestellte. Als Alexandra ausstieg, hüllte sie die aufgestaute Hitze eines langen Sonnentages ein. In einer Vision stieg das grüne kühle Wasser des Sees vor ihrem Auge auf, dicht bei ihrer Hütte am Scharmützelsee, in der sie eigentlich die nächsten Tage hatte verbringen wollen. »Idiotin«, fauchte sie ihr Spiegelbild in der schwarzen Glasfassade des Geschäftsgebäudes an.

Die Frau im Empfang bot ihr Platz in einer Sitzecke an und ein Kaltgetränk. Johan schien Bescheid gesagt zu haben. Es dauerte tatsächlich kaum eine Viertelstunde, da kam er ins Foyer. Sie konnte nicht verhindern, dass ihr Herz einen kleinen Sprung machte, als sie ihn sah. Er hatte das Jackett seines Büroanzugs ausgezogen und bemühte sich, einen offenen und entspannten Eindruck zu machen. Aber sie sah die Müdigkeit auf seinem Gesicht und den verschwommenen Blick.

»Was hältst du davon, wenn ich dir die Gegend zeige? Bewegung täte mir auch gut.« Er unterdrückte ein Gähnen.

Sie wollte entgegnen, dass sie die halbe Nacht am PC über die Sanierung der Plattenbauten recherchiert und jetzt genug habe. Andererseits wäre es eine Gelegenheit, in Ruhe mit Johan zu sprechen. Sie war im Augenblick völlig auf ihn angewiesen. Die Kripo würde ihr die Akten nicht geben, bis die Ermittlungen gegen ihren Mandanten abgeschlossen waren und im Innern befürchtete sie schon Enthüllungen, die unvorbereitet über sie hinwegbrandeten.

»Gut«, sagte sie, »ich war noch nie in Hohenschönhausen.«

Die Gegend, durch die sie gingen, sah aus, als sei sie auf dem Reißbrett angelegt worden. Wohnblöcke, alle zehn bis zwölf Stockwerke hoch und gleich breit, alle mit einem später angebrachten gläsernen Vorbau und einem riesigen Klingel-Tableau. Auf jeder Etage gab es vier Wohnungen, vor jedem Block Pkw-Stellplätze und nach vier Blöcken eine kleine Grünanlage mit Sandkasten und Rutschen. Ab und an befanden sich Geschäfte im Erdgeschoss und am Ende der Siedlung sah sie ein kleines Einkaufszentrum mit Supermarkt, Friseur, Reinigung, Gaststätte. Auf Alexandra, die gern in den Seitenstraßen des Kurfürstendamms einkaufte, wirkte die Siedlung symmetrisch und zweckmäßig, aber wenig einladend.

Sie gingen eine Weile schweigend nebeneinander her, Johan hatte die Hände in den Hosentaschen vergraben, während sie ihre Aktentasche von einer schwitzigen Hand in die andere wechselte und überlegte, warum sie die überhaupt auf den Spaziergang mitgenommen hatte. Kaum waren sie an einem der langen Bauwerke vorbeigelaufen und traten in das kurze freie Stück bis zum nächsten Wohnblock, kam ihnen endlich erfrischender Wind entgegen.

»Was willst du wissen?«, fragte Johan im Plauderton. »Über unsere Bautätigkeit brauche ich nicht viel zu erzählen, du musst dich nur umschauen. Als ich zu Arnold Karstaedt kam, war alles grau in grau. Keine Spielplätze, keine Läden, die Dächer undicht, die Elektrik überaltert, die Schallisolierung gleich null. Es war eine große Aufgabe, die uns viele Jahre gefordert hat.«

Sie ließ sich einige Einzelheiten der umfangreichen Modernisierungsmaßnahmen erklären, um auf ihn einzugehen.

An der Wand neben einem Hauseingang mit der Nr. 260 war ein Maler dabei, ein Mädchen mit wunderschönem rotgoldenem Haar zu entwerfen, das aus dem Fenster eines Turms blickte.

»Rapunzel?«, fragte Alexandra und blickte Johan an.

Zum ersten Mal sah sie den Anflug eines echten Lächelns auf seinem Gesicht. »Ja, die alten Hausbemalungen werden wieder hergestellt. Sind im Zug der ersten Fassadensanierung zerstört worden. Jetzt haben wir zunehmend Anfragen von Familien, damit deren Kinder wissen, in welches Haus sie gehören.«

»Hübsch«, sagte Alexandra und dachte, wie froh sie war, in einer Straße zu leben, in der jedes Haus sich vom anderen durch die Bauweise unterschied.

»Ein Rentner hat Anfang der Neunziger die Fassadenbilder fotografiert, die Fotos sind archiviert, wurden aufbereitet und dienen jetzt als Vorlage.«

Sie merkte, dass sich Johan über diese Idee in Begeisterung zu reden begann, was ihre Anspannung erhöhte. Wenn jetzt etwas wichtig war, dann war es schnelle und umfassende Information über sein Verhältnis zu Polina Karova. Ohne Übergang lenkte sie das Gespräch in ihre Richtung. »Und erzähl mir bitte nicht, wie harmonisch und wunderbar alles war.«

Er versuchte, die für ihn typische Mischung aus Heiterkeit und Wohlwollen auszustrahlen. »Du willst wissen, ob ich etwas mit ihr gehabt habe? Ob ich verliebt war in sie? Bin ich ihr hinterhergelaufen, aber sie wollte mich nicht?«

»Hör auf«, sagte Alexandra scharf. Sie hatte das Gefühl, dass für ihn die Angelegenheit mit dem positiven Gerichtsbeschluss erledigt war. »Die Kripo vergisst ihre rechtswidrig beschlagnahmten Gegenstände nicht.«

»Erwartest du, dass ich dir einen Täter präsentiere?«

»Ich erwarte die Wahrheit. Ich kann dich nur verteidigen, wenn ich weiß, wo Fußangeln lauern.« Schon wieder verstieß sie gegen ihr Worst-Case-Prinzip: Geh davon aus, dass er schuldig ist, baue von dort deine Strategie auf. »Dir ist doch klar, dass jeder leise Verdacht gegen dich geschäftsschädigend ist.«

Er blieb abrupt stehen, legte ihr die Hände auf die Schultern und sah sie eindringlich mit seinen dunklen Augen an. »Ich habe nichts mit Polinas Tod zu tun, glaub mir das, Sandra.«

Sie konnte nicht verhindern, dass ihr bei dieser unerwarteten Berührung warm wurde. Schnell drehte sie sich weg. »Das Strafgericht springt nicht auf Animieraugen an. Das Strafgericht will einen Täter verurteilen. Und dieser Kommissar, auch wenn du ihn für einen primitiven Bullen hältst, verdächtigt dich. Sonst hätte er nicht deinen privaten Trakt durchsucht. Und komm nicht damit, dass es rechtswidrig war.«

Er stöhnte gespielt auf. »Lass uns in den chinesischen Garten in Marzahn fahren. Da ist es grün und kühl und wir beide laufen wie ein altes Ehepaar zur körperlichen Ertüchtigung durch die Gartenanlage.«

»Nein«, sagte sie, obwohl diese Vorstellung bei ihr einen leisen Schauer hervorrief. »Jetzt und hier und sofort.« Sie sah an den grauweißen Fassaden hoch und hatte das Gefühl, dass die Häuser auf sie zukamen, ihr die Luft nahmen. Schnell legte sie den Kopf in den Nacken, blickte in den dunstig blauen Himmel und atmete durch.

Er blickte auf seine Armbanduhr. »In einer halben Stunde ist die nächste Besprechung. Du willst wissen, wie Polina war ...« Er machte eine Pause, als suche er nach einer Beschreibung. »Größenwahnsinnig, entschuldige diesen Ausdruck. Sie hat ein Immobiliengeschäft in Sibirien eingefädelt, das ihr über den Kopf gewachsen ist, nachdem Arnold verhaftet wurde. Sie hat mich nicht ausreichend informiert und ich hatte zu viel anderes zu tun. Jetzt ist mir klar, dass uns andere Leute mit unfeinen Methoden das Geschäft abjagen wollen.«

Er berichtete davon, dass die Unterlagen über das Bauvorhaben auf einer Reise Polinas nach Omsk verschwunden seien.

Alexandra zwang sich, ihre wild herumschießenden Gedanken unter Kontrolle zu bekommen. »Du meinst also, der Mord an Polina könnte auf das Konto sibirischer Aasgeier gehen, die sich das

Geschäft unter den Nagel reißen wollen?« Dann findet man nie einen Täter, war ihr nächster Gedanke, aber den behielt sie für sich.

»Der ehrenwerte Kaufmann ist im wilden Osten nicht bekannt«, sagte Johan leichthin und lachte.

»Hier auch nicht immer«, sagte sie. »Warst du an dem Immobiliengeschäft in Omsk interessiert?«

Er hätte nicht erstaunter dreinblicken können, als wenn sie ihn gefragt hätte, ob er daran interessiert sei, Geld zu verdienen. »Natürlich bin ich an einem Immobiliengeschäft von solchem Ausmaß interessiert. Wir haben die Wohnblöcke für zurückgekehrte Angehörige der GUS-Streitkräfte und die Arbeiterhäuser entlang der Erdgastrasse nach Russland gebaut. Warum sollen wir nicht in Omsk bauen?«

Ja, warum nicht? Weil man dir einen dicken Strick daraus drehen könnte, dachte Alexandra. »Wolltest du Polina vielleicht aus dem Geschäft ausbooten?«

Er verzog das Gesicht zu einem schmerzhaften Grinsen. »Werfen die Bullen mir das etwa vor?«

»Ich habe keine Akteneinsicht. Ich weiß nicht einmal, wie Polina zu Tode kam. Tod auf der Kartbahn, mehr Informationen habe ich nicht. Ich vermute, dass es auch etwas mit Medikamenten zu tun hat, sonst wäre der Kommissar nicht so auf dieses verdammte Mittel in deinem Badezimmer abgefahren. Ich muss aus absoluter Unwissenheit agieren und bin auf dich angewiesen.«

»Polina und ich haben in derselben Firma gearbeitet. Das beantwortet wohl die Frage nach dem Ausbooten«, sagte er mit süffisantem Unterton.

»Nein, das beantwortet sie nicht genügend. Es gibt Eigenmächtigkeiten. Vielleicht hast du Polina das Geschäft nicht gegönnt.« Sie merkte, dass ihre Stimme lauter wurde, aber sie konnte sich nicht zügeln.

»Glaubst du, ich hätte solche Rivalitäten nötig?«, fragte er mit ebenfalls erhobener Stimme. »Ich bin Mitinhaber der Firma und habe Generalvollmacht. Ohne mich geht nichts.«

Eben, dachte Alexandra. Gewinnmaximierung. Andererseits machte die unbeirrte Entschiedenheit, mit der er argumentierte, ihr

Mut. Entweder war es die Wahrheit, dass der Täter von außen kam, oder er schob geschickt jeden Verdacht von sich. Sie entschloss sich zu einer anderen Frage. »Hast du vielleicht vor, dich aus dem Geschäft hier zurückzuziehen? Ist nicht der Vater deiner Lebensgefährtin Beatrice ein Baulöwe in Argentinien?« Sie konnte es nicht verhindern, dass ihre Stimme spitz wurde. »Wenn du schon so international agierst, vielleicht könntest du ja Kontakte von hier einbringen?«

Er blieb stehen und stemmte die Fäuste in die Hüften. »Egal was ich tue oder vorhabe, ich bin verdächtig, meinst du das? Möchte ich hier in der Firma bleiben, steht mir Polina bei dem Geschäft in Omsk im Weg. Möchte ich nicht hier bleiben, will ich das Bauvorhaben der Firma entreißen und mich bei meinem Quasi-Schwiegervater einkaufen? Was denkst du dir eigentlich?«

»Ich möchte die Wahrheit«, antwortete sie wieder sanft. »Und wenn wir schon dabei sind …«, sie lächelte ihn lieb an, »frage ich noch einmal: Hattest du vielleicht doch mit Polina ein Verhältnis? Gab es Dinge, die Polina gegen dich verwenden konnte? Eins sag' ich dir: Die Kripo findet alles über dich heraus, jede noch so kleine Sache, und sie wird es an die Öffentlichkeit zerren. Daher ist es zu deinem absoluten Vorteil, klar Schiff zu machen.«

»Jetzt verstehe ich, warum man die Anwälte als Rechtsverdreher bezeichnet.«

Sie lachte auf, wesentlich gelöster. Ihre Gardinenpredigt hatte ihn in die Defensive gedrängt, sie konnte freier atmen und wartete mit Spannung darauf, was er ihr sagen würde.

Er überlegte. »Polina hat sich mir zugewandt, als Arnold überraschend verhaftet wurde. Sie war sehr enttäuscht von ihm und fühlte sich einsam. Wir hatten aber kein Verhältnis. Ich war an dem Omsk-Geschäft interessiert, aber im Interesse der Firma. Ich dachte, wir ziehen an einem Strang. Dass sie eigenmächtig nach Omsk fuhr, habe ich erst herausbekommen, als wichtige Projektunterlagen verschwunden waren.«

»Friede, Freude, Eierkuchen.« Alexandra merkte, dass sie wieder aggressiv wurde. »Verdammt noch mal, die Kripo verdächtigt dich. Die Kripo hat Erkenntnisse, die ich nicht kenne. Die Kripo wird durchsuchen, beschlagnahmen, Zeugen finden, es kommt heraus. Alles.«

Johan blieb stehen, blickte sie an, schüttelte den Kopf. »Wollen wir gemeinsam zur Kripo gehen und dort klar Schiff machen, gleich jetzt? Ich sage aus und du sitzt daneben.«

Sie lachte laut und merkte, dass es hysterisch klang. »Gehst du unvorbereitet auf eine wichtige Geschäftsbesprechung?«

»Natürlich nicht.«

»Eben.«

»Mir fällt was ein. Sprich mit Lotte Kraus, das ist die Sekretärin von Arnold, und sie arbeitet auch für mich. Lotte weiß alles, was im Betrieb vor sich geht.« Er nannte die Adresse von Lotte Kraus und sie bemerkte, dass er sich erleichtert fühlte. Er konnte sich wieder seinen Geschäften zuwenden und seine Anwältin würde die langjährige Sekretärin ausquetschen.

Den Rückweg liefen sie schweigend nebeneinander her. Sie drängte ihre innere Stimme zurück, die fragte: Lohnt sich das alles?

20.

Es war nicht der Tag, an dem sie Arnold regelmäßig in der Justizvollzugsanstalt Tegel besuchte. Aber aufgewühlt wie sie war nach ihrem Besuch in der Stasiunterlagenbehörde musste Lotte mit ihm sprechen. Sie wollte endlich Aufklärung über Günthers Schicksal haben.

In der JVA gab es fast jeden Tag Sprechzeiten. Lotte überschritt mit ihren Besuchen die nach dem Strafvollzugsgesetz gestatteten viermal dreißig Minuten pro Monat und brachte ihm jedes Mal fünfzig Euro mit, dabei waren nur fünfzehn Euro in Münzgeld zum Einkauf an den Automaten erlaubt. Sie genoss die Privilegien, die man Arnold einräumte, nach dem Warum fragte sie nicht. In Arnolds Windschatten hatte auch sie oft Privilegien gehabt, zum Beispiel Anfang der Achtziger bereits einen Telefonanschluss, einen Fernseher, einen Lada.

Als sie am Eingang zum Sprechzentrum klingelte, öffnete einer der ihr bekannten Schließer. Er machte ein erstauntes Gesicht und Lotte fühlte sich gleich schuldig.

»Ich komme heute außer der Reihe, ich muss etwas mit Herrn Karstaedt besprechen.«

»Eigentlich kein Problem.« Der Schließer lächelte sie freundlich an. »Aber Herr Karstaedt hat bereits Besuch.«

»Besuch?« In letzter Zeit hatte nur sie Arnold besucht. Polina war vor ihrem Tod lange nicht mehr da gewesen, es hatte ein Zerwürfnis über Finanzierungen gegeben, das Lotte nicht weiter hinterfragt, aber mit Befriedigung aufgenommen hatte. Und Johan erledigte die Geschäfte selbst, hatte er doch als Teilhaber alle Befugnisse.

»Herr Petrov hat sich heute angemeldet.«

»Michail Petrov?«, fragte sie erstaunt. »Dann komme ich morgen wieder.« Sie verabschiedete sich und ließ Arnold einen schönen Gruß ausrichten.

Warum besuchte Mischa ihn in der Haft? Sie setzte sich auf eine Bank an einem Spielplatz, um nachzudenken. Neben ihr saßen mehrere junge Frauen, die ihren im Sand spielenden Kindern lächelnd zuschauten und miteinander schwatzten.

Von Michail Petrov, dem Ingenieur, der Polina aus Omsk hierher gefolgt war und schon viele Jahre in der Firma arbeitete, wusste sie nicht viel. Mischa war häufig auf Außenstellen eingesetzt, so dass Lotte nur seine Berichte über den Fortschritt von auswärtigen Bauvorhaben kannte. Polinas Tod würde ihn furchtbar getroffen haben, auch wenn sie mutmaßte, dass sich Polina längst von ihrem Jugendfreund losgesagt hatte. Nicht nur einmal hatte sie das blonde Gift dicht bei Johan gesehen, auf dem Rand seines Schreibtisches sitzend, dicht neben ihm im Auto, noch küssend im Aufzug, als sich die Tür öffnete. Sie hatte es für sich behalten, dem Betriebsklima zuliebe. Arnold hielt viel von Petrov, deckte der doch einige Baustellen im Osten ab und konnte sich auf Deutsch und Russisch und leidlich auf Polnisch unterhalten. Ab und an hatte Arnold den jungen Mann auch mit der Einholung besonderer Informationen beauftragt, etwa über Bauvorhaben, an denen er sich beteiligen könnte. Aber warum erzählte Arnold ihr nicht, dass er weiterhin Kontakt mit Polinas Freund hatte?

Sie schloss kurz die Augen. Ihr war schwindelig, wahrscheinlich von der Hitze. Sie stand auf, ging zur U-Bahnstation, um nach Hause zu fahren und etwas zu trinken. Der Gedanke, sich unterwegs eine Flasche Mineralwasser zu kaufen, kam ihr nicht, sparsam wie sie war.

Als sie ihren Briefkasten öffnete, sah sie, dass der alte, ehemalige Postfacharbeiter, den sie zu DDR-Zeiten im Postamt Hohenschönhausen kennengelernt hatte, ihr die neueste Boulevardzeitung eingesteckt hatte. Häufig fand sie in ihrem Briefkasten Zeitungen oder Illustrierte, wenn die Abonnenten im Urlaub waren oder der Zeitungsmann mehr Ausgaben dabei hatte. Dafür drückte Lotte ihm, wenn sie ihn traf, öfter mal einen Zehner in die Hand.

»Bauunternehmer Arnold Karstaedt verriet seinen Freund an die Stasi!«

Lottes Herz schlug heftig, als sie die Zeitung zusammengerollt unter den Arm steckte, als nehme sie Verbotenes mit.

»Bei Kripo-Ermittlungen im Fall Polina Karova wurde vertraulich bekannt, dass sich der Plattenbaukönig seinen Erfolg mit Stasi-Diensten erkauft hat. Günther Naumann, technischer Mitarbeiter im ehemaligen Wohnungsbaukombinat Berlin-Hohenschönhausen wurde in die Haftanstalt Bautzen II (»Stasi-Knast«) wegen angeblicher Hetzpropaganda verbracht. Nach Recherchen unserer Reporter soll Karstaedt seinen alten Freund, der systemfeindliche Parolen an das Firmengebäude gemalt hatte, bei der Stasi angeschwärzt haben. Naumann nahm sich in der Stasi-Haft das Leben.«

Sie las den letzten Satz wieder und wieder. Da war die Antwort auf ihre Frage. Und der Auslöser war die Aufschrift auf der Fassade: »Überleben ist nicht genug! Wir wollen frei sein!!«

Lotte ging auf ihren Balkon, starrte blicklos auf die grüne Anlage, die sich bis zum nächsten Block gegenüber erstreckte. Der Geruch gebratenen Fleisches kam aus einer Wohnung und verursachte ihr Übelkeit. Wie konnte das in die Zeitung kommen? Johan hatte die beiden jungen Reporter gestern doch hinausgeworfen? Hatten sie es von der Kowalewski, der Nadja, die als

»Klara« gespitzelt hatte? Aber wäre die so dumm, den Seniorchef anzuschwärzen und ihre gute Stellung zu verlieren? Nein, es konnte nur von jemandem stammen, der die Firma kaputt machen wollte. Lotte bemühte sich, auf andere Gedanken zu kommen, lauschte auf die orientalische Musik des Studenten aus Aserbaidschan aus der Wohnung nebenan, die sich mit harter Rock-Gitarre aus einer anderen Wohnung mischte. Es war bunt und lebhaft hier geworden. Und sie wollte das schön finden, wollte Schritt halten mit dem Wandel. Aber sie liebte das Vertraute. Das Leben an einem Ort mit denselben Menschen unter denselben Umständen. Und jetzt war alles verändert, sie war erschrocken und fürchtete, dass sie eine gefährliche Entwicklung in ihrer Nähe nicht mitbekommen hatte.

Sie wollte nicht mehr abwarten, bis ihr gesagt wurde, was zu tun sei. Sie wollte dazu beitragen, die durch Negativschlagzeilen in ihrem Ruf angeschlagene Firma zu retten. Die Kripo hatte hier nichts verloren. Die Gründe für den Mord an Polina lagen in Russland. Johan Theissen war unschuldig. Und Arnold hatte für seine Steuerhinterziehung gebüßt. Die beiden würden nach seiner Haftentlassung wieder zusammenarbeiten. Alles würde wie früher werden.

Lotte nahm die Firmenschlüssel und verließ ihre Wohnung. Sie würde jetzt ihre Nase in Angelegenheiten stecken, von denen sie immer gemeint hatte, dass die sie nichts angingen.

21.

Es war ein Krankenhaus, das Ende des 19. Jahrhunderts gebaut worden war, mit einzeln stehenden Gebäuden aus rotem Backstein in einer Grünanlage. Marion stand am Eingang vor einer Hinweistafel, auf der Pfeile in alle Richtungen zeigten und betrachtete den roten Punkt. *Sie befinden sich hier.* Sie grinste. Wenigstens eine konkrete Aussage in einem Wirrwarr von Indizien und Spuren. Sie wollte Polinas Großmutter besuchen. Das Gespräch gestern Abend in der russischen Teestube war durch den Zusammenbruch der alten Frau jäh beendet worden und Marion hatte das Gefühl, dass sie nicht alles gesagt hatte.

Sie überflog auf dem Schild die Bereiche Orthopädie, Kardiologie, Chirurgie mit den dazugehörigen Untersuchungs- und Behandlungszentren und entschied sich dann für die internistische Station. Auf dem weitläufigen Gelände herrschte auch jetzt am späten Nachmittag lebhaftes Treiben. Lastwagen mit Bettwäsche, Gartenarbeiter, die Rosen beschnitten, Sprenger aufstellten, und auf den Wegen Besucher und Pfleger in weißer Kleidung. Im Gebäude Nr. 12 saß in einem Glaskasten eine ältere, stark geschminkte Frau, deren Lächeln erlosch, als Marion ihren Kripoausweis zeigte. »Ich möchte bitte zu Frau Lara Karova.«

»Ich glaube nicht, dass das möglich ist.«

»Dann möchte ich mit dem zuständigen Arzt sprechen.«

»Da muss ich erst telefonieren.«

Marion setzte sich auf eine der Plastikschalen neben eine verhärmt aussehende ältere Frau, die immer wieder zu der Pförtnerin ging, um Einlass zu ihrem gerade eingelieferten Mann zu erhalten. Zwei türkische Kinder spielten Fangen und auf dem Gang ging eine jüngere Frau auf und ab und brabbelte vor sich hin.

Marion holte ihr Smartphone aus der Tasche, um ihren Sohn anzurufen, und überlegte, was sie ihm zum Abendessen vorsetzen könnte.

»Yep.«

»Ich bin's. Was magst du essen?«

»Och, hab noch nich' nachgedacht. Wahrscheinlich 'nen Döner.«

»Sitzt du grad am Computer, oder warum redest du so wenig?«

»Hm.«

»Soll ich noch was einkaufen?«

»Nee. Ich treff' mich mit den andern, wir geh'n noch zum See oder irgendwohin.«

»Unter der Woche?«

»Morgen is' doch frei. Lehrerfortbildung oder so.«

»Vielleicht sehen wir uns, bevor du weggehst?« Weggehzeit war bei den jungen Leuten nie vor zehn oder elf Uhr. »Ich bin so in zwei Stunden zu Hause.«

»Weiß nich', ob ich noch da bin. Wozu eigentlich?«

»Um mal kurz zu reden.« Marion seufzte und beendete das Gespräch.

»Der behandelnde Arzt ist Dr. Krause«, kam die Stimme der Pförtnerin über den Lautsprecher.

Marion nahm das als Aufforderung, die Treppe zum zweiten Stock zur internistischen Station hochzusteigen. Auf dem Flur sah sie einen Mann im weißen Kittel. Sie schaltete ihr Smartphone aus, ging zu dem Mann hin und stellte sich vor.

»Seit wann kommt die Kripo, wenn eine alte Frau zusammengebrochen ist?«, fragte Dr. Krause, der sehr jung aussah und bereits Oberarzt – OA – war, wie Marion mit einem Blick auf das Namensschild feststellte.

»Frau Karova ist die Großmutter des Opfers. Ich war mit ihr im Gespräch, als sie plötzlich zusammenbrach. Ich muss sie befragen, ehe sie nach Russland zurückreist.«

»Sie dürfen sie nicht aufregen. Die Patientin hat einen psychogenen Schock erlitten.« Dr. Krause lächelte, als müsse er sich entschuldigen für den labilen Zustand der Frau. »Der gewaltsame Tod ihrer Enkelin, die ungewohnte Umgebung, das war zu viel.«

»Wie äußert sich ein psychogener Schock?«

»Manche Menschen können nicht mehr sprechen, manche nicht laufen, andere werden sehr unruhig und manchmal bricht der Kreislauf zusammen. Die Patientin wird medikamentös behandelt und braucht Ruhe.«

Sie war dankbar, dass der Arzt ihr nicht strikt untersagte, die Kranke zu befragen. Wenn Polinas Großmutter erst nach Omsk zurückgekehrt war, würde es schwierig werden. »Wenn ich morgen mit einer Vorladung wiederkomme, wird das den Zustand der Patientin nicht stabilisieren. Ich bin sicher, Frau Karova will mir helfen, den Tod ihrer Enkelin aufzuklären. Sibirien ist weit weg und vielleicht liegen die Wurzeln des Tötungsdeliktes dort.«

Der Arzt machte ein halb lachendes, halb schmerzliches Gesicht. »Okay. Überzeugen Sie sich selbst. Aber ich werde eine Schwester mitschicken.«

Sie gingen einen langen Gang entlang, in dem der süßlich-muffige Geruch aus Putzmitteln und Mittagessen schwebte. Dr. Krause ging zum Personalraum und kam mit einer jungen Schwester wieder heraus. Sie zeigte ein so strahlendes Lächeln, dass es hier fast fehl am Platz wirkte. Marion holte ein zweites Mal ihren Kripoausweis hervor, nicht weil das unbedingt nötig war, sondern weil sie ahnte, dass die Frau neugierig war.

»Frau Karova hat immerhin schon telefoniert.« Die Schwester blickte Dr. Krause stolz an. Dessen Rufgerät schlug an und er eilte den Gang entlang in die andere Richtung. Die Schwester führte Marion in ein weiß gestrichenes Zimmer mit zwei Betten. Ein Bett war leer.

»Frau Karova, Besuch«, sagte die Schwester und strahlte.

Marion hatte Polinas Großmutter nur im Halbdunkel des russischen Lokals gesehen und war bestürzt. Sie wirkte kleiner und zerbrechlich, obwohl sie eine große stattliche Frau war. Sie lag auf dem Rücken, in ihrem Handgelenk steckte eine Kanüle, die über einen Schlauch zum Tropf ging. Ihre Haut war fahl, das weiße Haar verschwitzt und unordentlich, aber ihre blauen Augen waren geöffnet.

»Meine erste Erfahrung mit einem Krankenhaus. Und dann noch fern der Heimat«, sagte Karova in ihrem rollenden »R« und versuchte ein Lächeln. Marion freute sich, dass Polinas Großmutter sie offensichtlich erkannte.

»Darf ich Ihnen ein paar Fragen stellen?«

»Regen Sie Frau Karova bloß nicht auf«, sagte die Schwester, die sich ans Fenster gestellt hatte und ihre Patientin aufmerksam beobachtete.

»Michail Petrov sagt, er sei Polinas Verlobter gewesen«, begann Marion vorsichtig. »Wollten die beiden wirklich heiraten?«

»Mischa hat Polina sehr geliebt«, sagte Polinas Großmutter leise. »Mehr als sie ihn.«

Durfte sie die Frau mit Polinas Tagebuchnotizen konfrontieren? Marion holte ein paar Blätter aus ihrer Aktentasche, blätterte darin herum, obwohl sie die wichtigen Passagen mehrfach gelesen hatte, gleich nachdem der Dolmetscher ihr heute Mittag den Text gebracht hatte. »Ich habe Aufzeichnungen Ihrer Enkelin.« Dass sie die Tagebücher aus Polinas Wäscheschrank beschlagnahmt hatte, sagte sie nicht. Die Kripo grub überall herum und das war auch ihre Aufgabe, aber für die Angehörigen eines Toten musste es wie eine Grenzüberschreitung wirken.

Das Gesicht der alten Frau verzog sich schmerzlich. »Wenn es dient, den Mörder zu finden«, sagte sie leise und schloss die Augen.

»Ihre Enkelin schreibt, dass sie Michail wehgetan hat«, begann Marion langsam. »Bereits in Omsk, als sie ihm wegen einer Verliebtheit in einen anderen Studenten zum ersten Mal den Laufpass gegeben hat.«

Ich bin Mischa dankbar und werde es immer sein. Aber etwas in mir hat mich gezwungen, mich nach anderen Kommilitonen umzusehen und Mischa mit einer fadenscheinigen Begründung den Laufpass zu geben.

»Trotzdem war Michail ihr Retter aus der Not, als ihre neue Liebe zu besitzergreifend wurde«, fuhr Marion fort. »Hatte Polina Angst, sich zu binden?«

»Polina war kein leichtsinniges, undankbares Mädchen«, sagte Karova nach einer Weile. »Sie war jung und wollte das Beste aus ihrem Leben machen. In Omsk konnte sie das nicht. Alle jungen Leute aus dem Osten zieht es nach Westen.«

Marion nickte.

»Polina ging weg«, fuhr die alte Frau fort. »Es war schwer für mich, ich hatte nun niemanden mehr.« Die blauen Augen füllten sich mit Tränen. Die Schwester trat hinzu und legte ihre Hand auf den Arm der Frau. »Bitte, nicht aufregen.«

»Und Michail folgte Polina auf dem weiten Weg nach Deutschland«, sagte Marion sanft. »Ohne Geld, ohne Arbeit?«

»Er kam zu mir, um sich zu verabschieden. Ich muss ihr nach, sagte er, ich muss sie zurückgewinnen.«

Für kurze Zeit gelang ihm das auch, dachte Marion. *Ich bin so dankbar, meinen alten Freund in der Fremde bei mir zu haben.*

»Mischa war öfter auf Besuch in Omsk als Polina«, fuhr Karova fort. »Da ist er immer bei mir vorbeigekommen. Er hat auf sie gewartet und gesagt, sie muss erst ihre Position in der Firma finden. Er hat immer noch Hoffnung gehabt.«

Und dann habe ich Mischa noch einmal sehr wehgetan. Aber ich konnte nicht anders handeln. Ich will ein neues Leben.

»Polina schreibt, sie habe in Arnold Karstaedt den allerbesten Chef.« Marion drückte es verhalten aus. Polina hatte euphorisch von einem zweiten Vater geschrieben. Aber das wollte sie der Großmutter nicht so sagen.

Die alte Frau nickte und Marion sah, dass sich ihre Finger um die Bettdecke schlossen. Wieder spürte sie ein schlechtes Gewissen, die arme Frau an den gewaltsamen Tod ihres Sohnes zu erinnern.

»Als Wladimir erschossen wurde, verlor Polina den Boden unter den Füßen. Sie war zehn Jahre und hing sehr an ihrem Vater. Ljudmila, die Mutter, schaffte es nicht, ein normales Leben aufrechtzuerhalten. Ich habe mich bemüht, aber eine intakte Familie konnte ich ihr nicht bieten. Deshalb war sie so glücklich bei Karstaedt. Er sei wie ein Vater zu ihr.« Polinas Großmutter begann, leise zu weinen.

»Es regt Frau Karova zu sehr auf«, sagte die junge Schwester streng, die, wieder am Fenster stehend, die Befragung verfolgte. Sie trat zu der Kranken und maß ihren Puls.

Die alte Frau fasste sich wieder. »Ich habe Vertrauen zu der Frau Kommissarin.«

»Danke.« Um sie auf andere Gedanken zu bringen, berichtete Marion, dass Kommissar Liwicki über die Sekretärin Polinas von einem Bauvorhaben in Omsk erfahren hatte. Einzelheiten wusste Nadja Kowalewski nicht, so gab sie wenigstens vor.

»Ja, es wird gebaut. Ein neuer Marktplatz, Geschäftshäuser, Bürogebäude, Wohnungen«, sagte Karova mit brüchiger Stimme. »Die Zeitungen berichten darüber. Polina hatte Verhandlungen mit dem Magistrat und der Baubehörde. Sie war so stolz. Sie hatte es geschafft und das zeigte sie allen. Sie war eine Berühmtheit bei uns.«

»Haben denn Karstaedt und Theissen Ihrer Enkelin Vollmacht für so ein Großprojekt gegeben?« Liwicki hatte immerhin aus der Kowalewski herausgeholt, dass es Ärger um ein riskantes Kreditgeschäft gegeben habe.

»Polina hat mir erzählt, dass Karstaedt ihr Vollmacht gegeben hat, als er ins Gefängnis musste.« Die alte Frau brach ab. Die Krankenschwester legte den Zeigefinger auf die gespitzten Lippen und schüttelte den Kopf. Marion dachte, dass sie gleich mit der Befragung aufhören musste. »Einzelheiten weiß ich nicht«, fuhr Karova fort. »Als Polina nach Omsk kam, wegen dem Bauvorhaben, war sie völlig überdreht. Ihre Stimme klang anders, so schnell, undeutlich.«

Vielleicht eine manische Phase, weil sie ihre Tabletten nicht eingenommen hatte, dachte Marion. Die Rechtsmedizinerin Dr. Howe hatte ihr erklärt, dass manche Patienten ihre Medizin nicht einnahmen, weil dadurch die beglückenden, aufregenden manischen Phasen gedämpft wurden. »Sie sagten gestern, dass Theissen, der Juniorchef, Ihre Enkelin aus dem Geschäft treiben wollte, nachdem Herr Karstaedt verhaftet worden war.«

»Polina war wütend und hat gesagt, der Theissen hat mich gehabt und jetzt will er mich weghaben.«

Theissen würde alles bestreiten, dachte Marion. Und Polinas Großmutter hat ihrer Enkelin geglaubt. Vielleicht hatte Polina im Liebesschmerz die Dinge verdreht. Theissen war in Polinas Augen der Schuft. Er hatte sie im Bett gehabt, mehr wollte er nicht. Aber das Bauprojekt wollte er.

»Mir fällt noch was ein.« Karova richtete sich ein wenig auf. »Unsere Zeitung hat berichtet, dass Theissen da gewesen ist. Es gab ein Foto mit ihm auf der Baustelle.«

»War Ihre Enkelin mit dabei?«, fragte Marion hellhörig.

Karova schüttelte den Kopf. »Polina hat immer bei mir gewohnt, wenn sie in Omsk war.«

»Können Sie mir diesen Zeitungsbericht verschaffen?« Marion merkte, dass sie aufgeregt wurde.

Karova nickte. »Ich versuche es.«

In diesem Augenblick ging die Tür auf und Dr. Krause trat ein. Er warf einen besorgten Blick auf seine Patientin, die ihren Kopf erschöpft ins Kissen gelegt hatte. Die junge Schwester stand daneben und maß nochmals den Puls.

»Polina hat um ihr Projekt gekämpft«, sagte Karova leise. »Sie hatte neue Freunde, vielleicht hat sie mit denen Geschäfte gemacht?«

»Freunde in Omsk?« Unbekannte Freunde in Sibirien waren das letzte, was die Kripo an Tatverdächtigen brauchte, dachte Marion, dann könnte sie die Akte ebenso gut schließen.

»Schluss jetzt«, sagte Dr. Krause.

Marion legte ihre Visitenkarte auf den Nachttisch und strich ihrer Zeugin leicht über den Arm. Polinas Großmutter versuchte ein Lächeln.

Dr. Krause brachte Marion zur Treppe und begleitete sie auch noch bis zum Eingang. Sie bedankte sich.

»Ich will mich nur überzeugen, dass Sie wirklich weg sind.« Er grinste ihr zu.

Sie setzte sich auf eine Bank im Park des Krankenhauses, legte den Kopf in den Nacken und blickte in den blaugrauen Abendhimmel, auf dem sich langsam eine Mondsichel zeigte. Was war mit Mischa, dem mehrfach verlassenen Mann? Wollte Polina mithilfe eines neuen Liebhabers in Omsk das Projekt allein durchziehen? Oder hatte Theissen die junge Russlanddeutsche als Vermittlerin ausgenutzt, um sich das Bauvorhaben selbst unter den Nagel zu reißen? Dafür sprach sein Besuch in Omsk. Marion seufzte. Die dynamische Rechtsanwältin Mey war mit ihrer Beschwerde durchgekommen. Die Kripo würde die Geschäftsunterlagen wieder herausgeben müssen. Solange Theissen nicht offiziell Beschuldigter war, würden sie vom Gericht keinen Beschluss bekommen. Und selbst wenn, hätte Theissen die Unterlagen bis dahin frisiert. Plötzlich verstand Marion, dass ihr Kollege Beckmann so zugeschlagen hatte. Sie hatten einen Mord aufzuklären und scheiterten am Rechtsstaat, der ihnen Beweismittel vorenthielt.

Marion nahm ihr Smartphone heraus, um noch mal ihren Sohn anzurufen. Vielleicht war sein Plan mit dem Grillen am See längst umgeworfen und sie könnten doch zusammen essen. Saschas Handy war abgestellt. Aber Kollege Beckmann hatte versucht, sie zu erreichen. Auf ihren Rückruf ertönte der Anrufbeantworter. Sie teilte kurz ihren Besuch im Krankenhaus mit und dass man sich morgen früh für eine Besprechung treffe. Dann stand sie auf und ging langsam zu ihrem Auto. Sie war fertig. Zwölf Stunden Ermittlungsarbeit. Der dritte Tag fast vorbei. Und keine richtige Spur.

22.

»Ein Knaller, die Krukowski-Aussage«, sagte Beckmann siegesgewiss als Liwicki auf seinen Anruf ins Zimmer kam. Er fühlte, dass seine Wangen gerötet waren, was selten bei ihm vorkam. »Hab den Mann noch mal telefonisch befragt.«

»Du hast doch nicht etwa das Gespräch mitgeschnitten?« Liwicki grinste. »Da gibt's so einen Paragrafen über die Vertraulichkeit des Wortes, hab' ich in der Polizeischule gelernt.«

»Hab' ich gar nicht dran gedacht.« Beckmann grinste zurück. »Aber die Mitteilung is' echt wertvoll. Hör's dir an.« Er betätigte den Start seines Aufzeichnungsgerätes, in dem sich die CD mit dem Telefongespräch befand. Seit Neuerem hatten einige leitende Kriminalbeamte Telefone mit integrierter Aufzeichnungstechnik.

»Mann, da war Chaos«, ertönte die tiefe Stimme Krukowskis. »Erst der Rums, die Zuschauer war'n erschrocken, einige rannten auf die Bahn. Ich hab' die Polizei gerufen und meine Leute haben die ander'n Karts gesichert und die Rennstrecke gesperrt.«

Beckmann musste an sich halten, nicht umherzulaufen. Er legte die Arme ausgestreckt auf seinen Schreibtisch, die Fingerkuppen aneinander, und beobachtete Liwickis Reaktion auf seinen Knaller.

Seine erste Frage an Krukowski lautete: »Haben die Teilnehmer des Rennens vor dem Start etwas zu trinken oder zu essen bekommen?«

Beckmann drückte kurz die Stop-Taste und erklärte seinem Kollegen, dass die Kriminalrätin ihm das Laborergebnis aus der Rechtsmedizin mitgeteilt habe. »Karova hatte ein mit Beruhigungsmittel versetztes Getränk im Magen. Behalt das im Kopf.«

Dann ertönte die Antwort des Kartbahnbetreibers: »Mann, wie soll ich bei achtundzwanzig Fahrern wissen, ob die noch was getrunken haben. Alkohol is' natürlich gegen die Regeln.«

»Denken Sie nach, is' wichtig. Geben Sie bei derartigen Rennen vielleicht ein Getränk aus, ohne Alkohol?«

»Ich nich'. Aber die Firma hat beim Gastronom so'n Fitnessgetränk bestellt und für die Fahrer wurde extra ausgeschenkt.«

»Sind die Fahrer an die Bar oder kam der Kellner? Überlegen Sie gut.«

»Mann, und wenn Sie mich prügeln. Ich glaube, der Kellner is' mit dem Tablett hin, und wer wollte, hat halt was genommen. Manche von den Fahrern haben vor Aufregung 'ne trockene Kehle.«

»Hat Frau Karova etwas getrunken?«

»Ich glaube, der Chef von der Firma, der hat ihr was gebracht.«

Beckmann schaltete die Aufzeichnung ab und blickte Liwicki triumphierend an. »Theissen hat ihr das Getränk gereicht. Damit hat er die Ursache für ihren Kontrollverlust gesetzt. Einen Täter haben wir also. Und wenn wir noch rauskriegen, wer der Fahrer Dimitrij Smirnow wirklich is', haben wir zwei Täter. Mittäter.«

Liwicki wiegte den Kopf hin und her und Beckmann wusste, dass jetzt die »Aber« kamen.

»Wenn das Getränk harmlos war? Theissen serviert es ihr, so als Nettigkeit und damit die Gäste nichts von dem Streit zwischen ihnen mitkriegen? Die Karova hat das Mittel vielleicht kurz vorher selbst eingenommen?«

Beckmann schüttelte den Kopf. »Die setzt sich nicht mit Beruhigungsmittel in den Kart. Die is' viel zu ehrgeizig.«

»Vielleicht hat jemand anders es ihr vorher verpasst?«

»Nicht ganz auszuschließen. Aber es war wenig Zeit. Rennkleidung an, auf die Bahn, Getränk, in den Kart und los. Krukowski meint auch, dass vorher niemand an der Bar war.«

»Okay. Aber was is', wenn Theissen nicht wusste, was da im Getränk war?«

Beckmanns Finger trommelten auf dem Schreibtisch. Liwicki, jung wie er war, war sein gutes Gewissen. Oder auch sein schlechtes. »Is' nich' ganz auszuschließen. Dann müsste der Barkeeper das Beruhigungsmittel ins Getränk getan haben. Unwahrscheinlich.«

Liwicki war immer noch nicht zufrieden. »Vielleicht war der eingeweiht und hat 'nen Teil vom Killerlohn abbekommen.«

»Du schon wieder.« Beckmann stand auf. »Wir sind nicht die Richter, die Theissen verurteilen. Wir basteln nur an einem Tatverdacht.«

»Gratuliere.« Liwicki lenkte ein. »Dass du drauf gekommen bist, den Krukowski noch mal in die Mangel zu nehmen.«

»Zu Anfang wussten wir ja nichts von dem Beruhigungsmittel.«

»Du glaubst dem Krukowski?«

»Warum sollte er die Unwahrheit sagen? Er kennt ja nicht die Hintergründe.«

»Wenn's nich' stimmt, können wir einpacken.«

Beckmann ging zum kleinen Kühlschrank, holte sich eine Karotte heraus, biss hinein, dass es krachte. Kauen beruhigte ihn immer. Er stand vor einer Grenze. Entweder er ging darüber hinaus. Chance fünfzig zu fünfzig, dass Theissen schuldig war. Wenn nicht, würde diese kämpferische Anwältin ihm massiv eins überziehen. Falsche Verdächtigung, Verleumdung, Freiheitsberaubung. Andererseits: Sollte er einen Täter davonkommen lassen? »Hör dir den Rest an.« Er ließ die Aufnahme weiterlaufen.

»Sie sind wirklich sicher, dass Theissen der Karova das Getränk gereicht hat?«

»Je mehr ich drüber nachdenk', ja, schon.«

»Denken Sie nochmal nach.«

»Ja, das war der Herr Theissen. War doch nett von ihm.«

Beckmann sah, dass Liwicki nickte.

»Ich hab' auch was«, sagte der junge Kollege stolz. »Theissen hat für morgen Vormittag einen Flug gebucht. Nach Frankfurt.«

Beckmann hielt mit dem Kauen inne. »Du meinst, ein Flugticket nach Frankfurt reicht bei einem Geschäftsmann für Fluchtgefahr?«

»Geht weiter. In Frankfurt umsteigen nach Buenos Aires. Das ist Argentinien. Südamerika. Liefern nicht aus.«

Beckmann sog die Luft ein. »Woher hast du das?«

»Na ja, wir wollten doch so viel wie möglich von deinen rechtswidrig beschlagnahmten Unterlagen auswerten, bevor wir sie wieder rausgeben müssen. Und da hab' ich halt die Buchung gefunden.«

Beckmann lachte übers ganze Gesicht.

»Ich weiß, was du denkst«, sagte Liwicki. »Aber das geht nich' ohne die Frau Kraefft. Wo is' sie überhaupt?«

»Ich war in ihrem Zimmer, aber da liegt nur eine rote, aufgerollte Yogamatte.«

Liwicki prustete verhalten, sah dann aber wieder konzentriert aus. »Bist du dir wirklich sicher, ich meine wegen dem Theissen?«

»Es gibt keine Sicherheit«, sagte Beckmann. »Die Strafprozessordnung verlangt für 'ne Verhaftung dringenden Tatverdacht und Fluchtgefahr. Nichts weiter.«

»Is' mir bekannt.« Liwicki lächelte gequält. »Horst, sollten wir nich' wenigstens bei Frau Kraefft anrufen?«

Beckmann zog die Mundwinkel herab, nickte aber und wählte die Nummer. Er stellte das Gerät auf laut, drei Freizeichen ertönten, dann die Bandansage: »Dieser Anschluss ist vorübergehend nicht erreichbar. Sie können nach dem Signalton eine Nachricht hinterlassen.«

Er sprach auf den Anrufbeantworter: »Festnahme Theissen.«

23.

»Warum greift die Presse gerade jetzt den Verrat Karstaedts an Günther Naumann auf?«

Marion hatte sich nach dem Krankenbesuch bei Lara Karova mit René, dem Vater ihres Sohnes, zum Abendessen getroffen. René bot sich an, ein Picknick vorzubereiten, und Marion willigte nur zu gern ein. Ihr Sohn Sascha war anscheinend mit seinen Freunden unterwegs und antwortete nicht auf ihre Sprachnachricht. Wie schön, mit René zu plaudern. Sie brannte darauf, die Meinung eines ehemaligen DDR-Bürgers zum Verschwinden des Dissidenten Günther Naumann zu hören.

»Da scheint sich jemand rächen zu wollen.« René breitete eine Decke auf der Wiese im Volkspark Friedrichshain aus. Er hatte einen Korb mit Salat, Baguette, Knoblauchbutter, Rotwein mitgebracht. Ganz wie damals, dachte Marion gerührt. René war mit einer Salatschüssel von Friedrichshain zu einem Park nahe ihrer Dienststelle in Schöneberg gekommen und sie hatten die kurzen unregelmäßigen Pausen, die ihr der Kripodienst ermöglichte, genutzt, um zusammen zu essen, zu plaudern, zu scherzen, zu lachen und sich zu küssen.

»Warum kommt diese Geschichte gerade jetzt hoch? Nach dreißig Jahren?« Marion pickte ein Stück Schafskäse aus der Schüssel.

»Es gibt so viel schöne Dinge im Leben«, sagte René in der für ihn typischen Art, Probleme erst mal auszublenden. Er öffnete die Weinflasche und schenkte ein. »Vino e musica.«

»Die Musik spielt derzeit leider atonal.« Marion berührte mit ihrem Glas Wein das von René. »Stell dir vor, du hast einen Freund und redest mit ihm vertraulich. Du hast nichts verbrochen, außer dass du raus willst aus einem System der Unfreiheit. Dein Freund verrät dich an die Stasi, die holt dich nachts ab, sperrt dich ein, verhört und quält dich, bis du keinen anderen Weg weißt, als dich umzubringen.«

René stützte sich auf den Ellenbogen nach hinten ab und blickte schweigend in die Zweige der Linde, unter der sie ihre Decke aufgeschlagen hatten.

»Wenn das stimmt, was die Zeitung berichtet, dann hat dieser erfolgreiche Baumensch Karstaedt die Ursache für den Tod seines Freundes gesetzt.« Marion brach ab, als sie bemerkte, dass sie Monologe führte.

René hatte sich auf den Rücken gelegt, hielt die Arme hinter dem Kopf verschränkt und starrte in den Abendhimmel, der mittlerweile eine graublaue Farbe hatte.

»Vielleicht kannst du Karstaedt ja noch wegen dieser Sauerei drankriegen«, sagte er schließlich.

»Da gibt's nichts mehr dranzukriegen. Karstaedt hat den Selbstmord seines Freundes wahrscheinlich weder vorhergesehen noch gewollt. Ein Tötungsdelikt scheidet also aus. Und alle anderen Delikte wie Verleumdung, Freiheitsberaubung sind längst verjährt.«

»Der Gauner hat sich halt dem System angepasst. Hätte er einen Dissidenten geduldet, wäre er seine schöne Stelle los gewesen.« Renés Stimme klang bitter. Er brach ein Stück Baguette auseinander und zerkrümelte es dann auf der Wiese.

»Ich grüble, ob jemand ein Zeichen setzen will. Oder einen Hinweis geben zur Aufklärung des Mordes an Polina Karova.«

René starrte wieder in den Himmel.

Marion bestrich ein Stück Baguette langsam und konzentriert mit Knoblauchbutter. Sie hatte seit heute Morgen nichts Richtiges gegessen und hoffte, dass der Druck oberhalb des Magens, den sie während der vergangenen drei Tage öfter gespürt hatte, verschwinden würde. Während sie an ihrem Brot kaute, versuchte sie, Renés plötzlichen Stimmungswechsel zu ergründen. Es hatte wahrscheinlich mit seiner Vergangenheit zu tun. René war als Neunzehnjähriger beim Versuch, in den Westen zu fliehen, von den Grenzsoldaten verhaftet worden. Viel über seine Haftzeit wusste Marion nicht, nur dass René fünf Monate in der Haftanstalt Rummelsburg verbracht hatte. Als sie sich trafen, vor siebzehn Jahren hier in der Nähe in einem Straßencafé, als sie sich ineinander verliebten, war nicht die Zeit gewesen, schmerzhafte Erinnerungen auszutauschen. René hatte es bei einer kurzen Erklärung belassen. Dann war Marion schwanger geworden, dann war sie vollauf mit ihrer Tätigkeit bei der Kripo und der Sorge um ihr kleines Kind beschäftigt, dann wechselte sie in die Senatsverwaltung und hatte neue berufliche Herausforderungen und über all der Arbeit war Renés Schicksal in den Hintergrund getreten. Wobei auch er ein ausgefülltes Leben hatte, verteidigte sich Marion in Gedanken.

»Wenn du nicht mit mir über diese Stasi-Geschichte sprechen magst, dann lass uns einfach essen und trinken und den schönen Abend genießen.« Marion beugte sich nach hinten und legte ihren Kopf auf Renés ausgebreitete Arme, eine Stellung, die sie in Zeiten ihrer jungen Liebe häufig eingenommen und sich jeweils mit Häppchen aus dem von René vorbereiteten Picknick gefüttert hatten. Aber diese Stellung war im Augenblick unbequem. Marion wollte über ihren Fall sprechen und sogar der ruppige Beckmann wäre ihr recht gewesen, denn bei allen Meinungsverschiedenheiten zogen sie doch an einem Strang. Ihr Freund dagegen wollte sich Berichte über ihren Arbeitsalltag nicht anhören und reagierte auf ihre herausgehobene berufliche Stellung öfter mit eifersüchtigem Widerwillen.

Auch René schien einen Missklang zu empfinden, denn er zog unsanft seinen Arm unter ihrem Kopf weg. »Du hast doch keine Ahnung, was Stasi-Haft bedeutet«, sagte er mit plötzlich aggressiver Stimme. »Schlafentzug, Schikane, Demütigungen, seelische und körperliche Misshandlungen. Dann ein öffentlicher Schauprozess. Und wenn du das alles überstehen solltest, bist du reif für den Psychiater. Schon mal was von posttraumatischer Belastungsstörung gehört? Ich kenne Leute, die sich seitdem mit Psychopharmaka zudröhnen. Ihr Wessis redet von Entschädigung, um die Stasi-Verbrechen endlich abzuwickeln, piekt ein bisschen an der Oberfläche rum und versteht doch überhaupt nichts.«

Marion schwieg kurze Zeit, um den plötzlichen Ausbruch zu verarbeiten, und startete einen letzten Versuch, den Abend zu retten. »Danke, dass du mit mir darüber gesprochen hast. Woran arbeitest du denn im Augenblick?«

René richtete sich auf. »Das willst du doch gar nicht wirklich wissen«, sagte er böse.

Stimmt, dachte Marion, jedenfalls im Augenblick nicht, später irgendwann schon, wenn der Fall gelöst ist. »Es interessiert mich wirklich, was du machst«, sagte sie stattdessen.

»Wenn es dich wirklich interessiert«, äffte er sie nach, »ich habe am Dienstag ab dreiundzwanzig Uhr einen Auftritt im Café Roxanne in Friedrichshain, wo ich noch nie gespielt habe.« Er fuhr mit normaler Stimmlage fort: »Wenn es deine knappe Zeit erlaubt, kannst du ja mal vorbeischauen.«

Marion sagte zu und überlegte, wo sie dann mit ihrem Fall stünde. Vielleicht hätte sie um diese späte Zeit nur noch ihr Bett im Sinn und nicht einen mitternächtlichen Besuch in einem Café, das eine Stunde Fahrtzeit von ihrer Wohnung entfernt lag.

Sie schwiegen eine Weile.

»Ich hab' die DDR-Haft einigermaßen überstanden«, unterbrach René die Stille. »Anfang 1989, kurz vor dem Ende, da war die Stasi müde und begann, ihre verfluchten Unterlagen zu vernichten. Und ich war ein kleiner Fisch. Verschrobener Künstler ohne Heilverbreitungsabsicht. Dieser Günther Naumann war ein anderes Kaliber. Der hat sich intensiv bemüht, die Kollegen gegen das Regime aufzuwiegeln. 1985 agierte die Stasi noch in voller Kraft.«

»Du hast doch lange in Hohenschönhausen gelebt. Reden die Leute über Günther Naumann und den Bericht in der »Berliner Chronik«?«

René lachte auf in einer Art, die Marion immer ein wenig aggressiv machte. Kurz, unfroh, herablassend. »Natürlich. Eine Freundin meiner Tante hat im Wohnungsbaukombinat gearbeitet, als technische Zeichnerin. Die ist über Nacht von ihrem Arbeitsplatz umgesiedelt worden in eine Außenstelle in Cottbus. Kommt morgens hin und ihr Schreibtisch ist weg. Keiner spricht mit ihr. Was hat sie angestellt? Sie hat einen Cousin im Westen. Es ist verdächtig, dass der Cousin öfter auf Besuch kommt. Es ist verdächtig, dass sie nach West-Parfüm riecht. Und am verdächtigsten ist, dass der Cousin eine höhere Stelle im Innenministerium hat. Ja, das ist Karstaedt, keine andere Meinung neben sich dulden, jeden möglichen Konflikt im Keim ersticken, und sei es, dass man Leute einfach abholen lässt.«

»Traust du der Freundin deiner Tante denn zu, dass sie Karstaedt bei der Presse anschmiert? So viele Jahre später?«

»Sie hasst den Alten. Er hat ihre berufliche Laufbahn zerstört. Er hat ihr die Kollegen und Freunde genommen«, sagte René, anscheinend bemüht, das Gespräch aufrechtzuerhalten. »Solche geschädigten Leute gibt es noch viele. Denen würde ich glatt zutrauen, dass sie der Presse was vom Schicksal des Günther Naumann zustecken. Gerade jetzt, wo die Firma wegen dem Mord so im Gerede ist.«

»Dann hätte das aber nichts mit dem Mord an Polina zu tun.«

»Tja, ob jemand in der Firma die Sache ausposaunt hat, kann ich dir leider nicht sagen. Das kannst nur du mit deiner hoheitlichen Kompetenz rauskriegen.« Der süffisante Unterton war nicht zu überhören. René fuhr mit dem Löffel in die Salatschüssel und kaute. Auch das war typisch für ihn, eine Diskussion von seiner Seite dadurch zu beenden, dass er einfach begann zu singen oder zu pfeifen oder etwas zu essen.

Die Klänge eines Saxophons wehten herüber. Marion lauschte und versuchte, dem Treffen noch eine angenehme Wendung zu geben. Sie würde René nichts von den Tagebüchern Polinas erzählen. Ihr Freund interessierte sich nicht für fremde Angelegenheiten und er hatte nach ihrem Kennenlernen einige Zeit gebraucht, um sich einer Frau zuzuwenden, deren Beruf gerade darin bestand, in fremden Leben herumzusuchen. Im Interesse der Gerechtigkeit, setzte Marion in Gedanken hinzu.

»Es spielt jemand Saxophon«, sagte sie sanft.

»Ja, nicht schlecht.« Das Gute an René war, dass seine schnell aufflammenden zornigen Stimmungen ebenso schnell wieder verschwanden.

»Darf ich etwas Privates fragen?« Marion wusste, dass Renés Fluchtversuch irgendwie mit einer gescheiterten Liebe zusammenhing. Mehr hatte er darüber nie erzählt. »Könntest du dir vorstellen, deine Freundin aus Liebeskummer und Rache zu töten, weil sie einen anderen hat?«

Sie hielt den Atem an, gespannt auf seine Reaktion. René antwortete nicht. »Ich habe vorhin mit der Großmutter des Opfers gesprochen«, fügte sie schnell hinzu. »Polina hatte einen sehr lieben Freund, Michail, den kannte sie bereits lange in Russland, er ist ihr nach Deutschland gefolgt und vergötterte sie. Nach der Verhaftung von Karstaedt hat sich Polina dem Juniorpartner Theissen zugewandt und mit ihm eine Affäre gehabt. Ich habe Michail befragt, er war sturzbesoffen und litt wie ein Tier. Ich grüble, ob vielleicht er in den Mord verwickelt ist. Vielleicht hat er Polina vor dem Rennen ein Beruhigungsmittel ins Getränk getan. Die Rechtsmedizin hat massenweise Medikamente im Blut der Toten gefunden.« Marion hielt inne und wartete gespannt, ob René mitgehen oder ob er sich wieder zurückziehen würde.

»Ich hab neulich was von einem Soziologen gelesen«, sagte René. »Der behauptet, die meisten Erwachsenen hätten schon mal ernsthafte Mordfantasien gehabt. Bei den Frauen soll es eher um eine Rivalin in Liebesdingen gehen, bei den Männern um den beruflichen Konkurrenten.«

»Polina könnte Theissen geschäftlich im Wege gestanden haben«, sagte Marion, »davon ist mein Kollege überzeugt. Es kann auch sein, dass Theissen unter keinen Umständen wollte, dass ihre Affäre bekannt wird. Trotzdem sträubt sich in mir etwas gegen diesen Verdacht. Nur habe ich nichts dagegenzusetzen.«

»Scheißsituation«, sagte René ungewohnt einfühlsam. »Ich bin zum Glück nie in eine Lage gekommen, in der ich jemanden hätte töten können. Meine Freundin damals hatte auch einen anderen. Ich war todunglücklich, aber meine Aggression richtete sich gegen den Staat und den Todesstreifen. Ich wollte nichts als weg von der Freundin, weg von dem Leben dort, nur noch raus in die Freiheit, und koste es mein Leben.«

Marion griff nach Renés Hand und beide legten sich wieder hin, sie mit dem Kopf auf seinem ausgebreiteten Arm, und blickten in den Himmel. Dann aßen sie den Salat auf und das Brot, tranken den Wein aus und hörten der Saxophon-Musik zu. »What a wonderful world.«

»Du sagst mir schon Bescheid, wer der Mörder war?«, sagte René zum Abschied, als sie eingepackt hatten und jeder zu seiner Wohnung fahren wollte.

24.

Basta! Das war's! Wie kurz so endgültige Sätze waren. Basta mit dem Mandat, basta mit Johan Ludwig Theissen, basta mit der vielen Arbeit, die nur zu einem geführt hatte: ihr ihre unglückliche Liebe wieder ins Bewusstsein zu rufen.

Alexandra drückte mit Wucht den Aus-Knopf, ohne den PC herunterzufahren. Wieder einmal hatte sie stundenlang über die Geschäftstätigkeit von Karstaedt & Theissen recherchiert. Johan hatte sich vorhin bei ihrem gemeinsamen Spaziergang durch Hohenschönhausen nicht gerade als ergiebige Quelle erwiesen. Material im Netz gab es genug. Polina Karova hatte auf die Pflege der Firmenwebsite Wert gelegt, Facebook und Twitter eingerichtet und regelmäßig über gelungene Baumaßnahmen berichtet.

Bei ihrer Recherche hatte sie zunächst noch gelächelt beim Anblick des sechsundzwanzigjährigen Johan aus einem Artikel über die aufstrebende Baufirma in Hohenschönhausen. Arnold Karstaedt, damals zweiundfünfzig, stellte seinen neuen West-Berliner Partner der Presse vor. Johan, die schwarzen Haare zum Zopf gebunden, ähnelte eher einem italienischen Tenor als einem erfolgreichen Geschäftsmann, der seine Kontakte zu den städtischen Wohnungsbaugesellschaften einbrachte.

Aber dann war sie auf die private Facebook-Seite der Karova gestoßen, hatte sich durch Fotos von Polina, ihrer Familie, ihren Freunden bei allen möglichen Gelegenheiten geklickt. Wie konnte man nur ständig Fotos von sich selbst machen? Alexandra hatte keine Fotos von sich, nur ein Zeitungsfoto, das sie beim Verlassen des Gerichtssaales zeigte, nachdem sie einen Freispruch für einen bekannten Unternehmer erreicht hatte. Sie wollte sich ausloggen, aber ihr Finger klickte immer weiter, bis sie die Wahrheit erkannte: Polina hatte eine Beziehung zum Juniorchef. Ihr zukünftiger Partner bei dem Riesenbauprojekt in Omsk. Wie sehnsüchtig sie darauf warte, ihm ihre Heimat zu zeigen. Die Fotos! Sie und Johan bei einem Firmenfest tanzend, gemeinsam im Ruderboot auf einem See. Und ein Bild von einem gemeinsamen Frühstück im Bademantel. Wie verliebt Polina ihn ansah.

Das war der Augenblick, in dem Alexandra fast auf ihren Computer eingeschlagen hätte. Sie sprang auf und lief in ihrer Kanzlei-Wohnung auf und ab, selbst überrascht über ihren Schmerz. Trau keinem Mandanten, das war doch ihre Devise, sie lügen alle. Und Johan hatte gelogen, hatte verhindern wollen, dass eine brisante, gefährliche Beziehung zu Polina ans Licht kam.

»Schluss mit *o sole mio*«, sagte sie laut. Weg mit der Erinnerung an die gemeinsamen Spaziergänge in Rom und an den Abschiedskuss, den sie ihm schüchtern auf die Wange gehaucht hatte! Rom hatte sich eingebrannt, mehr als die paar Nächte, die sie mit ihm in seiner Bürowohnung verbracht hatte.

Sie ging auf den Balkon, sah nebenan ihren jungen Nachbarn mit einer neuen Flamme eng umschlungen stehen und zog einmal heftig die Nase hoch.

Alexandra ging wieder hinein und setzte sich wie unter Zwang doch noch einmal an den PC, surfte weiter und fand Fotos von einem Presseball im Jahr 2011. Da war Johan mit seiner langjährigen Lebensgefährtin Beatrice Aigner abgebildet. Wie würde die erst heulen, wenn sie auf diese Polina-Story stoßen sollte. Sie spürte Eifersucht beim Anblick der eleganten Frau im Ballkleid. Und die Rechtsanwältin in ihr hörte die Alarmglocken läuten. Ein Verhältnis mit Polina konnte zu einem schweren Konflikt geführt haben. Sie dachte an das Mordmerkmal »niedrige Beweggründe«. Angst stieg in ihr hoch. Was für ein Fehler, dass sie ihre Grundsätze außer acht gelassen hatte: Geh davon aus, dass er es getan hat, baue deine Taktik vom Worst Case her auf, vergiss den charmanten wortgewandten Johan aus Rom. Er ist ein Lügner.

Basta! Sie würde ihm eine saftige Rechnung schreiben. Zwei verlorene Tage. Eine schlaflose Nacht und überflüssige sentimentale Gefühle. Jetzt war auch der Chianti alle. War ja auch nur eine halbe Flasche. Nicht viel für so viel Basta.

25.

Es waren bestimmt dreißig Grad in dem schmucklosen Büro auf der Wache in Friedrichshain. Durch das offene Fenster drang stickige Nachtluft und Marion starrte auf die Insekten, die hereinschwärmten, hin zu den Neonleuchten an der Decke und dort kleben blieben.

Aus dem gemeinsamen Bier mit ihrem Sohn, auf das sie nach ihrer Rückkehr vom Picknick mit René gehofft hatte, war eine ganz andere Art von Treffen geworden.

Sie war schon zu Hause gewesen, müde nach dem langen Arbeitstag und von der Anstrengung, die gereizte Stimmung beim Treffen mit René auszugleichen. Sie hatte sich nichts dabei gedacht, Sascha nicht vorzufinden, er hatte ja was vom Grillen am See gesagt. Marion zog ihr Schwimmzeug an, um ein nächtliches Bad in der Krummen Lanke zu nehmen, eine gute alte Gewohnheit, bei der sie immer viele Jugendliche antraf, die mit Feuerchen, Musik und vielen Flaschen an den kleinen Stränden lagerten. Sie zog gerade ihren Bademantel über, da klingelte ihr Telefon.

»Polizeihauptmeister Wilke hier.«

Einen Augenblick dachte Marion, der rücksichtslose Beckmann hätte Theissen als Mordverdächtigen festgenommen und der säße jetzt auf einer Polizeiwache.

»Es geht um ihren Sohn.«

»Was ist mit ihm?« Hektischer Schrei einer verängstigten Mutter.

»Nich' aufregen. Is' ihm nichts passiert. Der sitzt jetzt hier und wartet auf Sie.«

»Wieso ...« Marion sah vor ihrem geistigen Auge Schnaps-Klau im Supermarkt, Waldbrand durch illegales Feuerchen am See, Drogenhandel auf der Warschauer Brücke.

»Hier sitzen noch ein paar andere. Haben randaliert.«

»Was? Wo?«

»In einer Wohnung, halt. Hier in der Nähe.« Der Polizeihauptmeister, PHM Wilke, nannte ihr eine unbekannte Adresse. »Da war niemand, die Jungs und Mädchen haben gefeiert und dann is' das eskaliert. Der Rest später, wenn Sie hier sind.«

Badezeug aus, ins Auto, wieder zurück in die Stadt nach Friedrichshain. Immerhin durfte sie ihr Auto auf dem Parkplatz vor der Wache abstellen.

Es folgte die Prozedur des Sich-Ausweisens, zum Glück war ihr Beruf nicht vermerkt, und Marion hoffte sehr, dass PHM Wilke noch nie etwas von einer Kriminalrätin Kraefft aus dem Innenministerium gehört hatte, die in der Hierarchie weit über ihm stand, eigentlich einen Mord aufzuklären hatte und jetzt in der demütigenden Lage war, ihren kriminellen Sohn abzuholen. Ihr Blick sog sich an einer dicken Fliege fest, die statt an die Neonleuchten auf den Schreibtisch Wilkes geflogen war und jetzt in Richtung seiner Stullenbüchse kroch.

»Die sitzen im Nebenraum«, sagte der Wachtmeister. »Ein Nachbar hat uns gerufen, ruhestörender Lärm, Hausfriedensbruch, einer der Jungs hatte den Wohnungsschlüssel gestohlen. Und Sachbeschädigung, da gab's 'ne Schlägerei, wohl um ein Mädchen, und außerdem haben wir Gras gefunden und ein paar Pillen, die noch untersucht werden.« Offensichtlich erschöpft von einer so langen Rede, drehte er sich ab, griff nach einem Wasserglas und trank.

Marions Hals war auch trocken, sie räusperte sich. »Kann ich meinen Sohn sehen?«, sagte sie dann in bittendem Ton.

»Nebenan.« Wilke deutete auf die Verbindungstür und schenkte ihr ein dünnes Lächeln, in dem sie keine Spur von Häme erkennen konnte, sondern viel Müdigkeit nach einem langen, heißen Tag auf der Wache.

Wie Sascha so dasaß, mühsam beherrscht und cool, seine verschwitzten Haare immer wieder fahrig nach hinten strich, mit seltsamen Flecken auf seinem weißen T-Shirt. War das Erbrochenes? Sie hatte sich auf der langen Fahrt hierher vorgenommen, ihn nicht mit einer Schimpftirade zu überfallen, nicht vor den Augen und Ohren der Polizisten. Jetzt tat ihr Sohn ihr sogar leid, wie er so zusammengesunken auf der Plastikschale hockte, ihr nicht entgegensah. Mist gebaut, Pech gehabt.

Sascha blickte endlich hoch, sagte »Shit«, senkte wieder den Kopf. Offenbar erwartete er, gleich abgeführt und eingesperrt zu werden.

Schadet nichts, dachte sie, ein bisschen Strafe und schlechtes Gewissen sind heilsam. Im Raum verteilt hockten noch fünf andere Jugendliche, drei Jungs und zwei Mädchen, die ähnlich zerzaust und mitgenommen wirkten. Neben einem Mädchen saß eine weinende Mutter, die immer wieder »Wie konntest du das tun« brabbelte. Das Mädchen hatte die Arme verschränkt und blickte starr in die entgegengesetzte Richtung.

Im Zimmer von PHM Wilke kam Bewegung auf, Marion hörte eine sonore Männerstimme, deren Besitzer sich als Rechtsanwalt ausgab, der seinen unschuldigen Sohn abholen wollte. »Er macht von seinem Aussageverweigerungsrecht Gebrauch. Sie hören morgen von mir.«

Schon stürmte der Mittvierziger im hellen Sommeranzug den Raum und sie betete ein weiteres Mal, dass es kein Rechtsanwalt sein möge, den sie beruflich kannte. Sie hatte ihn noch nie gesehen. Der Mann nahm auch keine Notiz von ihr, sondern machte eine einzige Handbewegung in Richtung eines der Jungen. Ab durch die Mitte und schnell erhob sich ein schmaler Bursche mit einem schwarzen T-Shirt, auf dem in Neongrün stand: »Dust from Space«. Über der Schrift zeigten sich undefinierbare rote und braune Flecken.

Marion entschloss sich, der Schneise des Rechtsanwalts zu folgen. Sie packte ihren lethargischen Sohn am Handgelenk, er schüttelte sie ab, stand aber auf und folgte ihr.

Die beiden fuhren die gesamte Strecke schweigend. Sie konzentrierte sich darauf, das Gefühl von knapper Luft und unregelmäßigen

Herzschlägen in den Griff zu bekommen. Und so machte sie ihre Yogaatmung, fünf Sekunden ein, zehn Sekunden aus, und kam nicht dazu, das zu sagen, was ihr auf der Zunge lag: *Wie konntest du das tun?*

Ihr Smartphone, auf dem sich mehrere vergebliche Anrufe von Kriminalhauptkommissar Beckmann angesammelt hatten, stellte sie nicht mehr an.

26.

Eigentlich hätte sie schlafen sollen. Das Mandat für Johan war beendet. Alexandra hatte die wenig elegante Möglichkeit einer SMS gewählt, um ihm ihre Entscheidung mitzuteilen, weil sie befürchtete, bei einem Telefongespräch in Tränen auszubrechen. Es war jetzt Mitternacht und sie beschloss, eine Schlaftablette zu nehmen und sich morgen früh ihrer wegen Johan vernachlässigten Mandate anzunehmen. Sie hatte bereits ihren Schlafanzug an, wegen der Hitze ein weites T-Shirt und eine bequeme kurze Baumwollhose, als es klingelte. Sie zuckte zusammen. Sie würde nicht öffnen. Es gab merkwürdige Typen, die die Hände auf sämtliche Klingelknöpfe legten, um ins Haus zu irgendeiner Party zu kommen. Es klingelte wieder, diesmal lange. Vielleicht war es ein Mensch in einer verzweifelten Lage, der eine Anwältin brauchte?

Es war Johan, der über die Sprechanlage in ungewohnter Unterwürfigkeit bat, eingelassen zu werden.

»Sandra, bitte, das kannst du nicht machen. Ich brauche dich.«

»Hast du meine SMS nicht gelesen?«

»Deswegen bin ich hier.«

Sie zögerte und allein das Gefühl, dass sie sich auf unhöfliche Weise des Mandats entledigt hatte, ließ sie den Türöffner drücken. Sie würde ihm ins Gesicht sagen, dass das Vertrauensverhältnis zwischen ihnen zerstört war und dass er sich für seine Verteidigung jemand anders suchen solle.

»Hallo, Sandra.« Johan, noch im Businessanzug, stand vor ihrer Tür, die Hände in den Hosentaschen. »Ich konnte jetzt nicht schlafen gehen.«

»Für deinen Schlaf bin ich nicht zuständig«, sagte sie spitz. »Und für deine juristische Vertretung auch nicht mehr. Ich wollte Ehrlichkeit. Jetzt muss ich erfahren, dass du mit Polina Karova ein Verhältnis hattest. Das hat sie im Internet hinausposaunt.«

Er stöhnte. »Bietest du mir etwas zu trinken an, damit ich das verarbeite?«

»Weißt du etwa nicht, was Polina über Facebook gepostet hat?«

»Ich vertrete weder mich noch die Firma über Facebook.« Ein flüchtiges nervöses Grinsen flog über sein Gesicht. Alexandra bemerkte, dass er unter seiner Bräune fahl wirkte.

Sie ging vor in den Wohnraum, machte eine Handbewegung zur Sitzecke. »Ich kann uns einen Kaffee machen. Alkohol möchte ich im Augenblick nicht.« Sie hoffte, dass sie nicht nach Wein roch. Während ihrer Internetrecherche hatte sie zu viel Rotwein getrunken, was ja auch seine Berechtigung gehabt hatte.

»Wasser, Tee, Kaffee, mir ist alles recht, Sandra, wenn du nur mit mir sprichst.«

Tu nicht so unterwürfig, dachte sie, während sie in die Küche ging, um die Espressomaschine anzumachen.

»Sandra, ich hatte Hemmungen, dir gegenüber zuzugeben, dass da was war mit Polina.« Er war ihr gefolgt und stand im Türrahmen. »Es war völlig bedeutungslos, das kannst du mir glauben.«

»Verstehst du nicht?«, fuhr sie ihn an. »Polina postet in alle Welt, wie sie sich darauf freut, mit ihrem Geliebten und Firmenpartner ihre Heimat zu bereisen und dort mit ihm ein großes Bauprojekt durchzuziehen. Jetzt ist Polina tot. Du wolltest sie loswerden und du bist scharf auf das Projekt. Hast du selbst gesagt. Du bist in Verdacht!« Sie schlug mit Wucht den Metallfilter auf einen Teller. »Wenn die Kripo das rausfindet, und sie wird es rausfinden, verlass dich drauf, dann läufst du nicht mehr lange als freier Mann durch die Welt.«

Er zuckte mit den Schultern, was ihr wie ein Versuch vorkam, Gleichgültigkeit vorzutäuschen. Er setzte sich auf den leuchtend blau lackierten Holzstuhl am Küchentisch und streckte die Beine von sich. »Du kannst mich doch in dieser Lage nicht im Stich lassen.«

»Ich besorge dir einen guten Strafverteidiger. Den wirst du brauchen. Ich hätte das Mandat nicht annehmen sollen.«

»Sandra, jetzt weißt du doch alles. Es gibt nichts, worüber ich dich sonst getäuscht hätte.« Er machte ein jungenhaft betrübtes Gesicht und Alexandra fragte sich, wie sich ein cleverer Geschäftsmann in so eine dumme persönliche Situation bringen konnte. »Übrigens gefällt mir deine Wohnung sehr gut und die Kanzlei sowieso. Schöne Möbel, passende Bilder und eine gemütliche Küche. Vielleicht doch ein Schluck Wein?«

Sie ging in ihre Speisekammer, nahm eine neue Flasche Rotwein aus dem Regal, bemerkte, dass es wieder ein italienischer war, stellte ihn ins Regal zurück und griff einen Wein aus Chile. Am liebsten hätte sie ihm einen argentinischen hingestellt, als Erinnerung an seine Lebensgefährtin, aber den hatte sie nicht vorrätig. Sie würde ihm jetzt bei seinem Glas Wein ihren Entschluss erklären. Dass ein Anwalt seinen Mandanten im Stich ließ, war eine ernste Angelegenheit. Sie entkorkte die Flasche, wobei sie aufpasste, nicht abzurutschen, füllte ein Glas und stellte es ihm hin.

»Du nicht?« Er blickte sie treuherzig an.

»Ich habe mein Quantum gehabt, beim Lesen dieser Facebook-Geschichte.« Schon ärgerte sie sich über ihre Offenheit. Es war einfach, als zöge Johan durch seine Fragen Gefühlsäußerungen aus ihr heraus.

»Ich werde dir ein Angebot machen, das du nicht ablehnen kannst.« Johan hob ihr sein Glas entgegen. Er lächelte, aber sie bemerkte, dass er seine innere Unruhe mit Kraft beherrschen musste. Sie füllte den Espresso in Tassen, stellte ihm eine hin, nahm sich die andere und setzte sich an den Tisch, ihm gegenüber, zog ihre Beine an sich und kreuzte sie.

»Sandra, ich bin in einer ganz miesen Lage. Mein Altpartner sitzt in Haft, Polina ist tot und ich muss neben meiner eigentlichen Arbeit ihren Russlandbereich in den Griff bekommen. Dann fällt dieser wahnsinnige Kommissar bei mir ein, beschlagnahmt Computer und Geschäftspapiere und verdächtigt mich auch noch des Mordes. Verdammt, ich habe Polina nicht umgebracht, ich habe auch nie vorgehabt, sie umzubringen. Sie hat mich genervt mit ihrer rasanten, unüberlegten Art. Okay. Das sage ich auch gern der Kripo. Aber nur weil jemand einen nervt, tötet man ihn nicht. Sandra, ich denke darüber nach, mich aus der Firma zurückzuziehen und mich woanders geschäftlich zu betätigen.«

»Ach, vielleicht in Argentinien? Mit dem Vater deiner Lebensgefährtin?« Es war heraus und sie hätte sich auf die Zunge beißen können.

»Höre ich einen Hauch von Eifersucht?« Er stand auf, ging um den Tisch herum und trat von hinten an Alexandra heran. Er beugte sich herunter und legte die Arme um sie.

Sie griff seine Handgelenke und zog seine Arme von sich, sprang hoch, stieß dabei den Stuhl zurück, so dass er ihm an die Beine prallte.

»Autsch! So viel Temperament hatte ich nicht erwartet.«

»Es geht nicht um Eifersucht. Es geht um Fakten, die dich belasten«, fuhr sie ihn an und ging in Richtung Küchentür, um ihm den Ausgang zu weisen. »Das rentable Projekt in Omsk. Das lästig gewordene Techtelmechtel mit der gefährlichen Kollegin. Eine neue Geschäftsidee mit der Lebensgefährtin und deren vermögendem Vater in Argentinien. Wer weiß, was noch alles unter der Decke lauert. Nein, ich habe keine Lust, mir meinen Ruf zu verderben mit einer brisanten, schwierigen Verteidigung, deren Erfolg sehr fraglich ist.« Alexandra drehte ab und ging aus der Küche. Sie wollte weg von ihm, die Gespenster ihrer kurzen gemeinsamen Vergangenheit vertreiben.

»Das ist unfair.« Er kam ihr hinterher und ging zum Balkon, auf dem sie vor Kurzem selbst gestanden und ihren Nachbarn mit seiner neuen Freundin beobachtet hatte. »Weißt du, Sandra, du wirkst auf mich genauso jung und bezaubernd, wie vor zehn Jahren.« Er musterte sie mit eindringlichem Blick.

»Ich bin zehn Jahre älter geworden und du auch«, sagte sie scharf.

»Wir könnten versuchen, eine neue Art von Beziehung aufzubauen. Ich sage dir alles, was du wissen möchtest, und du verteidigst mich.«

Alexandra spürte, wie sie unwillkürlich lächelte, dann schüttelte sie den Kopf. »Netter Versuch, Johan, aber ich möchte nicht mehr.

Ich habe Angst, dass etwas herauskommt, was ich nie und nimmer wissen möchte.«

»Was denn? Dass ich ein Mörder bin?«

»Ich habe dir drei dicke Gründe genannt, die gegen dich sprechen.« Sie klammerte sich mit der Hand an der Couchlehne fest.

Er runzelte die Stirn. »Du schlägst dich auf die Seite dieses tollwütigen Kommissars.«

Dass dieser Mann offensichtlich nicht registrierte, wie viel sie schon für ihn getan hatte, brachte sie noch mehr in Rage. »Ich gebe dir morgen die Kontaktdaten eines Kollegen, der Strafverteidigung macht. Wirklich ein Guter. Aber jetzt solltest du gehen.«

Johan machte ein paar Schritte auf sie zu und blieb dicht vor ihr stehen. »Wenn du nach einem Kuss immer noch nein sagst, akzeptiere ich das als deine Antwort.«

In diesem Augenblick fiel ihr ein, dass sie ja im Schlafanzug vor ihm stand. Die kurze Zeit der Passivität nutzte er. Er legte die Arme um sie und zog sie an sich. Sie spürte seinen Mund und seine Zunge und war einen Augenblick so weit nachzugeben. Warum ihn nicht küssen, warum nicht mit ihm schlafen, so wie er mit Polina geschlafen hatte. Sie hätte dringend mal wieder einen Mann nötig und schlafen mit Johan verpflichtete zu nichts, das hatte er ja deutlich gemacht. Die Versuchung war sehr groß. Nur die Befürchtung, dass sie dann das Mandat weiterführen musste und Gefahr lief, ihre Liebeserinnerung durch die Erkenntnis zu zerstören, dass sie in einen Schwerverbrecher verliebt gewesen war, gab ihr Kraft.

Alexandra löste sich aus seinen Armen, stellte sich vor ihm auf und schenkte ihm ein selbstbewusstes breites Lächeln. »Ich bin keine Idiotin, Johan. Du kannst deinen Wein austrinken und dann gehst du, oder du gehst gleich. Alles andere kannst du dir abschminken.«

»Komm schon, Sandrina. Du bist die Einzige, die mir helfen kann. Es geht um uns. Nur um dich und mich.«

Sie duckte sich an ihm vorbei und stellte sich hinter die Couch.

»Du bist grausam, Alex.«

»Gleich werde ich noch grausamer sein.« Sie ging zu ihrer Wohnungstür, legte ihre Hand auf die Klinke und drückte sie herunter.

Er ging in die Küche, kam mit dem Glas wieder, prostete ihr noch einmal stumm zu und kippte das Getränk dann demonstrativ herunter. Behutsam stellt er das Glas auf den Couchtisch, ging auf die offene Wohnungstür zu und blieb dort stehen. »Du kannst einem Mann keinen Vorwurf machen, wenn er es versucht«, sagte er mit schmerzhaftem Grinsen. »Ich halte dich für eine wirklich gute Anwältin.«

»Gute Nacht, Johan.« Mit sanfter Gewalt schob sie ihn vorwärts, bis er draußen war, dann schloss sie hinter ihm die Tür und legte die Sicherungskette mit solchem Nachdruck ins Schloss, dass er es ganz sicher hörte.

27.

Wenige Stunden vorher war Lotte Kraus die Straße zum Firmengebäude entlanggelaufen. Der Himmel hatte sich verdüstert und am Horizont grollte es. Plötzlich war ihr unbehaglich. Was für eine Schnapsidee, abends allein in die Firma zu gehen. Erste Regentropfen trafen sie und so hielt sie sich unter den Balkonen der Plattenbauten. Es waren nur noch ein paar Schritte bis zum Firmenportal und drinnen konnte sie abwarten, bis das Gewitter vorbei war. Lotte öffnete mit ihrem Generalschlüssel. Die Nachtbeleuchtung hatte sich schon eingeschaltet. Sie stieg zur vierten Etage hoch, allein im Gebäude hatte sie Angst, den Aufzug zu benutzen, ging in die Kaffeeküche, holte sich ihren selbst gepressten Saft aus dem Kühlschrank und trank ein paar Schlucke. Eine so profane Tätigkeit erschien ihr geeignet, die Scheu davor zu besiegen, heimlich hierherzukommen und zu suchen. Die Kaffeeküche wirkte verwaist. Es fehlten die von Polina eilig abgestellten Gläser mit Lippenstifträndern von beige bis dunkelrot.

Dann ging sie durch die von Polina vor Kurzem neu gestalteten Flure. Meergrüne Auslegware, an den weiß gestrichenen Wänden Tuschzeichnungen unterschiedlicher Landschaften. Lotte fand es zu hotelmäßig, ihr hatte das graubraune Linoleum gefallen, es war zweckmäßig und ließ sich gut reinigen. Vor dem Büro von Nadja

Kowalewski blieb sie einen Augenblick stehen. Dann öffnete sie die Tür. Die Scheinwerfer, die nachts die Fassade beleuchteten, warfen gespenstische Schatten ins Büro. Die Wedel von Nadjas großer Palme wirkten wie Geisterfinger. Da fing das Zittern an. Ein kleiner Schauder, der sich von ihrem Hinterkopf über die Wangen zum Nacken ausbreitete.

Herumsuchen, Antworten auf ihre Fragen finden, dieser Gedanke hatte Gestalt angenommen. Ihre frühere Liebesbeziehung zu Arnold war von der Stasi in Gestalt von Nadja-Klara überwacht und gedeckt worden. War es auch Nadja, die jetzt die alte Geschichte mit Günther an die Öffentlichkeit gezerrt hatte? Aber warum? Sensationsgier, Geltungsbedürfnis, Honorar? Auch Johan machte ihr Kopfzerbrechen, er entfernte sich immer mehr von der Firma. Und das von Polina begonnene Bauprojekt in Omsk wuchs in Lottes Vorstellung zu einer diffusen Gefahr aus dem fernen Osten.

Was hatte es mit diesem beunruhigenden Schreiben der Bank auf sich? Adressiert an Johan, aber bei ihr gelandet, weil er auswärtige Termine hatte. *Man erwarte dringend die Firmenspitze zu Verhandlungen über einen Kredit zur Überbrückung einer Finanzierungslücke.* Arnold hatte sich doch aus dem Projekt zurückgezogen, oder?

Als der Gong der Standuhr in Arnolds Zimmer zu schlagen begann, zuckte sie zusammen. Dabei stellte sie jeden Tag die Uhr, sie sollte laufen, so wie immer. Während des Tagesgeschäfts hörte man die Uhr nicht, aber jetzt schien sie eine Ermahnung Arnolds zu sein: Lotte, kümmer dich um die Firma. Schau, was Polina hinter meinem Rücken angestellt hat. Sie zählte neun Schläge, dann war es wieder still.

»Du musst das jetzt tun«, sagte sie zu sich, als sei ihre Stimme der Arzt, der den Patienten vor einer schmerzhaften Behandlung beruhigte, es tut weh, aber es muss sein.

Ein berstender Donnerschlag ließ sie zusammenzucken. Um ihr Zittern zu beherrschen, fing Lotte an, systematisch zu suchen. Die übliche Geschäftspost, Handwerkerrechnungen, Mängellisten der Hausverwalter, Kundenangebote, Geschäftsverträge, Zahlen, Prognosen. Lotte überflog die Post-its an der Pinwand. Etliches war überholt, Termine von Polina, vielleicht hingen sie noch aus Pietät da.

Plötzlich heulte ein Sturm auf, ein greller Blitz beleuchtete Nadjas Büro, irgendwo schlug eine Tür zu. Johan hatte die Angewohnheit, bei Hitze oben im Konferenzsaal die Fenster offen zu lassen. Sie würde gleich hoch gehen, sonst peitschte noch der Regen herein. Dann hätte sie auch einen guten Grund gehabt, hier zu sein. Sie kam sich vor wie eine eifersüchtige Ehefrau. Herumsuchen war eine hinterhältige Handlung. Den Gedanken an ihre frühere Spitzelei schob sie weg. Sie hatte spioniert, weil es für Arnold wichtig war, systemfeindliche Bestrebungen in der Firma frühzeitig zu unterbinden. Jetzt war sie auf sich gestellt. Und sie musste herausfinden, was es mit diesem zweifelhaften Überbrückungskredit für das Omsk-Geschäft auf sich hatte.

Die schäbige Wühlarbeit war vergessen, als Lotte etwas fand. Der Brief einer Bank in Omsk. Lotte konnte noch genug Russisch, um zu verstehen: Es wurden Kreditverhandlungen mit Polina bestätigt und ein Kreditangebot gemacht. Bis gestern noch hätte Lotte bei Nadja nachgefragt, was das soll. Aber seit sie ahnte, dass Nadja alias Klara im Auftrag der Stasi ihr Verhältnis zu Arnold ausspioniert hatte, war Nadja ihre Feindin.

Polina hatte also eigenmächtig einen Kredit bei einer Bank in Omsk beantragt. Lotte dachte an einen Streit der Managerin mit Johan. Da hatte sie nicht einmal zu lauschen gebraucht, so laut und dramatisch war der Ton in Polinas Stimme gewesen:

»Du wolltest das Geschäft mittragen. Jetzt lässt du mich im Stich. Auf dich ist eben kein Verlass. Geschäftlich nicht und privat auch nicht.«

»Du überträgst deinen privaten Ärger über mich auf das Geschäftliche«, hatte Johan in seiner beherrschten, deutlichen Sprechweise erwidert. »Ich lasse nicht zu, dass du dubiose Geschäftspartner hereinnimmst.«

Ich tippe nur, hatte Lotte damals gedacht, ich bin nur die Sekretärin. So durfte sie nicht mehr denken. Wer steckte hinter der Verbindung nach Russland? Wer waren die dubiosen Geschäftspartner? Oligarchen, reiche, mächtige Leute in Russland, die das Bauprojekt mit Gewalt haben wollten und nicht vor dem Mord an Polina zurückschreckten?

Lotte suchte weiter. Ein Papier von Johan. Wie kam es in Nadjas Büro? Er schrieb gern mit der Hand, in schwungvoller Schrift mit Federhalter, wenn er Ideen entwickelte. Eine Aufstellung von Baufirmen unterschiedlicher Gewerke. *Gebauer & Söhne: Dacharbeiten, Malerfirma Krause: Außenfassaden, Elektro-Heinrich: Sanierarbeiten Kabel/Leitungen/Elektronik.* Hinter jeder Firma stand ein Auftragsvolumen und alles war mindestens fünfstellig.

Sie setzte sich und versuchte, das Ganze zu verstehen. Polina wollte in ihrer Heimat groß rauskommen und wollte daher russische Firmen mit der Bauausführung beauftragen. Aber weshalb setzte Johan dann seine deutschen Firmen ein? Noch mehr Schreckgespenster türmten sich auf. Johan wollte weg. Er wollte seine in der Firma gewonnenen Kontakte für eigene Projekte einsetzen. Das durfte er nicht. Arnold kam doch bald wieder. Lottes Finger strich mechanisch über den Zettel. Dann erst sah sie, dass es eine Kopie von Johans Aufstellung war. Ehe sie darüber nachdenken konnte, was das nun wieder bedeutete, wurde sie abgelenkt.

Ein Geräusch. Nicht draußen, nein, Regen und Wind hatten nachgelassen. Jemand war im Gebäude. Der Aufzug bewegte sich, jemand stieg ein, fuhr nach oben auf ihre Etage. Sie hörte, wie sich die Tür des Aufzugs öffnete, jemand herauskam und den Flur entlangging. Schritte. Schwer, langsam, zielstrebig. Johan war das nicht. Schweiß brach ihr aus. Sie wollte zum Schalter, um das Licht zu löschen. Der Eindringling durfte nicht merken, dass jemand in der Firma war. Da stolperte sie über eine Teppichkante und fiel hin. Es rumste und sie krabbelte auf allen Vieren hinter einen Büroschrank. Die Schritte näherten sich. Lotte hielt den Atem an. Jetzt stand jemand unmittelbar vor der Tür. Sie presste die Hand vor den Mund, ihre Zähne gruben sich in die Haut. Langsam öffnete sich die Tür. Jemand kam auf sie zu.

Ich habe meine Fassaden-Entwürfe in Bauvorhaben einbringen dürfen. Ich habe Erfolg gehabt und ich habe ihn ausgekostet. Arnold will mir den Russlandbereich geben, sozusagen als mein Meisterstück. Irgendwann wird er mir die Leitung der Firma übertragen.

Meine Ergebnisse verschaffen mir eine Zufriedenheit, sogar ein Glück, das sich mit Erotik messen kann. Aber nur für kurz. Ich weiß es schon, wenn ich den Champagner des Richtfestes trinke, dass ich nach mehr, nach Höherem und Weiterem streben werde.

Manche sagen, das Geheimnis vom Glück besteht in der Zufriedenheit mit dem, was man hat. Diese Art Glück kenne ich nicht.

Polina Karova, Berlin, September 2010.

Samstag, 4. Juli

28.

»Holen Sie mir Ihren Chef!« Beckmanns Finger trommelten auf den Tresen des Schalters am Flughafen Tegel. Er hatte seinen Dienstausweis gezeigt und vergebens versucht, die schwarzhaarige Bodenstewardess zu einer Information über einen bestimmten Passagier zu veranlassen. Sie wartete auf die nächste Abfertigung und reinigte aus Langeweile ihre Nägel.

»Wir geben grundsätzlich keine Auskunft«, sagte sie mit berufsmäßigem Lächeln.

»Dann möchte ich Ihren Chef sprechen.« Es war halb acht und in einer Stunde sollte die Maschine nach Frankfurt starten, die Theissen gebucht hatte. Beckmann wollte sichergehen, dass die Buchung, die Liwicki unter den beschlagnahmten Geschäftsunterlagen gefunden hatte, nicht storniert worden war, bevor er die Kollegen von der Flughafenpolizei alarmierte. Die Schwarzhaarige wandte sich achselzuckend ab und gab Beckmann einen Wink, mit ihr zu kommen. Sie führte ihn in ein Büro, erklärte, der diensthabende Chef werde gleich kommen und verschwand, ihm einen Blick über die Schultern zuwerfend.

Beckmann ging zu der Glaswand, durch die man einen Blick auf das Rollfeld hatte, und seufzte unwillkürlich, als eine Boing in den blauen Himmel abhob. Im letzten Urlaub war er zwei Wochen Skilaufen gewesen, mit Frau und Sohn. Er wollte Alpin, sie Langlauf, man einigte sich auf ein elegantes Hotel mit guten Abfahrtspisten, aber auch Loipen, es wäre alles ganz schön gewesen, wenn nicht abends diese Diners mit anschließendem Tanz gewesen wären, auf die seine Frau den ganzen Tag gewartet hatte. Er dagegen wollte das anziehen, was er gepflegte Sportkleidung nannte, und dann in eine dörfliche Kneipe zum Biertrinken gehen. Jeden Morgen, wenn der Sohn in die Kinder-Skischule gebracht worden war, wurde der

Abend ausgehandelt, mal Tanz, mal Kneipe, und Beckmann war ganz froh, als während des Urlaubs ein schwieriger Mord anfiel, mehrere Kollegen mit grippalem Infekt im Bett lagen und sein Rat von ferne benötigt wurde. Wenn dieser Fall hier zu Ende war, dann würde er sich eine Woche abseilen, allein oder mit einem guten Kumpel, und nur so leben, wie es ihm gefiel.

»Sie wollen also Auskünfte über einen Passagier?«, fragte der diensthabende Chef, Herr Hansen, freundlich. »Leute, die Flüge buchen, fliegen in der Regel auch.«

»Ich muss wissen, ob Herr Theissen wirklich fliegt.«

»Die Polizei kann sich ja am Flugsteig postieren, im Publikumsbereich«, sagte Hansen mit unverändert freundlichem Gesicht, »oder Sie besorgen sich einen Gerichtsbeschluss, dann muss ich Auskunft geben.«

Beckmann atmete einmal tief durch, um Hansen nicht anzumotzen. Er wollte die Tatsache, dass gegen Theissen der dringende Verdacht eines Tötungsdelikts bestand, nicht offenlegen. Vielleicht flog Theissen gar nicht und dann brauchte er die Passagiere nicht zu verschrecken. Und er hätte Zeit, sich einen Haftbefehl vom Gericht zu besorgen. Beckmann ärgerte sich über Hansen, der sich an seine kleinen Regeln hielt, über all die Zeit, die er mit Vernehmungen, Ortsbesichtigungen, hektischer Auswertung des Geschäftsmaterials verbracht hatte und auf immer mehr Vertragsentwürfe, Kundenlisten, Zahlungsvorgänge gestoßen war, ohne einen Hinweis auf den Täter zu finden. Er ärgerte sich über Theissen, dass der sich verdächtig verhielt und ihn zur schnellen Entscheidung zwang, und über die Kraefft, die im entscheidenden Moment nicht erreichbar war. Hätte er doch einfach den Theissen nach Buenos Aires abdüsen lassen und abgewartet, ob der wiederkommen würde.

»Sie helfen mit, dass ein Schwerverbrecher das Land verlassen kann?«, fragte Beckmann.

»Ich habe verstanden«, sagte Hansen gequält.

Dann sah er sich Beckmanns Dienstmarke noch einmal an, ging ins Nebenzimmer, wahrscheinlich telefonieren, kam zurück, tippte einen Vermerk in den Computer, druckte ihn aus, ließ sich von Beckmann bestätigen, dass gegen den Passagier Johan Ludwig

Theissen wegen Mordes ermittelt wurde und bestätigte dann dessen Flug Nr. 5783 um acht Uhr fünfzig nach Frankfurt.

»Es kommt natürlich vor, dass ein gebuchter Passagier nicht erscheint«, setzte Hansen hinzu und seiner Stimmlage war die Hoffnung anzuhören, dass es im Fall des Passagiers Theissen so sein möge.

»Glauben Sie, ich lasse mich einfach so verhaften?«

Beckmann hatte das Gefühl, Theissen würde ihn am liebsten anspringen. Eben noch vor der großen Reise nach Argentinien, dann war Theissens Koffer aus den Mengen an Gepäckstücken herausgeholt und durchsucht, die Flughafenpolizei alarmiert und die Kollegen vom Polizeigewahrsam unterrichtet worden. Und während diese Maschinerie ablief, hatte Beckmann seinem Beschuldigten den Tatvorwurf eröffnet, wie es so schön im Gesetz hieß.

Der erste Schreck hatte sich gelegt, jetzt sah Beckmann die Wut in den Augen seines Beschuldigten, Wut dass er ihn in eine so demütigende Situation brachte, Wut mit Angst und Unsicherheit gemischt.

»Wie kommen Sie dazu, mir einen Mord vorzuwerfen? Ich möchte Ihre Vorgesetzte sprechen, Frau Kriminalrätin Kraefft.« Theissens Gesicht lockerte sich ein wenig, als sei er der Ansicht, er werde es diesem durchgeknallten Kommissar schon zeigen. »Sie irren sich.«

»Sie brauchen nicht auszusagen und haben das Recht, sich einen Anwalt zu nehmen.« Beckmann hütete sich vor zu viel Worten. Die förmliche Vernehmung würde frühestens im Beisein dieser Rechtsanwältin Mey vor dem Haftrichter stattfinden. Und wenn Theissen schlau war, und daran hatte Beckmann keinen Zweifel, dann würde er nicht aussagen, bis er mit seiner Anwältin gesprochen hätte.

»Abflug Lufthansa, Flug Nr. 5783 nach Frankfurt. Die Passagiere werden gebeten, sich zum Ausgang zu begeben.«

Theissen zuckte zusammen. »Ich werde Beweise vorlegen, sobald meine Rechtsanwältin da ist. Ich möchte sie anrufen.«

Beckmann sah mit einer gewissen Befriedigung, dass der Typ Nerven bekam. Sein Adamsapfel bewegte sich nach oben und dann wieder nach unten.

»Wenn wir im Polizeigewahrsam angekommen sind, dürfen Sie telefonieren«, sagte Beckmann ruhig. »Noch eins: Wenn ich mich wirklich irre«, er machte eine Pause und sah seinem Beschuldigten direkt in die Augen, »dann sind Sie frei.«

29.

Alexandra schwamm mit ruhigen Stößen im Scharmützelsee. Es war zehn Uhr am Samstagmorgen und der See noch nicht durchpflügt von Ausflugsschiffen. Auf den Uferwegen sah sie nur wenige Menschen und das Wasser war kühl, frisch und einfach wunderbar, eine Mischung aus blauem Himmel und den vielen grünen Laubbäumen, die den See umgaben. Es war so still, dass sie das Rauschen des Schilfs hörte, lediglich unterbrochen von den piependen Schreien der Tauchervögel.

Nur die immer wieder hereinbrechenden Gedanken an Johan störten die Idylle. Es war erst ein paar Stunden her, dass sie ihn aus ihrer Kanzlei-Wohnung rausgeworfen hatte. Sie wollte nicht darüber grübeln, ob sie ihn doch hätte weiter vertreten sollen. Noch nie hatte sie einen Mandanten im Stich gelassen. Aber die nötige Distanz zu ihm fehlte. Persönliche Gefühle für einen Mandanten waren das Letzte, was eine erfolgreiche Strafverteidigerin brauchen konnte. Bestimmt hat er sich schon einen anderen Anwalt genommen, dachte Alexandra, betrachtete beim Rückenschwimmen die weißen Wolken und befahl sich, den schönen Tag zu genießen. Erst mal ein kräftiges Frühstück in der kleinen Küche, dann zu ihrem Bauern, um sich mit Obst und Gemüse aus der Region einzudecken, natürlich würde sie auch selbst gebackenes Brot mitnehmen und einen frisch gefangenen Fisch. Am Nachmittag würde sie mit ihrem Ruderboot rausfahren, sie hatte ein ewiges Wochenende frei, na ja, fast. Zwischendurch musste sie einige Stunden in den Akten ihrer vernachlässigten Mandanten lesen, aber bei diesem ruhigen Wetter könnte sie das auch auf ihrem Ruderboot in einer ruhigen Ecke des Sees tun. Dazu ein Glas kühler Weißwein. Ein Schwanenpaar zog vorbei und schnell wandte sie den Kopf ab.

Sie stieg aus dem Wasser, lief über den Steg zu ihrem Fischerhäuschen, hüllte sich in einen weich gewaschenen Bademantel und setzte Kaffee auf.

Nachdem Johan gestern gegen Mitternacht gegangen war, hatte sie versucht einzuschlafen, dann, nach zwei Stunden, hatte sie sich ein Buch von Erica Jong gegriffen, die eine tolle Schriftstellerin war und so viel erfahren, genossen, gelitten hatte, dass Alexandra in ihren Lebenserfahrungen oft fündig wurde. Sie musste lächeln, als sie die Passage las, dass intelligente und eigenständige Frauen so oft von bösen Buben fasziniert waren. George Sand, Sylvia Plath, Colette, Mary McCarthy, sie alle hatten sich anscheinend in die falschen Männer verliebt. Aber vielleicht mussten sie das tun, um zu sich selbst zu finden, sich von ihrer engen Herkunft zu befreien. Und vielleicht war ihre unerwiderte Liebe zu Johan nötig gewesen, um zu ihrer Stärke zu finden. Dazu, ihn auch innerlich aufgeben zu können. Nach weiteren zwei Stunden Erica-Jong-Lektüre war sie aufgestanden und hatte sich für die Fahrt zum Scharmützelsee fertig gemacht. An Schlafen war einfach nicht zu denken.

Sie setzte sich in die kleine altmodische Küche, die große weiße Tasse in Händen, atmete den Duft des frischen Kaffees ein, nahm einen Schluck und aß ein dick mit Marmelade bestrichenes Brötchen. Sie hatte ihr Häuschen von einem Fischer gekauft, dem die Supermärkte und die gediegenen Lokale, die in den Jahren nach der Wende am Scharmützelsee entstanden waren, das Geschäft verdarben. Alexandra hatte die Dielen abziehen, die Holzschränke aufarbeiten lassen, es war eine rustikale Hütte geblieben und sie liebte sie. Sie schaute durchs Fenster auf Schilf, das sich im Sommerwind wiegte. Das Wetter würde sonnig und heiß bleiben und wenn sie Montag um sechs losführe, wäre sie um neun im Kriminalgericht zur Fortsetzung der Strafverhandlung gegen den Familienvater, der des Mordes an seiner Ehefrau angeklagt war. Das freie Wochenende lag vor ihr. Sie fühlte tatsächlich Ruhe einkehren.

Da klingelte ihr iPhone. Sie hatte es sich zur Gewohnheit gemacht, ihr Handy anzulassen. Ihre Mandanten hatten ihre Nummer für den Notfall und Alexandra war in Krisenzeiten immer für sie da.

Die aufgewühlte Stimme Johans klang wie aus einer fernen unruhigen Welt. »Verdammt, Sandra, du musst mich hier rausholen.«

»Was ist los?« Sie stand auf, trat auf ihren Steg hinaus, als könne sie mit einem Blick über den ruhigen großen See das Unwetter aufhalten, das sich im fernen Berlin zusammenbraute.

»Dieser hirnverbrannte Bulle hat mich auf dem Flughafen festgenommen.«

»Du wolltest wegfliegen?« Schon sah Alexandras Anwältinnengehirn in Leuchtschrift: Fluchtgefahr.

»Herrgott Sandra, ich wollte nach Buenos Aires. Beatrice ist da, bei ihrem Vater. Du weißt doch jetzt, dass ich einiges gutmachen muss.« Er lachte gequält.

Natürlich, bei Beatrice musst du einiges gutmachen. Alexandra stampfte mit dem Fuß auf, dann hatte sie sich wieder im Griff. »Johan, ich bin nicht in Berlin und ich habe auch nicht vor, an diesem Wochenende zurückzukommen. Ich gebe dir jetzt den Namen eines guten Strafverteidigers, dem kannst du deine Geschichte erzählen.« Sie gab Namen und Telefonnummer durch und beendete das Gespräch.

Während sie noch mit dem iPhone in der Hand wie versteinert da stand, klingelte es wieder. Die Nummer mit dem wunderschönen Ende 1001. Sie nahm nicht ab. Es klingelte erneut. Am liebsten hätte sie ihr Handy in den See geworfen, wäre da nicht noch ein Rest Vernunft, dass ein neues Mobiltelefon vielleicht mit einem Wechsel der Nummer verbunden wäre, und das war für einen Anwalt nicht gut. Sie starrte über den See und überlegte, wie ernst die Situation Johans war. Es war kühn von diesem Kommissar Beckmann, ihn auf dem Flughafen festzunehmen. Andererseits, wer sagte denn, dass Johan nicht in Buenos Aires bleiben wollte? Vielleicht konnte er dort die Firma des Quasischwiegervaters übernehmen und vielleicht hatte die Kripo mittlerweile auch weitere Verdachtsmomente zutage gefördert, die nur sie noch nicht kannte. Während Alexandra im Geist Möglichkeiten durchging, klingelte ihr Handy wieder. Eine andere Nummer.

»Was ist denn nun? Ihr Mandant ist außer sich. Kommen Sie jetzt? Wie lange dauert das?« Es war die nölige Stimme des diensthabenden Chefs im Polizeigewahrsam, der wenig erfreut schien, am Samstag eine so pikante Festnahme zu bekommen.

»Ich vertrete Herrn Theissen nicht mehr. Ich habe ihm das gestern Abend gesagt und ich habe ihm auch den Namen eines guten Kollegen gegeben.«

»Herr Theissen hat eben bei mir angerufen und gesagt, er möchte nur Sie als seine Verteidigerin«.

»Ich kann dieses Mandat aus persönlichen Gründen nicht weiterführen.«

»Schon mal was von Mandatsniederlegung zur Unzeit gehört?«

Sie biss sich auf die Lippen. Sie fühlte sich von Johan nahezu genötigt, die Verteidigung doch weiterzuführen. Aber das Mandat zur Unzeit niederzulegen, war ein Standesvergehen eines Rechtsanwalts und konnte geahndet werden. Johan würde spätestens morgen dem Richter vorgeführt werden, der prüfte, ob ein Haftbefehl zu erlassen sei. Sie war zumindest verpflichtet, Johan so lange zur Seite zu stehen, bis sich ein neuer Verteidiger fand.

»Ich bin in zwei Stunden da«, sagte Alexandra wütend.

30.

Es war Samstagmittag und Beckmann hatte Theissen im vergitterten Wagen in den Gewahrsam in das Dienstgebäude des Landeskriminalamtes am Tempelhofer Damm bringen lassen. Er war selbst mitgefahren in der vagen Hoffnung, dass sein Tatverdächtiger irgendetwas sagen würde, aber Theissen hatte die gesamte Strecke über kein einziges Wort gesprochen und die Augen geschlossen gehalten.

Beckmann ging in ein Lokal und bestellte sich nach diesem Kraftakt ein großes Steak mit Pommes frites und trank ein Bier. Dienst hin und her, er hatte es sich verdient. Was jetzt mit Theissen geschehen würde, konnte er nicht mehr beeinflussen. Er fühlte gerade ein wenig Ruhe einkehren, als Liwicki anrief.

»Die Kraus ist nicht auffindbar.«

Beckmann hatte den Kollegen nicht gesehen, seit sie gestern Nachmittag gemeinsam die Krukowski-Aussage abgehört hatten. Liwicki wollte anschließend Lotte Kraus aufsuchen, um die Vernehmung der Firmenangehörigen abzuschließen.

»Die Frau is' Freitag gar nich' in der Firma gewesen und zu Hause is' sie auch nich'. Hab' bei den Nachbarn nachgefragt, keiner hat sie geseh'n.«

Bei Beckmann schrillten die Alarmglocken, ohne dass er hätte sagen können, warum. Er beendete sein Essen und fuhr in die Direktion.

»Schön, dass du kommst. Is' ziemlich langweilig heute.« Oberkommissar Peter Weigelt vom Vermisstenkommissariat war Anfang fünfzig, hatte einen hervorquellenden Bauch, aber Beckmann wusste aus dem gemeinsamen Polizeisport, dass er durchtrainiert war. Weigelt trug einen kräftigen dunkelblonden Schnurrbart mit herabhängenden Spitzen. Typischer Polizistenschnauzer, dachte der akkurat rasierte Beckmann, aber er schätzte den Kollegen als zuverlässig und hilfsbereit.

»Wir suchen die Sekretärin vom Karstaedt. Die einzige, die wir noch nich' vernommen haben«, sagte Beckmann, wohl wissend, dass dieses Problem nicht ins Dezernat von Weigelt fiel. Jedenfalls noch nicht.

In Wirklichkeit ging es ihm darum, mit dem ruhigen Kollegen die Lage zu analysieren und so ein bisschen Luft rauszulassen. Eben hatte die Kraefft angerufen. Ihm klang noch ihre aufgebrachte Stimmer im Ohr, als sie von der Festnahme Theissens erfuhr. Gut, sie musste zugeben, dass es Indizien gegen den Mann gab und dass er vielleicht hatte abhauen wollen. Er habe versucht, sie gestern Abend telefonisch zu erreichen, sagte Beckmann, und zwar mehrfach. Da druckste die Kraefft ein bisschen herum und dann sagte sie, dass man jetzt halt abwarten müsse, wie der Haftrichter das sah.

»Die hat vielleicht geschluckt«, sagte Beckmann zu Weigelt. »Für die Kraefft is' es immer zu früh, bevor der Täter nicht ein Geständnis ablegt. Dann liefen viele Verbrecher frei rum.«

»Du, du«, Weigelt drohte spielerisch mit dem Zeigefinger. »Ich hoffe für dich, dass der Richter diesen Theissen drin lässt.«

Beckmann hatte keine Lust, dem Kollegen seine Gründe für die Festnahme Theissens zu erläutern, und kam auf sein Thema. »Die Kraus, die is' mir wichtig. Erst dachte ich, ach was, 'ne Sekretärin. Aber sie is' über dreißig Jahre in der Firma, wohl die einzige Kontaktperson zum alten Karstaedt und weiß bestimmt 'ne ganze Menge.«

»Seit wann sucht ihr die Frau denn?«

»Marcel is' gestern gegen Abend in die Firma, da war sie nich'. Die Kowalewski, 'ne Kollegin von der Kraus, sagte, sie wäre wohl in die JVA, da sitzt der alte Chef ein.« Beckmann bemerkte Weigelts belustigten Blick.

»Okay, Freitagabend«, sagte der Kollege. »Dass die Frau von Tegel nich' wieder in die Firma zurückkommt, is' doch wohl ziemlich klar. Bei dem Wetter.«

Beckmann berichtete, dass Liwicki gestern Abend noch Mal in der Firma angerufen und mit dem gehetzt klingenden Theissen gesprochen hatte, der mit einer Dienstaufsichtsbeschwerde drohte, wenn die Ermittlungen nicht endlich abgeschlossen würden.

»Immerhin hat er Telefonnummer und Adresse der Kraus rausgesucht, aber nur, wenn Marcel die Frau zu Hause vernehmen würde oder auch im Park oder wo immer, aber bloß nich' in der Firma.«

»In ihrer Wohnung war die Frau gestern Abend also nich'?«

»Meine Leute haben mehrfach bei der Kraus angerufen, die ganze Nacht über.«

»Könnte ja gute Gründe haben, dass sie nich' da war«, sagte Weigelt prompt.

»Nich', was du denkst. Die Kraus soll nur für die Firma gelebt haben.«

»Vielleicht is' sie über 'ner Abrechnung eingeschlafen. Ihr wart an der Wohnung?«

»Klar. X-Mal geklingelt. Niemand macht auf. Wir haben auch die Umgebung abgesucht, den Weg durch den Park, den die Kraus zur Arbeit geht. Dann die Nachbarn, wissen nichts, das Übliche.«

Beckmann musste an sich halten, nicht umherzulaufen. Er fühlte eine Unruhe, über die er selbst erstaunt war. »Immerhin hat eine junge Frau, aus Leipzig zugezogen, gesagt, dass sie bei der Kraus ihren Ersatzschlüssel abgelegt hat. Weil die Frau so zuverlässig is' und nach Feierabend immer da.«

»Trotzdem. Is' definitiv zu früh für uns.« Weigelt ging zum kleinen Kühlschrank, holte eine blaue Brotbox heraus, entnahm ihr eine Bulette und ein Tütchen Ketchup. Beckmann wandte den Blick ab, als der rote Brei über die Bulette lief. »Wenn die Kraus Montag nich' im Büro auftaucht, kannst du wiederkommen.«

Es war das, was Beckmann erwartet hatte, aber noch zwei Tage würde er nicht warten. »Wir haben 'nen taktischen Fehler gemacht. Wir hätten die Frau auf Nummer eins der Zeugenliste setzen müssen. Stattdessen haben wir jede Menge Büromiezen vernommen und uns zufrieden gegeben, dass die Kraus halt nich' da war. Dass sie plötzlich abtaucht, damit haben wir nich' gerechnet.«

»Mensch, Kollege, wer soll denn 'ne Frau in den Fünfzigern entführen? Nich' reich, nich' prominent, kein Objekt sexueller Begierde.« Weigelt ließ eine halbe, rot beschmierte Bulette im Mund verschwinden, lehnte sich zurück und kaute.

»Is' doch merkwürdig.« Beckmann wollte sein Gespräch noch nicht beenden. »Da arbeitet die Frau mehr als dreißig Jahre für dieselbe Firma und niemand dort weiß was über sie.«

»Na, sie hatte ja den alten Chef, is' doch auch nich' schlecht.« Weigelt ging wieder zum Kühlschrank und kam mit einem Bier zurück. »Noch zwei Stunden«, sagte er grinsend. »Passiert heute nichts mehr. Bei der Hitze.« Der Kommissar setzte die Bierflasche an und Beckmann sah neidvoll zu, wie der Kollege sie austrank.

»Ich gehe mit Liwicki in ihre Wohnung«, sagte er böse. Weigelt hatte halt keinen ungelösten Fall.

»Mensch, Horst, denk doch mal, auch wenn's heiß ist. Die Frau hat endlich Wochenende. Bestimmt is' sie rausgefahren, besucht wen oder so.« Weigelt ließ seine schwarz-rot-gelb gestreiften Hosenträger gegen den voluminösen Bauch knallen. »Wenn du mit Gewalt in ihre Wohnung gehst, dann hab' ich zwei Paragrafen für dich: Hausfriedensbruch und Sachbeschädigung.«

Beckmann stand auf, ging zum Fenster, starrte die wenigen Meter über die schmale Straße auf das hässliche Gebäude aus den Sechzigerjahren gegenüber. Verdammte Hitze. Die Sonne, die am Vormittag in die Fenster zum Innenhof schien, war ein großes Stück weiter nach Südwesten gewandert. Kein Lebenszeichen von der Kraus. Sie hatten eine Nachricht in den Briefkasten geworfen und auch eine unter der Wohnungstür durchgeschoben. Wenn jemand die Kraus in seiner Gewalt hatte, zählte jede Stunde. Hatte die Frau gefährliches Wissen? Aber wenn man sie liquidieren wollte, warum, verdammt, machte man das nicht offensichtlich wie bei der Karova?

»Wenn 'ne Lösegeldforderung eingeht, kannst du vor Montag wiederkommen, von mir aus auch heute Nacht.« Weigelt betrachtete seinen Kollegen mitfühlend. »Aber ich kann nich' einfach auf Staatskosten die Leute anmarschieren lassen, nur weil 'ne arbeitende Frau sich mal ein auswärtiges Wochenende gönnt.«

Beckmann hob theatralisch die Schultern und ließ sie fallen. »Wann kommt 'ne Lösegeldforderung üblicherweise?«

Sein Kollege wiegte den Kopf hin und her. »Meist in den ersten vierundzwanzig Stunden, maximal zwei Tage.«

»Wir wissen ja nich', wann sie verschwunden is'. Und da beißt sich die Katze in den Schwanz.«

»Okay«, sagte Weigelt gutmütig. »Wenn du die Frau bis morgen Mittag nich' findest, trete ich in Aktion. Kleine Besetzung, das Übliche. Wohnung observieren, Firma observieren und alle denkbaren Anlaufstellen.«

Beckmann stand auf und bedankte sich.

»Ein Bekennerschreiben wär' auch nich' schlecht«, rief ihm der Kollege hinterher.

31.

Die schwere Tür fiel hinter Alexandra zu, Schlüssel drehten sich im Schloss. Sie hatte ihre Handtasche vorübergehend abgeben müssen, als sie die Sicherheitsschleuse passierte, dann aber wiederbekommen. Als Rechtsanwältin wurde sie nicht durchsucht, es sei denn, es bestand der Verdacht, dass Gegenstände zur Vorbereitung der Flucht eines Mandanten eingeschmuggelt oder Beweise vereitelt würden. Jetzt ging ein Wachtmeister voran und schwenkte seinen Schlüsselbund, dass es klirrte. Er genießt seine Macht, dachte Alexandra grimmig.

Der Wachtmeister führte sie in ein kleines Zimmer mit vergittertem Fenster, dessen einziges Mobiliar aus einem Tisch mit zwei Stühlen bestand.

»Er kommt gleich«, sagte er und stellte sich in die Ecke neben der Tür.

Johan wurde von einem anderen Polizisten hereingeführt. Sie stellte mit einem schnellen Blick auf seine Handgelenke fest, dass man ihm keine Handschellen angelegt hatte. Er trug einen leichten grauen Sommeranzug und ein hellblaues Hemd, aber er wirkte, als habe er darin die Nacht auf einer Parkbank verbracht. Das Hemd stand oben offen und die Arme hingen merkwürdig schlaff herunter, wie bei einer Marionette mit gekappten Fäden.

Beide Polizisten warfen noch einen abschätzigen Blick auf den Geschäftsmann, dessen Freiheit jetzt massiv eingeschränkt war, verließen den Raum und verschlossen deutlich hörbar die Tür.

»Wie konnte das geschehen? Ich habe dich für eine erfahrene Strafverteidigerin gehalten«, fuhr Johan sie an.

»Woher soll ich wissen, dass du nach Argentinien fliegen wolltest? Der Kommissar denkt, du willst dich absetzen, ist doch naheliegend. Fluchtgefahr«, sagte sie scharf und setzte noch eins drauf: »Ich vertrete dich nur noch solange, bis du einen neuen Anwalt hast. Ich habe die Nase voll davon, meine Verteidigung auf deine Lügen aufzubauen.«

»Ich will hier raus. Und zwar sofort. Sieh zu, wie du das hinbekommst.«

»Hier kommst du nicht raus.« Alexandra setzte sich auf den harten Stuhl und streckte die Beine von sich. Johan stand immer noch vor dem Tisch. »Du kommst frühestens morgen raus, wenn du dem Haftrichter vorgeführt wirst, allerfrühestens, vielleicht bleibst du auch drin.« Ein wenig genoss sie die Wirkung ihrer Worte, aber sogleich dachte sie, dass es bitter und ungerecht war, Johan festzusetzen, falls er wirklich unschuldig sein sollte.

Johan sog die Luft ein. »Diese Sprache! Ich werde dem Haftrichter vorgeführt. Verdammt, ich bin empört, ich bin unschuldig!« Sein Gesicht war verbittert, die Wangen wirkten unter der sommerlichen Bräune blass und eingefallen. »Du verschwindest in dein Wochenende. Und ich schau die Welt durch Gitter an.«

Sie schluckte die Bemerkung herunter, dass sie ja nicht unter Mordverdacht stünde. »Hätte ich von deinem Verhältnis mit Polina gewusst, hätte ich eine andere Strategie aufgebaut.« Sie merkte, dass ihre Stimme gepresst klang. Sie war sich keiner Schuld bewusst und verstieß wieder gegen eins ihrer Prinzipien: Rechtfertige dich nie. »Ein Verhältnis zu haben, ist kein Verbrechen. Aber wenn man es leugnet, weil die Affäre nicht publik werden darf, und wenn die Dame dann tot ist, dann hat der Herr ein dickes Problem.« Sie legte ihre Ellenbogen auf die Platte des kleinen Tisches.

»Heißt das, du vertrittst mich weiter?« Johan setzte sich endlich ihr gegenüber und beugte sich vor.

Wird mir nichts anderes übrig bleiben, dachte sie, jedenfalls morgen noch bei der Vorführung vor den Richter. Bei dem schönen Wetter finde ich nie einen Kollegen, der am Sonntag so einen Fall übernimmt. »Ich möchte dich nicht weiter vertreten«, sagte sie mit ernstem Gesicht, »aber als Anwältin stehe ich im Augenblick noch in der Pflicht.«

Er schlug tatsächlich kurz die Augen nieder, was sie mit Befriedigung bemerkte. »Du hast einen Treffer einstecken müssen, Johan, das ist nicht mehr zu ändern. Jetzt geht es darum, dass daraus kein Knock-out wird. Also raus mit der Sprache. Gibt es etwas, das dich noch belasten könnte? Hatte Polina dich irgendwie in der Hand?«

Johan zuckte in seiner nonchalanten Art die Schultern, aber an seinem unruhigen Blick sah sie, dass es Fassade war.

»Ich habe Polina dabei erwischt, wie sie bei mir im Büro herumgesucht hat«, sagte er schließlich, als krame er uralte Dinge aus seinem Gedächtnis. »Es ging um Bauaufträge an Subunternehmerfirmen für das Projekt in Omsk. Sie wollte alles mit Firmen vor Ort durchziehen. Ich hielt das für Wahnsinn, weil niemand von uns die ganze Zeit dort sein kann, und wollte meine bewährten deutschen Firmen beauftragen.«

»Das ist nicht strafbar.« Sie schlug die Beine übereinander, um ihre aufkommende Ungeduld zu beherrschen. »Gibt es weitere Dinge, die dich belasten könnten?«

Er kratzte sich am Kinn, als wollte er fühlen, ob in der Gefangenschaft bereits Bartstoppeln gesprossen wären. »Das mit dem Medikament weißt du ja. Offensichtlich hat Polina ihr Zeug in meinem Badezimmerschrank deponiert, als sie … nun ja, als sie bei mir in der Bürowohnung übernachtet hat.«

Alexandra schüttelte den Kopf. »Das belegt allenfalls dein Verhältnis mit Polina, aber das ist bekannt. Kann die Kripo aus irgendeinem Grund annehmen, dass du Polina vor dem Rennen ein Beruhigungsmittel zugeführt hast?«

Er schaute sie so verständnislos an, dass sie einen Augenblick glaubte, er sei tatsächlich Opfer einer Intrige der Polizei geworden. »Ich will wissen, ob die Kripo irgendwelche Beweise gegen dich hat«, sagte sie stattdessen streng, »denn nur so kann ich den Haftrichter vielleicht dazu bringen, die Beweise in Zweifel zu ziehen. Das ist mein Job.« Sie konnte nicht widerstehen, ihm noch entgegenzuschleudern: »Ob du es getan hast oder nicht, ist mir egal.«

Er sah sie überrascht und anscheinend verletzt an. »Das meinst du doch nicht ehrlich.«

Sie blickte in das Stückchen blauen Himmel hinter dem vergitterten Fenster und blinzelte ein paarmal. »Also, was lauert da noch unter der Decke?«

»Es fällt mir gerade noch eine Geschichte mit dem Baustadtrat ein. Du weißt, eine Hand wäscht die andere.«

»Du meinst Bestechung«, sagte sie ruhig.

»Egal, wie ihr Juristen das nennt. Polina muss auf irgendeine Weise herausbekommen haben, dass der Baustadtrat mit seiner Familie öfter in meinem Haus auf Ibiza Urlaub gemacht hat.«

Ich wusste gar nicht, dass du ein Haus auf Ibiza hast, dachte Alexandra, schluckte es aber herunter, um das Geständnis nicht zu unterbrechen.

»Ich finde es ganz normal, einem Freund mein Haus anzubieten«, sagte er.

Das kann man auch anders sehen, besonders wenn der Freund über die Vergabe von Bauaufträgen entscheidet, dachte sie.

»Polina hat dich also erpresst? Gibt es Beweise?«

Er schüttelte den Kopf. »Vielleicht weiß die Kowalewski davon, sie war mit Polina befreundet. Nadja mag mich nicht.«

»Die Kripo könnte es also von Nadja erfahren«, stellte sie fest und notierte im Gehirn: Achtung, Belastungszeugin.

»Sie hat mich auch mit unserer Affäre erpresst«, fügte Johan hinzu. »Dass sie Beatrice davon erzählt. Aber das ist doch kein Grund für einen Mord.« Er stand abrupt auf und begann, in dem kleinen Raum hin und her zu laufen, hielt inne, nickte wie zu sich selbst. »Ich habe Polina nicht umgebracht. Ich habe nicht einmal daran gedacht.«

Sie atmete tief durch. »Ich glaube dir.«

Johan schloss für einen Augenblick die Augen. »Das ist ja schon mal was.« Er lächelte gequält.

»Ja. Obwohl wir beide noch in der Minderheit sind.« Sie lächelte auch.

»Also diese Haftprüfung morgen, die wird ja nicht so schlimm werden?«, fragte er beim Abschied fast treuherzig.

»Ich hoffe, dass es nicht schlimm wird.«

Sie wusste, dass ihr eine Nacht Arbeit bevorstand. Aber genau in diesem Augenblick, hier mit Johan in der kleinen Zelle, kehrte das Gefühl zurück, nach dem sie geradezu süchtig war: das Spiel mit Lüge und Wahrheit, das Ausforschen unbekannter Dinge und die Entscheidung, wie sie damit umgehen würde. Zum Vorteil ihres Mandanten. Und zu ihrer eigenen Selbstbestätigung.

32.

»Alles klar, Herr Kommissar?« Es war einer der Schutzpolizisten, die von Beckmann beauftragt worden waren, Johan Ludwig Theissen und Michail Petrov zu observieren. Zumindest bei Theissen ist das ja nicht mehr nötig, der sitzt sicher in der Gefangenen-Sammelstelle, dachte er und grinste. »Was gibt's, Kollege?«

»Petrov hat seine Wohnung verlassen und is' jetzt in einer Filiale der Deutschen Bank.«

»Könnt ihr ihm unauffällig folgen?« Beckmann spürte keine Lust, von der Morddirektion in Schöneberg durch die halbe Stadt nach Hohenschönhausen zu fahren, nur weil Petrov Geld abhob, um vermutlich das zu tun, was die halbe Stadt samstags tat: einzukaufen. Andererseits bewegte sich die Zielperson aus ihrer Wohnung heraus und vielleicht nahm Petrov einen aufschlussreichen Weg.

»Okay.« Beckmann stöhnte tief und nachhaltig. »Ich mach' mich auf den Weg.«

Er trank seine Cola light aus und wollte gerade seinen Autoschlüssel nehmen, da wurde die Tür aufgerissen und die Kriminalrätin stürmte herein. Ihre mühsame Aktivität und ihr abgespanntes Gesicht erinnerten ihn an Theissen heute morgen auf dem Flughafen, als er die Polizisten wahrnahm.

»Theissen festzunehmen, war ein Fehler«, stieß die Kraefft hervor.

»Petrov hebt gerade bei einer Bank Geld ab«, sagte Beckmann, ehe sie ihre Bedenken weiter diskutieren konnte. »Wir sollten da hinfahren.«

»Ich habe die Nacht nicht geschlafen, ich möchte mich jetzt nicht ins Auto setzen«, sagte die Kraefft mit zahmer Stimme überraschenderweise.

Er fühlte zwar keine große Lust, mit der Kriminalrätin auf der langen, verkehrsreichen Fahrt nach Hohenschönhausen Grundsätze der Strafprozessordnung zu diskutieren, andererseits konnte es sein, dass er irgendwann ihre Rückendeckung brauchte.

»Wir nehmen meinen Wagen, der dürfte auch schneller sein.« Er vermutete, dass die Kraefft eine Wagenklasse unter seinem BMW Z 4 fahren würde.

»Davon gehe ich aus«, erwiderte sie in einem Ton, als wolle sie sagen: Männer brauchen eben ein dickes Rohr.

Sie gingen zu seinem Stellplatz. Die Kraefft war merkwürdig still. Hat ein schlechtes Gewissen, dachte er, weil sie gestern Abend nicht erreichbar war.

»Ich war erst im Krankenhaus und habe mit der Großmutter von Polina gesprochen«, sagte sie, als habe sie seine Gedanken geahnt. »Da musste ich das Handy abstellen. Dann hatte ich großen Ärger mit meinem Sohn …« Sie schluckte und Beckmann spürte etwas Mitgefühl. Sein eigener Sohn war im unkomplizierten Alter und mit Fußball völlig zufrieden. »Ja, und über dem ganzen Ärger habe ich vergessen, das Handy wieder anzustellen.« Sie lachte ein wenig, wie ein Mädchen, das einen Fehler eingesteht, und er fand sie in diesem Augenblick fast sympathisch.

Es war eine ziemlich lästige Fahrerei. Die Leipziger Straße war verstopft, am Alexanderplatz gab es eine Demonstration. Er holte sein Blaulicht heraus und nahm Sonderrechte in Anspruch, was die Sache ein wenig beschleunigte. Sie fuhren die Landsberger Allee entlang, die Stadt hatte jetzt das Gesicht der Plattenbauviertel angenommen.

»Zielobjekt hat Geld geholt und is' wieder auf dem Weg zur Wohnung.«

»Super. Wenn der jetzt noch ein Mittagsschläfchen macht, dann drehe ich um«, seufzte Beckmann. »Können Sie das mit dem Funk übernehmen?« Aber er ahnte, dass die Kriminalrätin es nicht konnte. Funkverkehr gab's im Ministerium nicht, es sei denn, man zählte den Klatsch dazu, den Flurfunk. »Tja, wer immer nur Berichte schreibt.« Er hatte das Gefühl, dass er sich so eine Bemerkung jetzt leisten durfte.

»Den nächsten Bericht dürfen gern Sie schreiben«, kam es zurück, allerdings recht zahm.

»Dass Petrov am Geldautomaten war, reicht wohl nicht für 'ne Verhaftung, was meinen Sie?«, sagte Beckmann in Anspielung auf die Festnahme Theissens. Er wunderte sich, dass die Kraefft diese Aktion jetzt nicht weiter diskutierte. Wäre sie gestern erreichbar gewesen, hätte sie die Verhaftung bestimmt gestoppt.

»Er is' jetzt am Haus«, erklang die Funkstimme. »Geht aber nich' rein, sondern auf den Parkplatz.«

»Autotyp und Kennzeichen?« Beckmann übernahm den Funkkontakt.

»Kein Auto. Motorrad.«

»Woll'n wir hinterherfahren?« Es war keine echte Frage. Er musste irgendwas tun und sei es, Petrov hinterherzufahren und dessen Einkäufe zu überwachen. Dann könnte er wenigstens in den Bericht schreiben: Observierung unauffällig.

»Petrov fährt nach Osten«, meldete der Funk.

»Der will auf die Frankfurter Allee«, sagte Beckmann. »Raus aus der Stadt.«

»Das ist an einem schönen Sommerwochenende noch nicht verdächtig«, kam prompt die Antwort und diesmal musste er der Kraefft Recht geben.

»Möchten sie eine Cola?« Er deutete auf eine Kühlbox, die sich zwischen den beiden Sitzen befand. »Cola light?« Bei ihrer Figur konnte die Kraefft das zumindest nicht als beleidigend verstehen. Aber sie schien seine Frage gar nicht gehört zu haben. Sie stützte ihren Ellenbogen auf die Fensterumrandung und legte den Kopf in die Hand. Entwickelte sie eine Strategie oder war sie einfach nur müde?

»Vielleicht ist Theissen ja wirklich Mittäter«, sagte sie nach einer Weile. »Wir wissen jetzt ja, dass Theissen der Karova das Getränk gereicht hat. Ihre Krukowski-Vernehmung ist ein kriminalistischer Erfolg.«

»Danke.« Die Kraefft schien auch mal Streicheleinheiten verteilen zu wollen. Aber Beckmann war klar, dass eine unberechtigte Festnahme des Unternehmers eine Menge Ärger machen würde. Dienstaufsichtsbeschwerde, Schadensersatzforderung, Anzeige wegen Verfolgung Unschuldiger, da hätte die Rechtsanwältin Mey eine große Spielwiese.

»Ich hab' Durst«, sagte die Kraefft.

Beckmann wiederholte seinen Hinweis auf die Kühlbox. Die Kriminalrätin nahm sich eine Cola und trank, ohne sich zu zieren, aus der Dose.

»Zielobjekt is' jetzt durch Hoppegarten.«

»Dann is' er gleich draußen auf der Landstraße. Achtung, ich drehe jetzt mal ein bisschen auf.« Beckmann betätigte wieder das

Blaulicht, zog den BMW auf die Überholspur. »Bis 250 Kilometer in der Stunde kann ich mithalten«, sagte er lässig.

»Aber nicht auf der Landstraße. Ich denke, wir überlassen die Verfolgung der Schutzpolizei.«

»Okay.« Warum sollte er der erstaunlich ruhigen Frau Kriminalrätin keinen Gefallen tun? »Sag der Motorradstaffel Bescheid«, ordnete er über Funk an. Wenn's Fehlalarm war, dann hätten sie halt zur Abwechslung ihre Geschosse mal bewegt.

»Zwei Jungs von der Staffel sind auf der Spur«, kam nach einigen Minuten die Stimme über Funk. »Sie fahr'n mit Sonderrechten, bevor sie ins Blickfeld von Petrov kommen.«

»Dann haben sie ihn in zwanzig Minuten«, sagte Beckmann. »Gib den Jungs mein Kennzeichen durch«, ordnete er an.

Nach kurzer Zeit sah er im Rückspiegel die beiden Polizeifahrer auftauchen, sie gaben Lichtzeichen und überholten.

Außerhalb der Stadt zog sich die Landstraße gerade durchs Land. Bäume rechts und links, manchmal ein Dorf oder ein Einkaufscenter.

»In zwanzig Kilometern sind wir in Polen«, sagte Beckmann. »Da wollte ich heute eigentlich nicht hin.«

Die Kraefft schien aus ihren Gedanken aufzutauchen. »Können wir mit den polnischen Kollegen an der Grenze Kontakt aufnehmen?«

Er betätigte das Funkgerät. »Sag' den Kollegen an der Grenze Bescheid, falls du welche findest. Is' in Zeiten der EU nich' unbedingt so.«

»Wenn er über die Grenze fährt, dann ist das nicht nur ein Wochenendausflug«, sagte die Kraefft. »Ich habe allerdings auch schon öfter ein Wochenende in Polen an der Ostsee verbracht«, schränkte sie sich aber wie üblich wieder ein.

»Der macht keine Erholung im Strandkorb«, sagte Beckmann.

Die Frau neben ihm nickte, als habe sie das auch gedacht.

»Sie sind jetzt dicht hinter ihm«, kam die Stimme über Funk. »Er fährt hundertzwanzig.«

»Na, da haben wir doch ein Verkehrsvergehen«, sagte Beckmann lachend. »Die Jungs sollen warten bis kurz vor der Grenze.«

Die Kraefft richtete sich auf. »Der will so schnell aus Deutschland raus wie möglich.«

»Vielleicht is' Petrov als Dimitrij Smirnow beim Kartrennen gefahren«, sagte Beckmann. »Die Kiste beherrscht er.«

»Hab' ich auch dran gedacht.« Die Kraefft schien jetzt ausgeschlafen und konzentriert. »Aber Smirnow ist bereits am Todesabend nach Moskau geflogen. Dass der wieder herkommt, ist unwahrscheinlich.«

»Um sich sein Geld zu holen, warum nich'?«

»Wenn Petrov mitgefahren wäre, hätte Polina ihn doch erkannt und sich gefragt, warum ihr Freund unter einem Decknamen teilnimmt.«

Weiter kamen sie nicht in der Diskussion. Es wurde kurvig, Bäume flogen vorbei und Beckmann konzentrierte sich darauf, den BMW auf der schmalen Allee bei hundert Stundenkilometer zu halten. »Seelow. Noch fünf Kilometer, dann is' Deutschland zu Ende. Der Typ rast, was das Zeug hält.«

»Die Jungs haben ihn verloren«, kam die Funkstimme. »Is' in Seelow in einen Hof abgebogen.«

»Alarmiert die örtliche Polizei.« Beckmann merkte, dass er nervös wurde. »Soll'n sich an der Grenze aufstellen. Im Ort kann er sich nich' lange verstecken.«

Er ging mit der Geschwindigkeit herunter, ließ aber das Blaulicht an, so dass sie mit achtzig Kilometer in der Stunde durch die kleine Innenstadt rasten. Die Reifen quietschten und er fühlte ein bisschen Spaß, der Kriminalrätin zu zeigen, wie echte Arbeit vor Ort aussah.

»Zielobjekt wieder in Sicht, verlässt die Stadt nach Osten.«

Nur noch wenige Minuten, dachte Beckmann, dann wäre seine polizeiliche Gewalt am Ende und er müsste die polnischen Kollegen bitten, die weitere Verfolgung zu übernehmen. Was vermutlich einem freien Abzug Petrovs gleichkäme.

Beckmann zog den BMW auf einem geraden Stück wieder auf hundertzwanzig Stundenkilometer, die Jungs vor ihm auf ihren Motorrädern würden dasselbe tun. Allen war klar, dass in wenigen Minuten die Entscheidung gefallen war.

Die Unfallstelle erreichten sie etwa fünf Minuten, nachdem Petrov auf seinem Motorrad frontal gegen einen Bauanhänger gerast war. Beim Aufprall war der Benzintank explodiert, Flammen schossen in die Höhe.

»Verdammte Scheiße«, stieß die Kraefft hervor.

»Brauchen wir nicht mehr hinzugehen«, sagte Beckmann.

Sirenengeheul in der Luft und überall Alarmlichter. Die Polizisten waren von ihren Motorrädern abgestiegen und kurze Zeit später kamen die örtliche Polizei und die Feuerwehr angerast.

Beckmann fuhr den BMW zur Seite, um Platz für die Feuerwehrwagen zu machen. »Kannst aufhören«, sagte er über Funk. »Der Typ hat sich selbst gerichtet.« Er stellte das Gerät aus. »Ich brauche jetzt eine Cola light.« Mit der Dose in der Hand stieg er aus dem Wagen.

Die Kriminalrätin war ebenfalls ausgestiegen und beobachtete, wie die Feuerwehrleute die Überreste des Motorrads mit Schaum besprühten.

»Verdammte Scheiße«, sagte sie noch einmal.

Gemeinsam mit Beckmann ging sie zu den Polizisten der Motorradstaffel. Die beiden Männer hatten ihre Helme vom Kopf genommen und sahen bedrückt aus.

»Der Typ hat plötzlich noch mehr aufgedreht«, sagte der eine. Er war jung und schien mit den Tränen zu kämpfen. »Er hat bemerkt, dass wir ihn verfolgten.«

»Vielleicht hat er einen Schwächeanfall bekommen«, sagte die Kraefft mit sanfter Stimme. »Es ist nicht Ihre Schuld.«

»Oder er konnte bei der Geschwindigkeit die Maschine nicht mehr beherrschen.« Beckmann fühlte sich jetzt ganz als souveräner Vorgesetzter.

»Vielleicht wollte er auch seinem Leben ein Ende bereiten«, sagte die Kriminalrätin. »Liebeskummer.«

Sie verabschiedeten sich und gingen zum Auto zurück. Der Tote war jetzt mit einem Tuch bedeckt. Die Polizei hatte die Straße abgesperrt und hielt neugierige Passanten ab. »Geh'n Sie bitte weiter. Behindern Sie nicht die Bergungsarbeiten. Sie sollen weitergeh'n.«

Beckmann grinste schief. »Wer schreibt den Bericht? Ich oder Sie?«

»Ich«, sagte die Kriminalrätin. »Der Unfall ist immer noch besser, als wenn wir ihn auf der Flucht erschossen hätten.«

Es würde einen Papierkrieg ohne Ende geben, das war beiden klar. Beckmann kickte wütend einen Stein weg. Dann sah er die Kriminalrätin direkt an. »Wir sind uns doch einig, was den Ablauf hier betrifft?«

»Ja. Petrov hatte was zu verbergen. Er war auf der Flucht. Und er war fast an der polnischen Grenze. Es gab keine andere Möglichkeit.«

»Genau«, sagte Beckmann. »So was passiert leider eben mal.«

Die Feuerwehrleute hatten die Flammen erstickt. Das Motorrad war nur noch eine rauchende, wie eine Ziehharmonika zusammengepresste Masse. Ein stechender Geruch hing in der Luft.

»Zurück in die Stadt«, sagte Beckmann. »Hier können wir nichts mehr tun.«

Sie haben Arnold verhaftet. Einfach so. Ich komme von einer Baustelle zurück und er ist weg. Das können die nicht tun. Ich brauche seine Unterstützung. Ich wollte ihm meine große Idee vorstellen. Diese Idee, in Omsk ein ganzes Stadtviertel zu errichten, ergreift von mir in einer Weise Besitz, dass ich kaum zur Ruhe komme.

Mein Körper, meine Seele brauchen ein Ventil. Johan leitet jetzt die Firma. Ich schildere ihm meinen Traum. Ich schaffe es, ein Stück meiner Begeisterung in ihn einzupflanzen. Ich liebe ihn. Johan wird mit mir den Osten kennenlernen.

Während seine Bedenken von Tag zu Tag wachsen, wird meine Idee von Tag zu Tag stärker.

Polina Karova, Berlin, November 2012

Sonntag, 5. Juli

33.

Nach einer unruhigen Nacht, in der er von einer maskierten schwarzen Gestalt träumte und ihr, ständig daneben schießend, hinterherrannte, ohne sie zu fangen, fuhr Beckmann morgens um acht in die Direktion. Er wollte heute kein Frühstücksritual auf der Terrasse. Seine Frau würde Pläne für einen Sonntagsausflug machen, die mit dem Fußballtraining des Sohnes in Übereinstimmung zu bringen waren, und er würde dann ihr enttäuschtes Gesicht sehen, dass ihre Pläne mit seinem Dienst nicht in Einklang zu bringen waren. »Nächstes Wochenende habe ich Zeit«, schrieb Beckmann auf einen Zettel, legte ihn neben die Kaffeekanne und schlich aus dem Haus, wobei er dachte: *Vielleicht.*

Liwicki schien eine ähnliche Unruhe zu fühlen, denn er war bereits in der Direktion und goss gerade Milch über seine Müslimischung, als Beckmann zu ihm ins Zimmer trat.

»Was bin ich froh, dass die Kraefft den Bericht schreibt, sie hat ja den direkten Draht nach oben«, sagte Beckmann in mühsam ironischer Anspielung auf die gestrige Verfolgungsfahrt.

Liwicki nickte. Der Tod eines Menschen bei polizeilichen Ermittlungen war der denkbar schlimmste Vorfall. Der Hergang musste detailgetreu dem Polizeipräsidenten berichtet werden und über der Tragödie schwebte die Gefahr, dass die Polizisten selbst eines Tötungsdelikts beschuldigt und vom Dienst suspendiert würden.

»Vielleicht wäre Petrov auch ohne die Motoradstaffel hinter sich an den Hänger geprallt.« Liwicki rührte in seinem Müsli herum, ohne zu essen. »Liebeskummer.«

»Ja, vielleicht«, sagte Beckmann.

Sie schwiegen. Beckmann fühlte Unbehagen beim Gedanken an sein Dienstzimmer. Es war so still am Sonntagvormittag, aber im

Innern vibrierte er geradezu. Tu etwas, ermittle, kläre auf, wo diese Kraus sich aufhält. Nicht noch ein Menschenleben, bloß nicht noch eins …

»Hörst du mir eigentlich zu?«

»Tschuldigung, mir geht so viel im Kopf rum.«

Liwicki berichtete nochmals, dass er den Psychotherapeuten, den Lotte Kraus aufsuchte, und zwar regelmäßig, wie Nadja Kowalewski hämisch mitteilte, befragt habe. »Beruft sich auf sein Schweigerecht«, sagte er bedrückt.

Das Telefon. »Frau Kraefft«. Beckmann rollte die Augen.

Liwicki übernahm und an seinen zusammengepressten Lippen sah Beckmann, dass die Kriminalrätin Vorwürfe machte.

»Mach' ich«, sagte Liwicki schließlich und legte auf. »Ich soll noch mal den Therapeuten anrufen und dem Mann klarmachen, dass es vielleicht ums Leben der Kraus geht. Keine psychiatrische Diagnose, sondern Anhaltspunkte, wo wir sie suchen können.«

»Die Kraefft meckert, um ihre Anspannung loszuwerden.« Beckmann kam sich ziemlich einfühlsam vor. »Die kann nichts machen, trägt aber die Verantwortung. Da hätt' ich auch Schiss. Zwei Leichen und eine Vermisste.«

»Vielleicht liegt die Kraus tot überm Schreibtisch.« Liwicki zog den Mund breit, dass sich ein Grübchen in seinen schmalen Wangen zeigte. »Unsere Lotte, gemeuchelt vom Theissen, damit sie seiner argentinischen Verlobten nichts über sein Verhältnis zur Karova verrät.«

Beckmann war nicht zum Lachen. »Das Nichtstun macht mich verrückt. Theissen is' beim Haftrichter. Petrov wird morgen obduziert. Das Motorrad is' bei der Technik, auch morgen. Und wie viel Geld der Russe gestern bei der Bank abgeholt hat, erfahren wir auch morgen. Nur is' morgen vielleicht zu spät. Verdammter Sonntag!« Er kickte eine leere Cola-light-Dose durch den Raum. »Marcel, iss dein Müsli auf und dann fahren wir zur Firma. Weigelt will seine Leute noch nich' losschicken. Er denkt, die Kraus hat Freitag blau gemacht nach all dem Trubel und is' rausgefahren. Aber ich hab' so ein komisches Gefühl.«

Marion hockte zu Hause auf ihrer himmelblauen Yogamatte und überlegte, ob sie ihre erfolglosen Übungen abbrechen sollte. Verflixt, Yoga wirkt am besten, wenn man sowieso schon entspannt ist, dachte sie, ihren Humor zusammensuchend. Jetzt schwankte sie beim »Baum« hin und her und beim Versuch einer Kurz-Meditation im »Lotossitz« schweiften ihre Gedanken zu dem brennenden Motorrad und dem verkrümmt daliegenden Körper von Michail Petrov. Beckmann und ich sind nicht schuld an seinem Tod, dachte sie. Petrow ist halsbrecherisch gefahren. Vielleicht hat er nach dem Mord an seiner geliebten Polina auch seinem Leben ein Ende machen wollen.

Mit einem Gefühl von Erschöpfung und gleichzeitiger Erregung begann Marion mit ihrem Bericht an den Polizeipräsidenten. *Wir hatten den Eindruck, dass Herr Petrov sich strafrechtlichen Ermittlungen wegen Beteiligung am Mord der Polina Karova durch Flucht nach Polen entziehen wollte.* Marion betonte die Gemeinsamkeit ihres Vorgehens, auch wenn es Beckmanns Initiative gewesen war. *Es ist nicht auszuschließen, dass Herr Petrov den Freitod gesucht hat.*

Sascha hatte ihr Frühstück bereitet, was das letzte Mal vor geschätzt fünf Jahren zum Muttertag passiert war. Marion setzte sich ohne Appetit an den Tisch und lächelte ihren Sohn an.

»Wir haben wohl beide Scheiße gebaut«, sagte Sascha in Anspielung auf die Randale, die er mit seinen Freunden Freitagnacht veranstaltet hatte.

»Mein lieber Sohn, du hast Scheiße gebaut.« Marion dachte daran, wie sie Sascha Samstag um zwei Uhr früh auf der Polizeiwache in Friedrichshain abgeholt hatte, und sie dachte an das Ermittlungsverfahren wegen Sachbeschädigung, Hausfriedensbruch, das noch kommen würde. »Ich habe keine Scheiße gebaut, sondern einen mutmaßlichen Verbrecher verfolgt, der bei seiner Flucht umgekommen ist.«

»Wer bremst, verliert.« Sascha gab sich Mühe, sie zu trösten.

Marion nahm ihren Sohn in den Arm und er kuschelte mit seiner Nase in ihrem Nacken. Auch das war bestimmt das erste Mal nach fünf Jahren. »Is' aber trotzdem Scheiße, egal, was der angestellt hat.«

Das Telefon klingelte. Der Polizeipräsident. »Haben Sie Ihren Fernseher an? Sie bringen es gerade in den Nachrichten. Rufen Sie mich nach der Sendung zurück.«

Marion fühlte sofort wieder den Druck in der Magengegend. »Ich muss das unbedingt sehen.« Sie löste sich von Sascha, ging ins Wohnzimmer und schaltete den Fernseher ein.

Gerade sagte ein Sprecher: »Eine rasante Verfolgungsjagd der Polizei auf der Bundesstraße 1 endete damit, dass der Verdächtige mit seinem Motorrad unmittelbar vor der polnischen Grenze mit einer Geschwindigkeit von über hundert Stundenkilometer gegen einen Anhänger prallte. Sein Motorrad ging in Flammen auf.«

Es wurden Bilder gezeigt, wie die Leiche Michail Petrovs auf die Bahre gelegt und das zusammengedrückte Motorrad auf einen Tieflader gehievt wurde.

»Der Fahrer soll in Zusammenhang mit dem Mord an der Managerin Polina Karova gesucht worden sein. Freunde von Petrov äußerten jedoch die Vermutung, das rigorose Vorgehen der Polizei habe den unschuldigen Mann in Panik geraten lassen und zur Flucht getrieben. Die verantwortlichen Polizisten standen nicht für ein Interview zur Verfügung.«

Marion fasste sich an die Kehle. Verdammte Reporter! Dachten die, sie würde während laufender Ermittlungen im Fernsehen auftreten?

Dann wurde ins Studio zurückgeschaltet. Der Nachrichtenmoderator blickte in die Kamera und sagte: »Wie wir gerade erfahren haben, wurde auch der Juniorchef der Firma, Johan Ludwig Theissen, gestern Vormittag auf dem Flughafen Tegel verhaftet, als er die Maschine nach Frankfurt und weiter nach Buenos Aires nehmen wollte. Gegen Theissen soll Verdacht der Beteiligung am Mord an Polina Karova bestehen.«

Es folgten Bilder von Karova und Theissen auf einer Veranstaltung, dann ein Schwenk auf das Firmengebäude in Hohenschönhausen.

»Mum, darf ich mich trotzdem mit meinen Freunden treffen?«, fragte Marions treuherzig blickender Sohn, der mit gepacktem Rucksack im Türrahmen stand.

»Natürlich, Sascha. Das hier ist allein mein Problem.«

Telefon. Wieder der Polizeipräsident. »Haben Sie das gesehen?«

»Ich verstehe nicht, wie das so schnell in die Öffentlichkeit kommt«, sagte Marion mit heiserer Stimme. »Schaulustige haben wohl die Unfallstelle gefilmt.«

»Das ist das eine. Das andere ist die russische Kolonie, die eine Verfolgung ihres Landsmannes wittert. Migrantenfeindlichkeit.«

»Wir mussten Herrn Petrov verfolgen.« Marion räusperte sich, um ihre Stimmlage zu festigen. »Als verlassener Freund gehörte er zum Kreis der Verdächtigen. Wir haben ihn observieren lassen. Er ging in die Bank, hob Geld ab und fuhr sofort mit weit überhöhter Geschwindigkeit Richtung polnische Grenze.«

»Hoffen wir, dass er schuldig ist. Das macht seinen Tod zwar nicht ungeschehen, gibt aber dem Ganzen eine Rechtfertigung. Und Sie benehmen sich jetzt wie eine Polizistin aus dem Bilderbuch, klar?« Er legte auf, ohne sich zu verabschieden.

Marion ging wieder an ihren Schreibtisch und nahm sich die vom Dolmetscher übersetzten Zeilen aus dem Tagebuch Polinas vor.

Mischa ist viel auf Baustellen, zum Glück. Seine Anhänglichkeit nervt mich. Freitagabend kam er mit Rosen. Ich will sie nicht. Dann tat er mir leid und ich hab die Rosen Nadja hingestellt. Wenn Mischa mich küssen will, halte ich ihm die Wange hin, dicht am Ohr. Mehr kann ich nicht ertragen. Hoffentlich merkt er von selbst, dass es nie mehr wie früher wird. Ich liebe doch jetzt Johan.

Wieder klingelte das Telefon.

»Das tut mir so leid«, sagte die Rechtsmedizinerin Dr. Howe. »Petrov ist gestern Abend bei uns eingeliefert worden. Er wird morgen obduziert.«

»Sie rufen mich an, wenn's Neuigkeiten gibt?«

»Die erste Neuigkeit hab' ich schon für Sie. In Petrovs Motorradanzug ist ziemlich viel Geld gefunden wurden. Ein Teil davon war auch in der Gepäcktasche, aber die ist leider verschmort.«

»Wie viel?«

»Vierzig- bis fünfzigtausend.«

Marion konnte nicht gleich antworten, so aufgeregt und dankbar war sie über die Mitteilung. Der Killerlohn.

»Ist Ihnen nicht gut? Sie haben so viele Probleme am Hals.«

Marion schluckte und wischte sich mit dem Handrücken die Träne weg, die gerade aus ihrem Augenwinkel rollte. »Es geht mir schon besser. Unter den gegebenen Umständen.«

»Ich mach mich morgen früh gleich dran«, sagte Dr. Howe. »Halten Sie durch. Für mich wird's Zeit für Zigarette und Vitamine.« Dann ertönte ein Geräusch, als beiße sie in einen Apfel.

Sie hatten eine Weile in Beckmanns BMW vor dem Gebäude der Karstaedt & Theissen GmbH gesessen, bis die Hitze unerträglich wurde. Wie erwartet, hatte heute am Sonntag niemand das Firmengebäude betreten oder verlassen. Die Kommissare entschlossen sich, auszusteigen und einen Schattenplatz zu suchen.

»Ich glaub', da oben hat sich was bewegt.« Beckmann blickte mit zusammengekniffenen Augen an der spiegelnden Glasfassade hoch. Zu blöd, dass er seine Sonnenbrille auf dem Schreibtisch liegen gelassen hatte und das Smartphone dazu. Vier Tage hektische Ermittlungen, wenig Schlaf, das zerrte an den Nerven und mit seinen fünfundvierzig Jahren war er immerhin schon zehn Jahre vor dem möglichen Pensionsalter. Natürlich würde er länger machen, bis sechzig, so wie die Kraefft. »Lass uns mal von der ander'n Straßenseite gucken.«

Sie überquerten die breite Straße, drei Fahrspuren in jede Richtung, in der Mitte ein Streifen mit verdorrtem Gras. Jetzt, am Sonntagmittag, war relativ wenig Verkehr.

»Ich seh' nichts«, sagte Liwicki.

»Eben war da was, ganz oben. Die haben eine Terrasse, die zieht sich nach allen Seiten rum.«

Sie beschlossen, das Gebäude zu umrunden, und gingen jeweils in die entgegengesetzte Richtung. Aber vom Bürgersteig direkt am Gebäude konnte man die Terrasse nicht einsehen. Beckmann versuchte, von der kleinen Grünanlage gegenüber zu schauen, aber es standen Bäume im Weg und von dort, wo freie Sicht war, konnte er nichts Verdächtiges sehen. Ein Pärchen kam vorbei, das sich abwechselnd fotografierte.

»Darf ich kurz Ihr Gerät haben? Nur einen Blick aufs Gebäude durch den Zoom?«

Die beiden blickten verwundert, dann gab die junge Frau Beckmann ihr Smartphone. Jetzt konnte er die Dachterrasse heranholen. Eine Person konnte er auch jetzt nicht erkennen, aber er meinte, dass sich eine Tür zur Terrasse bewegt hätte. Jemand hatte sie geschlossen. Danach passierte nichts mehr.

»Danke.« Beckmann reiche das Smartphone zurück und ging Liwicki suchen. Der zuckte mit den Achseln.

»Da drin is' jemand.« Beckmann spürte es, auch wenn sein Verstand ihm sagte, dass vielleicht nur ein Windzug eine offene Terrassentür zugedrückt hatte. »Los.«

Die beiden Kommissare umrundeten das Haus noch einmal, diesmal auf der Suche nach versteckten Türen und Fluchtmöglichkeiten. Auf der Hinterseite gab es noch einen Eingang vom Parkplatz, ein quadratischer erhöht liegender Platz, umgeben von Kübeln mit Zypressen, der über eine Rampe zu erreichen war. Auf dem Parkplatz stand ein einziges Auto.

»Alter Jaguar.« Beckmann pfiff durch die Zähne.

»Bestimmt vom Theissen. Der is' gestern mit 'nem Taxi zum Flughafen, wo wir ihn abgepflückt haben.« Liwicki gab das Kennzeichen an den Lagedienst der Polizei durch.

»Möglich«, sagte Beckmann. »Ich weiß nur eins: dranbleiben.«

Dann kam die Meldung. Liwicki konnte seine Überraschung nicht ganz verbergen. »Der Jaguar gehört Arnold Karstaedt. Sitzt der nich' ein?«

»Vielleicht darf jemand anders die Kiste fahren?« Aber Beckmann beantwortete sich die Frage selbst. »Bestimmt nich'.«

»Dann gibt's nur zwei Möglichkeiten. Entweder der Jaguar steht da, seit sie den Alten mitgenommen haben«, sagte Liwicki. »Aber ein Auto, das lange draußen steht, glänzt nicht so.«

»Eben.«

Sie sahen sich an. Dass Karstaedt sich im Gebäude aufhalten könnte, war überraschend. Beckmann ließ sich mit der Haftanstalt verbinden. Dann orderte er Verstärkung.

34.

Alexandra war in ihrem Element. Es war Sonntagmittag und gleich würde die Vorführung Johans vor dem Richter beginnen, die vom Gesetz spätestens für den Tag nach der Festnahme vorgesehen war. An den Wochenenden fand die Vorführung im Bereitschaftsgericht statt, das im Gebäude des Landeskriminalamtes direkt am alten Flughafen Tempelhof untergebracht war. Hier gab es keine holzgetäfelten Säle wie im Kriminalgericht Moabit, keine mit Schmuckblenden verzierten Türen, keine hohen Richterpodeste. Diese Ausstattung würde Johan zwangsläufig kennenlernen, wenn es ihr jetzt nicht gelang, ihn hier herauszuholen. Alexandra hatte sich heute Morgen stark geschminkt, damit sich kein hektisches Rot zeigte, die Augen dunkel umrandet, den Mund mit vornehm beige-braunem Stift ausgemalt. Eine Maske, die sie älter machte, die sie heute aber brauchte.

Johan wurde von einem Polizeimeister hereingeführt, der trotz der Hitze die dunkelblaue Jacke übergezogen und wahrscheinlich unter Mühen zugeknöpft hatte. Johan verharrte einen Augenblick, bevor er auf dem Holzstuhl Platz nahm. Er war in Handschellen von seiner Zelle hier in den Verhandlungsraum geführt worden, was Alexandra überflüssig und schikanös fand, aber sie verkniff sich eine Bemerkung. Johan sah sich nach rechts und links um, als wolle er sich mit dieser neuen Zumutung, die ihn hier erwartete, vertraut machen.

»Tja, der Herr Unternehmer«, sagte der Polizeimeister, »da is' er nun.« Er begann zu pfeifen »Auf in den Kampf!« Und dann nahm er die Handschellen ab.

Alexandra lächelte.

Der Bereitschaftsrichter vom Wochenende trat ein. Sie atmete auf. Zum Glück keiner der jungen Anfänger, die öfter übers Ziel hinausschossen, um ja nicht einen Verbrecher laufen zu lassen. Den heutigen Richter, einen Mann um die sechzig, kannte sie bereits aus anderen Verfahren und wusste, dass er Augenmaß hatte. Dieser Richter würde nicht viele Worte machen, würde sich anhören, was der Beschuldigte oder sein Verteidiger zu sagen hatten, und dann seine Entscheidung treffen.

»Guten Tag, ich eröffne den Termin, nehmen Sie bitte Platz.«

Aber Johan dachte nicht daran. Er blieb stehen und ohne sich mit ihr zu verständigen, legte er los. »Hohes Gericht, es ist eine Frage der Ehre für mich, meine Unschuld zu beweisen. Ich werde um mein Recht kämpfen, mit allen Mitteln …«

Der Polizeimeister blickte interessiert auf den aufgebrachten Beschuldigten im Geschäftsanzug, dessen Wangenmuskeln zuckten.

Alexandra sprang auf und trat auf Johan zu. »Du redest jetzt nicht«, zischte sie mit strengem Blick.

Im Augenblick war sie Johans Verteidigerin, ohne Wenn und Aber, jedenfalls solange er niemand anders hatte. Und als Anwältin hatte sie den unbändigen Ehrgeiz, ihn hier herauszuholen. Gestern, nach ihrem Besuch im Polizeigewahrsam, hatte sie sich sofort darangemacht, mit der Frau zu sprechen, die angeblich alle Interna kannte: Lotte Kraus. Aber die Frau nahm das Telefon nicht ab, öffnete nicht auf Klingeln an der Wohnungstür und keiner der Nachbarn wusste etwas über ihren Verbleib. Alexandra musste notgedrungen ihre Verteidigungsstrategie umstoßen und setzte jetzt darauf, Zweifel beim Gericht zu erwecken, wenn sie schon nicht die Unschuld ihres Mandanten beweisen könnte.

»Entschuldigung, Herr Richter.« Alexandra kehrte auf ihren Platz zurück. »Mein Mandant und ich haben beschlossen, dass ich für ihn spreche.«

Über der Zurechtweisung Johans hatte sie vergessen, ihre Tasche auszupacken. Papier, Kugelschreiber und den Kommentar zur Strafprozessordnung, den sie zwar nicht wirklich brauchte, der ihr aber ein Gefühl der Sicherheit gab. So entschied sie sich dafür, bei ihrem

Plädoyer wenigstens zu stehen. In den hochhackigen Schuhen wirkte sie groß und schmal und, wie sie hoffte, so energisch, dass man ihr jede Menge unangenehmer Beweisanträge zutrauen konnte. Um Johan an weiteren Erklärungen zu hindern, begann sie ihr Plädoyer.

»Hohes Gericht, ich beantrage die sofortige Freilassung meines Mandanten. Es besteht kein Tatverdacht. Der Mörder ist ein anderer.«

Sie machte eine Pause. Das war am schwersten, wenn man so aufgeregt war. Sie hatte es in einem Rhetorikkurs geübt, nach Kernsätzen wirkungsvolle Pausen zu machen, während ihre Gedanken nur so dahinflogen.

»Der Mörder ist tot.«

Pause.

»Sie haben bestimmt auch ferngesehen«, setzte sie kühn an der Grenze zur Vertraulichkeit gegenüber dem Haftrichter fort. »So werden Sie wissen, dass der wahre Täter Michail Petrov ist. Er war der Verlobte Polinas, der verlassene Verlobte, der leidende Verlobte. Ein Mann mit einem Mordmotiv.«

Erleichtert registrierte sie, dass der Richter bestätigend genickt hatte, als sie über Petrovs Todesfahrt sprach.

»Man wird seiner Leiche Fingerabdrücke abnehmen.« Letztere Behauptung nahm Alexandra aus ihrem Erfahrungsschatz, was forensische Methoden anbelangte. Sie wusste ja immer noch nicht, was die Kripo eigentlich ermittelt hatte. Und so fuhr sie in ihrer Behauptung fort. »Dieselben Fingerabdrücke wird man auf dem Beruhigungsmittel finden, das Petrov meinem Mandanten in seinen Badezimmerschrank eingeschmuggelt hat.« Sie stützte die Fäuste auf den Tisch und fixierte den Richter. »Und man würde dieselben Fingerabdrücke auch auf dem Glas finden, das Petrov kurz vor dem Kartrennen Herrn Theissen gab, damit er es Polina Karova reichen sollte.«

Ja, zum Glück war es Johan noch eingefallen, als sie schon fast die Zelle verlassen hatte: Er glaube sich zu erinnern, dass jemand ihm das Glas gegeben habe, ja, das könnte Michail Petrov gewesen sein.

Es blieb ihr als Verteidigerin nichts anderes übrig, als diesen Strohhalm zu greifen. »Es sah aus wie das Fitnessgetränk, das alle Teilnehmer bekamen«, fuhr sie fort. »Es war aber eine hohe Dosis Beruhigungsmittel darin, das seine Wirkung entfaltete, als Frau Karova auf der Rennstrecke war.« Plötzlich spürte sie ihr Herz, als sei sie selbst im Rennen, und atmete tief ein und aus.

»Herr Petrov kann allenfalls Mittäter gewesen sein«, sagte der Richter. »Es gibt einen Fahrer, der Frau Karova gedrallt und sie aus der Spur gebracht hat. Dieser Mann hat unter dem Namen Dimitrij Smirnow am Rennen teilgenommen und ist danach sofort nach Russland abgetaucht.« Der Richter blätterte eine Weile in der Polizeiakte, wahrscheinlich seine Taktik, um die vehement auftretende Verteidigerin in Zaum zu halten. »Und es gibt einen Hintermann, der über genügend Geld verfügte, um Petrov und den Rennfahrer zu entlohnen.«

Ein Blick zu Johan, der mit versteinertem Gesicht dasaß.

Alexandra wälzte im Geist hektisch diese neue Erkenntnis und verfluchte Johan, dass er das Rennen nicht beobachtet, sondern lieber mit wichtigen Gästen geplaudert hatte.

»Ja, das ist mir bekannt, Herr Richter«, sagte sie zögernd, obwohl sie hiervon zum ersten Mal hörte. »Russland«, warf sie noch in den Raum, als sei sie sicher, der Drahtzieher befinde sich dort. Schweiß lief aus den Achseln an ihrem Körper herunter, kitzelte, am liebsten hätte sie sich gekratzt, sie presste die Arme an, damit die Nässe in der Bluse versickerte.

»Der Killerlohn an Petrov stammt nicht von meinem Mandanten«, gab sie Johans ungeprüfte Behauptung wieder. »Herr Theissen wäre natürlich in der Lage, entsprechende Summen aufzubringen. Er wird umgehend Bestätigungen aller Banken bringen, bei denen er Privat- oder Geschäftskonten unterhält. Es wird dort im fraglichen Zeitraum keine Geldbewegung in dieser Größenordnung registriert sein. Es gibt auch keine Bareinzahlung meines Mandanten oder einer von ihm beauftragten Person.«

Ihr blieb nichts übrig, als weitschweifige Behauptungen ins Plädoyer einzubeziehen. Natürlich hatte sie keine Möglichkeit, in den wenigen Stunden nach Johans Festnahme am Wochenende seine

Banken abzufragen. Seine Zugangsdaten hatte er nicht im Kopf und Alexandra war sich auch nicht sicher, ob er sie ihr mitgeteilt hätte. Aber die bloße Behauptung würde mit eingehen in die Würdigung des Richters und sie setzte noch eins drauf. »Herr Theissen bedauert, die Bankbestätigungen nicht jetzt vorlegen zu können, er ist derzeit daran gehindert.«

Sie nickte kurz ihrem Mandanten zu, der sich mit dem Taschentuch die Stirn abwischte. Dann richtete sie sich zu voller Größe auf und stützte die Fäuste in die Hüften. Jetzt kam der beschwörende Teil des Plädoyers, dessen Dramaturgie von keinerlei Fakten gestützt wurde.

»Mein Mandant hatte kein Motiv, Frau Karova töten zu lassen. Gut, er hatte mit der Frau ein Verhältnis, das nicht an die Öffentlichkeit dringen sollte. Aber ich frage Sie, Herr Richter, ist das ein Grund für einen Mord? Was bedeutet eine kurze Liebelei heutzutage? Heimliche Plänkeleien gibt es viele und die Welt wäre voll von potenziellen Mördern.«

Das war an der Grenze zur Polemik und sie hoffte, dass sich dieser ältere Richter nicht im Internet Kenntnisse über seine Beschuldigten verschaffte und so auf die Existenz der wohlhabenden argentinischen Lebensgefährtin gestoßen war. Sie entschied sich, Beatrice Aigner herauszulassen.

»Bitte bedenken Sie, Herr Richter, dass vielleicht auch ein anderer Mensch ein Motiv gehabt haben könnte, Frau Karova umbringen zu lassen. Ein Motiv, das wir noch nicht kennen?«

Alexandra entschloss sich, mit einem Schuss ins Ungewisse ihr Plädoyer zu beenden. »Über Tote spricht man nicht schlecht. Aber Frau Karova hatte Feinde. Sie betrieb ein ehrgeiziges Bauvorhaben in ihrer Heimat in Sibirien, in Omsk. Es gab Konkurrenten vor Ort, Geschäftsfeinde, möglicherweise die Mafia.« Genau diese Vermutung Johans hatte sie vor nur drei Tagen lächerlich gefunden. Egal. Jeder Strohhalm zählte. »Es gab auch Streit zwischen Frau Karova und dem Seniorchef Karstaedt über eine hohe Zwischenfinanzierung …«

»Herr Karstaedt sitzt in Haft«, unterbrach sie der Richter.

»Frau Karova war eine umstrittene Person«, fuhr Alexandra unbeirrt fort. Sie würde reden, solange der Richter sie ließ. »Am wahrscheinlichsten ist ein aus Russland gesteuertes Zusammenwirken mehrerer Personen. Herr Petrov hasste seine Verlobte jetzt und so konnte er seine Rache ausleben und sich mit genügend Geld absetzen.«

Ihre einzige Chance bestand darin, mögliche Gründe anderer Personen für den Mord an Polina Karova zu liefern, damit der Richter Zweifel bekommen sollte.

»Zum Schluss frage ich Sie, Herr Richter: Würde ein intelligenter Mensch wie Herr Theissen in seinem privaten Firmentrakt und dazu noch in seinem Badezimmerschrank das Mittel zum Mord aufbewahren? Es wird sich herausstellen, dass auf diesem Medikament nicht die Fingerabdrücke meines Mandanten, sondern fremde Abdrücke gesichert worden sind. Und daher meine ich, Herr Richter, dass nur eine Entscheidung zu treffen bleibt.«

Wieder machte sie eine dramatische Pause. »Dieser unschuldige Mann ist sofort freizulassen!«

Sonntagmorgen, Finsterwalde

35.

Im Sterbezimmer waren die Fenster weit geöffnet. Die Zweige der Linde wiegten sich im Wind, hinter den Blättern spannte sich strahlend blauer Himmel. Lotte Kraus saß auf einem Stuhl neben dem Bett ihrer toten Mutter und atmete vorsichtig.

Kräftezehrend war der letzte Tag gewesen, als sie gestern gegen zwei Uhr früh nach dem Anruf aus dem Heim Hals über Kopf ein paar Sachen zusammengerafft und zu ihrer sterbenden Mutter nach Finsterwalde gereist war. Die letzte Nacht hatte sie auf einer für sie bereitgestellten Pritsche gelegen, auf die unregelmäßigen Atemzüge ihrer Mutter gelauscht, war ab und an für wenige Minuten in wirre Träume gefallen, hatte wieder gelauscht. Manchmal war die Pflegerin gekommen, hatte den Mund der Sterbenden befeuchtet, sie untersucht und Lotte über das Versagen der einzelnen Organe unterrichtet. Lotte wollte das gar nicht genau wissen, aber sie traute sich nicht, zu protestieren, weil sie die Schwester brauchte. Irgendwann war Lotte hinaus in die Nacht gelaufen, durch den Park, der das Pflegeheim umgab, vor sich hin brabbelnd, und hatte erst nach einer Weile den Sinn ihrer eigenen Worte aufgenommen: *Ich will leben. Alles wird gut.*

Am Morgen trat eine andere Schwester ein, umarmte Lotte ohne Worte, ihr folgte der Arzt, der den Totenschein ausstellen musste. Lotte bedankte sich für die Anteilnahme, so wie sie sich zeitlebens für jede Art Zuwendung bedankt hatte. Sie griff ihre Sachen, ging auf die Besuchertoilette, wusch ihr verweintes Gesicht mit kaltem Wasser, putzte sich die Zähne mit ihrem Reiseset, wechselte Unterwäsche und Bluse, die sie Tag und Nacht getragen hatte, legte Puder und Lippenstift auf, kämmte sich, verließ das Pflegeheim und trat hinaus in die helle Wärme. Ihre Mutter, die sehr gebrechlich gewesen war und die letzten Monate im Bett lag, hatte jetzt ihren Frieden. Lotte ging ein letztes Mal durch den Park und atmete jetzt tiefer. Sie pflückte sich eine Rose, sog ihren Duft, sog Hoffnung ein und verabschiedete sich.

Sie würde jetzt gleich in die Firma fahren, die Geschäftspost aufarbeiten. Sie hatte ein schlechtes Gewissen. In der Firma mussten sie ja denken, sie sei verschollen. Mit Schaudern erinnerte sie sich an den späten Freitagabend, an dem sie mehr über das Omsk-Geschäft und den Überbrückungskredit herausfinden wollte. Sie war in Panik geraten und hatte aufgeschrien, als sich die Tür öffnete und ein schwarz gekleideter Mann auf sie zukam. Da ging plötzlich das Licht an.

»Security, ist da jemand?«

36.

Mittlerweile war die von Beckmann angeforderte Verstärkung eingetroffen. Ein Streifenwagen mit sechs Mann Besatzung hatte sich vor dem Firmengebäude postiert.

»Da ist 'ne Frau im obersten Stock«, hörte Beckmann über Funk einen der Schutzpolizisten sagen, die sich um das Gebäude verteilten und mit Ferngläsern die Terrasse beobachteten.

»Sicher?«, fragte Beckmann alarmiert.

Dann rief er die Kraefft an. Der Tod von Michail Petrov saß ihm zu tief in den Knochen und er wollte die Verantwortung auf mehrere Schultern verteilen. »Der Karstaedt is' wohl im Büro. Sein Jaguar steht vor der Tür. Er hat seit Freitagmittag Freigang, hat die JVA Tegel mitgeteilt.«

Am anderen Ende blieb es stumm. Beckmann wollte gerade fragen, ob Frau Kraefft zugehört habe, da meldete sie sich mit ungewohnt schwacher Stimme. »Ich habe eben von der Rechtsmedizin erfahren, dass Petrov viel Geld bei sich hatte. Vierzig- bis fünfzigtausend. Sieht nach einem Auftragsmord aus. Sie müssen Karstaedt vernehmen.«

Beckmann lachte unfroh. »Vernehmen! Die Tür ist megaeinbruchssicher, wir kommen nicht rein. Übrigens is' noch eine Frau dort oben.«

»Eine Frau?« Die schwache Stimme war auf einmal schrill. »Etwa Lotte Kraus?«

»Keiner von uns weiß, wie die Kraus aussieht. Durchs Fernglas sieht man eine blonde Frau in weißer Bluse und dunklem Rock, Alter nicht einschätzbar, nach Frisur und Kleidung nicht mehr jung.«

»Sie müssen irgendwie rein ins Haus«, schnauzte die Kraefft ihn mit erstaunlich regenerierter Stimme an.

»Ich verstehe, dass Sie in Aufruhr sind«, sagte er verärgert.

»Entschuldigung, hab's nicht so gemeint. Nur nicht noch eine Leiche …« Sie brach ab.

»Wir kommen nur mit dem Schlüsseldienst rein. Wird 'ne teure Geschichte. Panzerglas, komplizierte Türschlösser.« Beckmann kickte mit der Schuhspitze Steinchen weg. »Und das Ganze, weil der alte Karstaedt auf seinem Freigang in seine Firma is' und mit 'ner Sekretärin Post aufarbeitet.«

»Ja, das könnte so sein.«

Der Rest hing schwer in der Luft.

»Gibt's denn keine andere Möglichkeit, ins Haus zu kommen? Vielleicht können Sie durch ein Fenster oder eine Garagentür.«

»Bin nicht blöd.«

Die Schutzpolizisten hatten bereits ohne Erfolg versucht, ins Gebäude zu kommen. Aber es gab kein offen stehendes Fenster, keine einfach zu entsperrende Nebentür.

»Was ist mit der Security-Firma, die das Haus bewacht?«

»Steht nirgendwo, welche das is'.« Beckmann spürte geradezu durchs Telefon, dass sich die Kraefft einen Ruck gab.

»Geh'n Sie rein, egal, wie viel das kostet.«

»Okay. Den Rest erledigen wir. Wir verstehen was von solchen Sachen.« Beckmann drückte die Aus-Taste, ehe die Kriminalrätin noch was sagen konnte.

»Verdammt, immer sind es hochwertige Schlösser, die man schnell öffnen muss«, sagte der Mann vom Schlüsseldienst. »Automatisches Schloss mit besonderer Schließeinrichtung. Schon beim Zuziehen verriegelt sich die Tür selbst.« Der Mann holte einen elektrischen

Bohrer heraus und es erklang ein hochfrequentes Geräusch, dass Beckmann sich am liebsten die Ohren zugehalten hätte.

»Aufbohrschutz.« Der Mann nahm den Bohrer herab. »Mann, ist das hartes Material. Und dann noch 'ne dicke schwere Glastür. Muss 'nen anderen Bohrer nehmen.«

Beckmann sah bereits eine Rechnung über mehrere Tausend Euro vor seinem inneren Auge. Aber das ging auf die Kappe der Kraefft.

Er ließ den Mann vom Schlüsseldienst, der jetzt einen stärkeren Bohrer ansetzte, seine Arbeit tun. Dann war die Tür offen.

Während Beckmann den Schlüsseldienst holte, saß Lotte Kraus im Konferenzsaal. Ihre Trauer um die Mutter und der Wille, noch etwas aus ihrem eigenen Leben zu machen, mischten sich mit der Angst, dass es nicht mehr möglich sein würde.

Zum ersten Mal war sie allein mit dem Aufzug hier hochgefahren. Sie wollte ihre Furcht besiegen, auch wenn niemand hier war, der ihr helfen könnte. Du kannst auch laufen, sagte sie zu sich, als ihr Finger den Knopf mit der Zahl elf berührte. Die Tür schloss sich. Zu spät. Der Aufzug wird bestimmt gewartet, es passiert nichts, beruhigte sich Lotte, während sie hochfuhr. Oben öffnete sich die Tür problemlos. Sie war schweißgebadet, aber sie hatte es geschafft.

Schräge Sonnenstrahlen ließen das Holzmobiliar leuchten. Lotte öffnete die Fenster, damit die drückende Hitze des Juliwochenendes entweichen konnte. Sie ging in die Kaffeeküche, schenkte sich Mineralwasser ein, trank gierig und trat dann auf den großen Balkon. Den Blick auf das von Karstaedt und Theissen modernisierte Viertel aufnehmen, um sich Kraft zu holen für ihre große Aufgabe: Arnold und Johan wieder zum gemeinsamen Geschäft zusammenzuführen. Sie spürte große Lust zu arbeiten. Und wenn sie müde war, könnte sie in Arnolds privatem Trakt übernachten. Bei dem Gedanken an Arnolds Bett spürte Lotte ihr wild klopfendes Herz.

Sie tippte Berichte über Baumaßnamen, bestätigte Aufträge, mahnte ausstehende Zahlungen an, kontrollierte Stundenzettel. Ein heftiger Windstoß ließ die offenen Fenster hin und her schlagen. In der Ferne grummelte es und die Nachmittagssonne verschwand hinter grauen dicken Wolken. Sollte sie doch nach Hause fahren? Aber allein in ihrer Wohnung würde sie wieder das eingefallene Gesicht ihrer Mutter vor sich sehen, ihre letzten Atemzüge nacherleben.

Da klappte eine Tür. Lotte fuhr zusammen. Der Schweiß brach ihr aus. »Ach was, wieder die Security«, sagte sie laut. »Noch mal lasse ich mich von denen nicht erschrecken.«

Da öffnete sich hinter ihr die Tür, die vom Flur in den Konferenzraum führte. Unwillkürlich schrie sie auf.

»Guten Tag, Lotte.«

Die Stimme kannte sie gut. Sie fuhr herum. Vor ihr stand Arnold Karstaedt.

Der Schreck legte sich, unbändige Freude schoss in ihr hoch.

»Freigang«, sagte er. »Ich durfte gestern die JVA verlassen.«

Lotte wollte ihn umarmen, ihn beglückwünschen. Aber sein konzentrierter, harter Blick ging an ihr vorbei, so dass sie inne hielt.

»Ich wollte mich erst in Ruhe in meiner Firma umsehen.« Er lächelte ein wenig. »Was ihr in meiner Abwesenheit angestellt habt.«

»Ich habe dir doch immer berichtet.«

»Ja, gute Lotte.«

Es klang, als strich man einem müden Gaul über den Kopf. Schnell wandte sie den Kopf, damit Arnold ihre Tränen nicht sah. Im selben Augenblick traf sie ein hinter den Wolken hervorschießendes Sonnenlicht und sie schloss schnell die Augen.

»Ich wollte dich nicht kränken.« Arnold trat auf sie zu und umarmte sie. »Aber es gibt halt Dinge außerhalb deiner Kompetenz.«

So nah bei ihm musste Lotte erst recht heulen. Sie erzählte vom Tod ihrer Mutter, wie sie letzte Nacht gewacht und gehofft hatte, dass es bald vorbei sei, und dann sei sie in die Firma gefahren, um aufzuarbeiten und um nicht in ihrer Wohnung allein zu sein, und sie wünsche sich so, dass alles wieder gut würde … Das Schluchzen schüttelte sie, während der Mann, den sie liebte, sie im Arm hielt.

»Es ist heiß hier drin«, sagte Arnold. »Wir setzen uns auf die Terrasse. Ich hole uns was zu trinken.«

Der Himmel hatte jetzt eine giftig gelbe Farbe, in der Ferne hörte Lotte Donner, aber noch regnete es nicht. Sie nahm Platz auf einem

Liegestuhl, auf dem sich Johan manchmal für ein paar Minuten hinlegte. Arnold kam mit einer Flasche Champagner aus der Kaffeeküche und schenkte ein.

»Auf die Freiheit.« Er hob ihr sein Glas entgegen, doch sein Gesicht war ernst. »Polina hat eine Riesendummheit gemacht, ich muss sehen, wie ich das wieder hinbekomme.«

»Omsk?« Lotte berichtete von dem Schreiben der Bank wegen des Überbrückungskredits. »Und dann kam so ein merkwürdiges Angebot einer sibirischen Bank, offensichtlich hat Polina dort verhandelt, ich dachte, die Finanzierung erfolgt hier.«

Sie redete und redete, es war so befreiend, sich endlich fallen zu lassen. Arnold würde die Gefahr aus Russland abwehren. Sie berichtete von der Kopie im Büro von Nadja Kowalewski.

»Johan hat eine Aufstellung seiner Baufirmen gemacht und ich verstehe nicht, wie die zu Nadja gekommen ist, sie hat doch damit gar nichts zu tun, aber vielleicht wollte Polina Johans Firmen nicht.«

»Du hast also spioniert.« Arnold lächelte zum ersten Mal.

»Ja.« Lotte richtete sich auf. »Das habe ich seit 1980 für dich getan.«

Beckmann stieg die Treppe hoch. Er hielt es kaum noch aus. Das erregende Gefühl, das ihm sagte, auf der Spur zu sein, mischte sich mit der Sorge, nicht einschätzen zu können, was da oben im elften Stock geschah. War die Frau, die sie durchs Fernglas gesehen hatten, tatsächlich Lotte Kraus?

Er nahm nicht den Aufzug, weil er befürchtete, dass man ihn abstellen konnte und er dann gefangen wäre. Er ging durch eine Feuertür und stieg in der stickigen Hitze des verglasten Treppenhauses elf Stockwerke hoch, während er immer wieder durch die Fensterfronten nach unten schaute. Hinter ihm würden die Kollegen kommen und weisungsgemäß jede Tür vom Treppenhaus sichern. Er rief sich den Bau des Hauses ins Gedächtnis. Die Dachterrasse zog sich um das gesamte Gebäude. Und hinter dem Geländer ging es abwärts. Viel zu tief, damit die Feuerwehr ein Sprungtuch spannen könnte. Viel zu hoch, um von unten eine Leiter auszufahren.

Oben angelangt, schnaufte Beckmann ein bisschen und entsicherte seine Pistole. Er trat vom Treppenhaus in den Flur und es bestätigte sich, was er befürchtet hatte. Der Flur war dunkel und außer dem Lift und einer massiven Tür gab es nichts. Der Konferenzsaal war von außen nicht einsehbar. Es gab nur den einen Weg durch die Tür. Wenn sie die öffneten, müssten sie sich erst orientieren. Zeit genug für Karstaedt, den geübten Schützen, auf die Polizisten zu zielen oder die Frau als Geisel zu nehmen.

Beckmann hörte Schritte hinter sich, fuhr herum. Es war Liwicki, ebenfalls mit entsicherter P6.

»Die Kraus hat 'ne schwerkranke Mutter, hat ihr Psychologe gesagt«, flüsterte Liwicki ihm zu. »Vielleicht is' sie dahin gefahren.«

Beckmann zuckte die Achseln. Vielleicht. Vielleicht war sie aber auch hinter der dicken Tür.

Die beiden Kommissare stellten sich an die Tür und lauschten. In die Stille drang ein Geräusch, das sie zusammenzucken ließ. Die Tür wurde von innen verriegelt. Es klang, als werde ein Safe geschlossen.

37.

Zur selben Zeit versuchte Marion, den Chefredakteur Wagner der »Berliner Chronik« ans Telefon zu bekommen. Die Zeitung hatte vorgestern über den »Verrat Karstaedts an seinem Freund Günther Naumann« und von dessen Selbstmord im »Stasi-Knast Bautzen« berichtet. Der Redakteur schien sehr beschäftigt, oder er hatte guten Grund, nicht mit ihr sprechen zu wollen.

Während sie auf den von der Praktikantin angekündigten Rückruf wartete, schob Marion ihre Figuren im Opfer-Täter-Schach in eine neue Position. Die Flucht Petrovs und der hohe Geldbetrag, den er bei sich hatte, ließen vermuten, dass er im Auftrag von jemand anderem in den Mord an Polina Karova verwickelt war. Marion ging nicht davon aus, dass es Petrov gewesen war, der als Dimitrij Smirnow den Kart Nr. 7 gefahren hatte. Polina hätte ihren Exfreund als Rennteilnehmer identifiziert. Auch Theissen als möglicher Auftraggeber rückte für sie in immer weitere Ferne. In diesem Fall hätte er Polina nicht vor dem Start das mit Beruhigungsmittel versetzte Getränk gereicht. Das aber hatte Krukowski klar ausgesagt. Nein, wahrscheinlicher war, dass jemand Petrov angewiesen hatte, Theissen belastende Beweise unterzuschieben. Hatte er die Videokamera in Polinas Schlafzimmer angebracht? Aber allein dafür vierzig- bis fünzigtausend Euro – das wäre ein äußerst guter Lohn.

Sie unterbrach kurz ihr Grübeln und rief die Rechtsmedizinerin Dr. Howe an. Es müssten unbedingt Fingerabdrücke von Petrov gesichert werden.

»Herr Wagner ruft bald zurück«, meldete kurz darauf die Praktikantin.

»Schön. Immerhin haben wir zwei Tote und eine Vermisste.«

Vielleicht lag sie daneben, aber der Freigang Karstaedts und sein überraschender Firmenbesuch am Wochenende rief bei Marion einen neuen Gedanken hervor. Sie ging zum Fenster, lehnte sich auf die Brüstung, blinzelte in die plötzlich hinter einer grauen Wolke vorschießende Sonne. Und in diesem Augenblick war ihr, als lichte sich langsam ein Schleier vor ihren Augen. Sie sah eine Tagebuchpassage vor sich:

Arnold unterstützt mich nicht mehr. Er hat sein Wort gebrochen. Jetzt nehme ich auch keine Rücksicht mehr. Ich lasse mir meinen Traum nicht kaputt machen. Ich habe etwas Großes gegen ihn in der Hand.

Das Telefon. Tatsächlich Chefredakteur Wagner.

»Von wem haben Sie den Hinweis auf den angeblichen Verrat Karstaedts an Günther Naumann erhalten?«, fragte Marion ohne Umschweife.

»Pressegeheimnis«, kam es wie aus der Pistole geschossen und in einem Ton, als wollte Wagner sofort das Gespräch beenden.

»Es geht hier nicht um das Zeugnisverweigerungsrecht der Presse. Ich möchte wissen, ob Sie über den Selbstmord von Günther Naumann im Stasi-Gefängnis Bautzen selbst recherchiert haben oder ob jemand von außen Sie darauf gestoßen hat.« Im Hintergrund hörte Marion Stimmen, Klappern von PC-Tasten, Klingeln von Telefonen.

»Wir haben gleich Deadline. Sie rufen im ungünstigsten Augenblick an. Am besten wäre morgen Vormittag.«

»Verbrechen hält sich nicht an Geschäftszeiten. Soll ich in meine Akte schreiben, die Presse unterdrückt in einer Mordsache Beweise?« Mit diesem Vorwurf bewegte sie sich an der Grenze rechtmäßigen Handelns, das war ihr klar. Möglicherweise hatte der Informant überhaupt nichts mit dem Mord zu tun. Aber um das herauszubekommen, musste sie seine Identität kennen.

Der Mann am Telefon atmete hörbar, wahrscheinlich wog er das Für und Wider ab. Dieser Umstand machte ihr Mut. Der Redakteur hatte offensichtlich einen Tipp von außen bekommen, sonst würde er sich nicht auf das Pressegeheimnis berufen. Es gab jemanden, der Arnold Karstaedt schaden wollte. Bisher war sein Verrat an Günther Naumann nicht an die Öffentlichkeit gedrungen. Bei einem Anruf in der Stasiunterlagenbehörde hatte Marion in Erfahrung gebracht, dass seine Akte rechtzeitig von der Stasi vernichtet worden war.

»Wie gehen Sie vor, wenn Ihnen ein Informant etwas mitteilt und Sie darüber berichten möchten?« Vielleicht schaffte sie es, mit einer allgemeinen Frage den Redakteur auf die Spur zu lenken.

Der Mann seufzte. »Wenn es eine bedeutsame Information ist, frage ich ihn, ob er mit seiner Namensnennung einverstanden ist. Ist er das nicht, sichere ich ihm zu, dass er anonym bleibt.«

»Das Pressegeheimnis hat Grenzen, wenn es um ein Verbrechen geht.«

»Auch die Stasi hat Verbrechen begangen«, sagte der Mann unwirsch.

»Ganz klar. Jetzt geht es aber um einen Mord, der noch geahndet werden kann.« Sie musste sich beherrschen, um nicht mit den Fingern zu trommeln.

»Erklären Sie mir mal, inwiefern ein Hinweis auf den gemeinen Verrat des Herrn Karstaedt, der in Haft sitzt, zur Aufklärung des Mordes an Frau Karova beitragen könnte.«

Aha, dachte Marion, er bringt das also in einen Zusammenhang. »Würden Sie denn eine derartige Information auf ihren Wahrheitsgehalt prüfen«, fragte sie vorsichtig.

»Normalerweise schon. In diesem Fall habe ich mir lediglich den Selbstmord von Herrn Naumann in der Haftanstalt Bautzen bestätigen lassen.«

Oh, wie denn das, dachte Marion, hütete sich aber, den Gesprächsfluss zu unterbrechen. »Offensichtlich kam die Information aus der Firma und war so glaubhaft und detailliert, dass Sie von ihrem Wahrheitsgehalt überzeugt waren?« Eine Suggestivfrage.

»Es war eine Insiderauskunft, von daher hatte ich keine Bedenken, sie zu übernehmen«, sagte der Redakteur, vermutlich gestresst von der bevorstehenden Deadline. »Jetzt entschuldigen Sie mich bitte.«

Er bestritt also nicht, dass es jemand aus der Firma war. Marion bluffte weiter. »Haben Sie nicht an einen Racheakt gedacht? Vielleicht wollte Ihr Informant Herrn Karstaedt verleumden.«

Der Redakteur lachte nervös. »Unter uns gesagt, ohne Racheakte würden wir viel weniger erfahren.«

»Also handelt es sich um eine Person aus der Firma, die Rache an Herrn Karstaedt nehmen wollte?« Sie wandte den Trick an, dieselbe Frage mit anderen Worten noch einmal zu stellen. Manchmal lockte man so eine Antwort hervor.

»Das habe ich nicht gesagt«, kam es schnell zurück.

»Ich kann mir schon denken, dass der andere Teilhaber, ich meine Herrn Theissen, zu so einem Racheakt fähig wäre.« Es war ein Schuss ins Blaue und er war erfolgreich.

»Nein, Herr Theissen war das nicht«, sagte Wagner besorgt. »Wir waren ja bei ihm und er hat alle Fragen nach Karstaedt und der Stasi abgeblockt.«

»Dann bleibt ja nur jemand aus der Firma übrig, der Karstaedt schon aus dem Baukombinat kannte?«

»Ich sage jetzt nichts mehr«, entgegnete der Mann hektisch.

»Also, der Frau Karova, der Juniorpartnerin, würde ich so eine Gemeinheit nicht zutrauen. Herr Karstaedt soll wie ein Vater für sie gewesen sein?«

»Am besten beenden wir jetzt das Gespräch.« Der Redakteur legte auf.

Marion lehnte sich zurück und zum ersten Mal seit zwei Tagen lächelte sie. Sie rief Beckmann an und teilte ihm ihren Gedanken mit. Anschließend machte sie sich auf den Weg nach Hohenschönhausen.

38.

»Du hast mich verraten«, stieß Arnold hervor.

»Verraten?« Lotte war fassungslos. Sie als engste Vertraute, die ihr Leben in den Dienst Arnolds und der Firma gesteckt hatte, sollte ihn verraten haben?

Er griff sie am Arm und zerrte sie von ihrem Liegestuhl hoch und an die Brüstung. »Was bedeutet das?«

Elf Stockwerke tiefer stand ein Streifenwagen direkt vor der Eingangstür.

»Siehst du die Polizei? Da kommt noch ein Wagen und noch einer.«

»Vielleicht hat uns jemand angezeigt, dass wir unsaubere Baugeschäfte machen.« Lotte lachte mühsam.

»Schwöre mir, dass du mich nicht verraten hast.« Arnold packte sie bei den Schultern und zog sie so nah an sich, dass sie jede Falte, jede Verästelung in seinem Gesicht sah. Und doch sah sie den dreißig Jahre jüngeren Arnold, das Gesicht ihrer heimlichen Treffen an der Spree, das Gesicht der Leidenschaft, der Liebe, und sie spürte, dass sie jetzt zu ihm halten musste, egal, was war.

»Ich schwöre dir, ich habe zu niemandem über Günther gesprochen. Ich weiß nicht, wie das jetzt in die Presse kommt.«

Er packte sie noch fester und seine hellblauen Augen verengten sich. »Es geht nicht um Günther Neumann. Es geht um Polina.«

»Aber was hast du damit zu tun?«

Eine Tür klappte draußen. Lotte war abgelenkt. »Vielleicht kommt Johan«, sagte sie erleichtert, »dann sind wir alle drei wieder zusammen.«

»Das ist nicht Johan. Weißt du es nicht?«

»Was?« Angst erfüllte sie.

»Johan ist gestern auf dem Flughafen festgenommen worden.« Seine Augen funkelten. »Anscheinend wollte er zu Beatrice nach Argentinien.«

»Aber er hat doch nichts verbrochen?« Lotte dachte an die Kripo, die vor drei Tagen die Firma auf den Kopf gestellt hatte. Ihre Welt hatte sich seitdem völlig verändert. »Ich hab' nicht ferngesehen, nichts gelesen. Der Tod meiner Mutter … Ich war so aufgewühlt …«

»Dann weißt du auch nicht, dass Michail tot ist. Mit dem Motorrad gegen einen Hänger gerast, als ihn die Polizei verfolgte.«

Lotte hatte das Gefühl, als schwanke der Boden unter ihr. Sie machte ein paar Schritte weg von der Brüstung, griff die Armlehne des Liegestuhls und ließ sich fallen. »Hat Michail mit Polinas Tod zu tun? Es war doch ein russischer Rennfahrer, der von Leuten aus Omsk bezahlt worden ist.«

»Du wirst alles von mir erfahren.« Arnold trat zur Brüstung und rüttelte daran, als seien es Gefängnisgitter, die er aufbrechen wollte. »Sie kommen, um mich zu holen«, sagte er und wies nach unten.

Er wandte sich von der Brüstung ab, drückte die Schultern herab und zog den Bauch ein, eine Haltung, die sie von ihm kannte, wenn eine wichtige Besprechung anstand, und ging in den Konferenzraum. Sie sah mit Entsetzen, dass Arnold zu der Vitrine ging, in der er seine Waffen aufbewahrte. Sie sind nicht geladen, beruhigte sie sich. Arnold liebt seine Waffen, er will sie bloß fühlen, daran denken, wie es früher war, als er mit Johan auf die Jagd in die Schorfheide gegangen ist.

Marion hatte ein Taxi gerufen. Sie war zu unruhig, um selbst mit ihrem Auto von der Direktion in Schöneberg nach Hohenschönhausen zu fahren.

Im Taxi rief sie auf ihrem Smartphone die Website von Karstaedt & Theissen auf. Die Chefs und die Russland-Managerin Polina Karova waren abgebildet und auch die langjährige Mitarbeiterin Lotte Kraus. Sie prägte sich deren Gesicht und Figur ein. Eine hübsche, gut gekleidete, schlanke Frau, nicht mehr jung und sicherlich fürs Fotos zurechtgemacht, was die Identifizierung einer möglicherweise Gefangenen durchs Fernglas erschweren würde.

»Kam schon über Funk durch. Sie haben die Straßen rundum gesperrt«, sagte der Taxifahrer. »Mann, da scheint ja richtig was abzugeh'n.«

Erste Regentropfen fielen und die Wischer ratschten über fest getrockneten Staub. »Ich fahr' so dicht ran wie möglich.« Der Fahrer bog von der breiten Rhinstraße ab und fuhr durch kleine Seitenstraßen, die nach jedem Block durch ebenso kleine Straßen gekreuzt wurden. Der Blick zu den Hochhäusern verursachte Marion Schwindel, aber vielleicht war es auch die Aufregung.

»Den Überblick hat man hier nich'«, sagte der Fahrer. »Mir is' der Ku-Damm lieber.«

Das Taxi fuhr, bis sie vor einer Polizeiabsperrung stehen bleiben mussten. Marion bezahlte.

»Woll'n Sie wieder zurückfahren? Kommt Gewitter auf. Soll ich warten?«

»Nein danke, ich glaube das hier wird etwas dauern.« Sie verabschiedete sich und stieg aus.

Schräger Regen traf sie, aber ein Schirm hätte die freie Sicht versperrt. Mehrere Fahrzeuge der Schutzpolizei hatten sich rund um das Firmengebäude postiert, das Blaulicht war noch abgeschaltet. Beckmann und Liwicki waren nicht zu sehen.

Marion zeigte einem auf- und abpatrouillierenden Schutzpolizisten ihren Ausweis und fragte nach ihren Kollegen. Der Polizist zeigte auf einen Streifenwagen. »Die wissen vielleicht schon was.«

Die hintere Tür des Streifenwagens stand offen. Zwei junge Polizisten saßen auf den Stufen, offensichtlich noch ohne Weisung. Einer gähnte und hielt sich schnell den Mund zu, als er Marion auf den Wagen zutreten sah.

»Kraefft, ich bin die Einsatzleiterin.« Im Augenblick kam sie sich recht überflüssig vor und dass sie Sportschuhe angezogen hatte, war ebenso überflüssig.

»Gibt Schwierigkeiten mit dem obersten Stockwerk«, sagte ein Älterer, der auf der Bank innen saß. »Der Mann hält die Frau gefangen und hat die Tür verriegelt, 'ne andere Möglichkeit reinzukommen, gibt's nicht.«

Marion spürte, wie ihr der Schweiß ausbrach. Unmöglich konnte sie jetzt im Polizeiwagen den quäkenden Funkgeräuschen zuhören. »Ich schau mal von gegenüber.«

Sie überquerte die Straße. Der Regen hatte zum Glück aufgehört und hinter grauen Wolken kam die Sonne hervor. Polizisten gingen ins Haus und kamen heraus. Auf den unteren Etagen gingen immer mehr Lichter an. Sie suchten systematisch das Gebäude ab, aber offenbar war niemand drinnen. Nur Arnold Karstaedt und die Frau.

Marion legte den Kopf in den Nacken, ihr Genick knackte. Durch ihr Fernglas sah sie eine Figur oben auf der Balustrade. Sie zoomte näher und erkannte einen Mann mit weißem Haar. Das musste Karstaedt sein. Er wanderte einmal die Terrasse entlang rund ums Haus, dann tauchte er wieder auf. Was mochte dieser Mann fühlen? Fünfundsiebzig Jahre alt, die letzten drei Jahre hinter Gittern, jetzt Freigang. Wenn sich ihr Verdacht bestätigte, würde er nie mehr das Gefängnis verlassen. Der Mann war verzweifelt. Würde er sich stellen? Lotte Kraus als Geisel nehmen? Freies Geleit erpressen? Es gab dieses gefährliche Gefühl, dass es nicht mehr darauf ankam.

Jetzt trat die Frau auf die Terrasse. Sie stand einen Augenblick direkt mit dem Gesicht zur Brüstung, winkte mit beiden Armen. Marion holte die Frau mit dem Fernglas so nahe wie möglich heran. Ihr Gesicht hätte sie nicht wiedererkannt. Die Frau weinte. Aber die Frisur, blond, schulterlang, lockig, jetzt aufgelöst, zerzaust, war dieselbe wie auf der Website. Lotte Kraus lebte.

Marion gab die Meldung an den Lagedienst und versuchte Beckmann zu erreichen, aber er antwortete nicht.

»Es ist Lotte Kraus«, sagte sie zu den Polizisten im Streifenwagen. »Die Vermisste.« Schnell setzte sie sich auf die Längsbank, weil ihre Beine schwach wurden.

Beckmann fluchte leise, lauschte, aber außer seinem eigenen, schnell klopfenden Herzen konnte er nichts hören. Er schätzte seine

Chance ab. Vom elften Stock kam niemand weg. Es gab keinen Weg herunter, außer an ihm vorbei.

Plötzlich erklang gedämpft durch die verschlossene Tür der Ruf einer Frauenstimme. »Arnold, nicht!«

Was geschah dort? Beckmann blickte Liwicki an, der eben von seinem Posten im Treppenhaus zurückkam. Der zuckte die Schultern. Beckmann spielte im Geist die wenigen Möglichkeiten durch, die er hatte. Den Mann vom Schlüsseldienst konnten sie nicht für einen Polizeieinsatz hier hochholen. Eintreten konnten sie die massive Holztür auch nicht. Brecheisen, Hammer, Axt, Motorsäge? Auch mit diesen Werkzeugen würde das Öffnen Minuten dauern. Das Türschloss aufschießen war auch nicht so einfach wie in Fernsehkrimis. Ein Schuss und das Schloss war offen. Ha, ha. Bei einer Präsentation hatten sie zwölf Schüsse gebraucht, um die beiden Riegel zu treffen und ein solides Türschloss kaputt zu kriegen. Karstaedt hätte genügend Zeit, sich zu wappnen. Und gewaltsames Vorgehen rief oft auch Gegengewalt hervor.

»Herr Karstaedt, machen Sie sich nicht unglücklich«, sagte Beckmann ruhig und laut durch die Tür. »Wir können miteinander reden.«

Aber die Tür öffnete sich nicht.

»Die Frau hat Ihnen nichts getan. Sie ist unschuldig.« Beckmann überlegte hektisch, ob er dem Mann freies Geleit zusichern sollte, um das Leben von Lotte Kraus zu retten. Aber einen vermutlichen Mörder laufen lassen?

»Lassen Sie die Frau gehen.«

In diesem Augenblick hörte er einen Schuss.

39.

»Ich werde ein Geständnis ablegen. Nur dir gegenüber.«

Arnold Karstaedt stand am Kopf des großen Tisches, an dem er so viele Konferenzen geleitet hatte. Unwillkürlich hatte auch Lotte ihren Platz links hinten eingenommen. Arnold hob sein Glas. »Champagner, wenn schon die Welt in Scherben geht.«

»Was für ein Geständnis? Du hast doch deine Strafe abgesessen.«

»Es geht um Polinas Tod.«

Sie blickte ihn entsetzt an. »Aber was hast du damit zu tun? Ein russischer Rennfahrer hat sie angefahren und sich abgesetzt. Im Auftrag von sibirischen Bauhyänen.«

»Das wäre eine Möglichkeit. Aber damit gibt sich die Kripo nicht zufrieden. Durch den Tod von Michail ist ein anderer Verdacht entstanden.«

»Du meinst, Michail hat aus Liebeskummer ...«

»Verschmähte Liebe, Rache ...« Arnold lachte heiser auf. »Michail hatte sein Leben auf Polina ausgerichtet. Der Drang, ihr wehzutun, wie sie ihm wehgetan hatte, war groß.«

»Hör auf damit!« Lotte hielt sich die Ohren zu.

Aber Arnold sprach weiter und sie hörte seine Stimme trotz ihrer Finger im Ohr. Sie ließ die Hände sinken.

»Na also. Michail kannte Polina genau. Ihren Ehrgeiz, ihre Launen, ihre Krankheit und ihre Medikamente. Es war für ihn ein Leichtes, ihr vor dem Kartrennen Beruhigungsmittel ins Getränk zu tun.« Arnold lachte in einer Weise, dass Lotte kalt wurde.

Sie versuchte den Michail, der das Todesgetränk gemischt hatte, mit dem freundlichen, zuverlässigen, fleißigen Mischa in Übereinstimmung zu bringen, der Polina nach Deutschland und weiter in die Firma gefolgt war, um ihr nahe zu sein.

»Michail hat seine Strafe bekommen«, brachte sie schließlich heraus.

»Ich werde die Wahrheit ans Licht bringen. Nur du wirst sie erfahren.« Arnold goss sich ein neues Glas Champagner ein. »Trink. Es ist das letzte Mal für uns beide.«

Gehorsam nahm sie ihr Glas, trank einen winzigen Schluck, während sie fieberhaft überlegte, was jetzt noch kommen würde.

»Johan ist raus aus der Firma.« Arnold betrachtete mit zusammengekniffenen Augen ein Poster an der Wand, das den Juniorpartner bei einem Richtfest zeigte, die Hand zum Victoryzeichen gespreizt. »Ich habe gestern unseren Gesellschaftervertrag gekündigt. Mag seine Lebensgefährtin ihm die Kündigung ins Gefängnis bringen.«

In diesem Augenblick sah Lotte die Pistole, die Arnold vorhin aus der Vitrine genommen hatte. Ihr Puls raste, aber sie zwang sich, ihm mit festem Blick in die Augen zu schauen. »Du und Johan, ihr beide seid doch die Firma. Was sollen wir denn ohne euch tun?«

»Johan hat meiner Firma ihr Bestes entzogen: Auftraggeber, die mir vertraut haben. Er dachte, der Alte bricht in der Haft zusammen, da kann es nicht schaden, wenn ich mich absetze. Und gleich die besten Kunden mitnehme.« Er hieb mit der Faust auf den Tisch. »Aber ich bin schneller.«

»Ich verstehe, dass du wütend auf Johan bist.« Sie bemühte sich, ihre Stimme nicht zittern zu lassen. »Dann ist es jetzt deine Firma. Karstaedt Bauausführung Sanierung. Du bist doch ein Macher.« Sie versuchte zu lächeln. »Und ich bin auch da. Wir beide arbeiten weiter …«

Lotte hielt inne, als sie sah, mit welchem Hass Arnold das Bild seines Partners fixierte.

»Johan muss bestraft werden.«

Er hob die Pistole.

»Arnold, nicht«, schrie sie.

In diesem Augenblick gab er einen exakten Schuss in Theissens Kopf ab. Das Glas des Bilderträgers zerbarst und fiel in kleinen Stücken auf das Parkett.

Arnold dreht durch, dachte sie entsetzt. Sie verließ ihren Platz, ging zu dem Mann, den sie seit fünfunddreißig Jahren begleitet hatte, und legte die Arme um seinen Hals. Aber er löste sich grob aus ihrer Umarmung.

»Du wirst dir wohl oder übel die ganze Geschichte anhören.« Arnold legte die Pistole auf den Tisch und blickte nach draußen, als ein schauerartiger Regen gegen die Scheiben peitschte. »Michail. Er ging sofort auf meinen Plan ein. Mit der Belohnung wollte er sich in Russland ein neues Leben aufbauen. Zu dumm, dass die Kripo jetzt das Geld bei seiner Leiche findet.«

»Ich denke, Mischa hat Polina umgebracht, aus unglücklicher Liebe …«, rief Lotte. »Wieso war das dein Plan? Polina war doch deine Ziehtochter … Hör endlich auf!« Verzweifelt versuchte sie, Zusammenhänge zu erfassen.

»Ich kann nicht aufhören. Weil es weitergeht.« Er presste die Lippen zusammen. »Weißt du, was Mischa gemacht hat, nachdem er in Polinas Getränk das Beruhigungsmittel getan hatte?«

Sie schüttelte den Kopf, unfähig zu reagieren.

»Er gab das Glas an Johan, der es Polina reichte. Johan wusste nichts von dem Mittel. Natürlich hat Michail genau beobachtet, dass Johan das Getränk auch tatsächlich Polina gab.«

Lotte fuhr sich mit der Zunge über die Lippen, die Angst trocknete ihr den Mund aus.

»Johan war arglos«, fuhr Arnold mit ruhigerer Stimme fort. »Michail konnte ihm unbemerkt das Rufinol in seinen Badezimmerschrank schmuggeln. So geriet Johan in Verdacht.«

»Aber warum?«, schrie sie ihn an.

»Man torpediert nicht straflos mein Lebenswerk. Schadet nicht, wenn Johan auch mal den Knast kennenlernt. Aber sei unbesorgt. Lange wird er nicht sitzen. Er gehört zu den Typen, die immer wieder hochkommen.«

Sie starrte atemlos in sein weißes Gesicht und die irre funkelnden Augen, und trotz ihres Aufruhrs erkannte sie, dass er die wahre Geschichte erzählte. Aber sie wollte die Wahrheit nicht. Sie wollte nichts, als hier raus.

»Entschuldige, ich muss meine Pillen nehmen. Dann höre ich dir weiter zu.« Sie ging zu dem Stuhl, auf dem ihre Tasche lag mit dem Handy darin. Sie warf Arnold einen Blick über die Schulter zu, voller Angst, was er jetzt tun würde. Sie wühlte in der Tasche herum, tat, als fände sie die Tabletten nicht, die der Therapeut ihr für Erregungszustände empfohlen hatte.

»Was machst du?« Seine Stimme war ungeduldig. Sie fühlte ihre Herzschläge bis in den Kopf.

»Gleich, Arnold, gleich.« Endlich hatte sie ihr Handy, drückte 110. »Jetzt hab' ich die Pillen.« Sie nahm das Döschen in die Hand, holte eine Pille heraus, aber ihre Hand zitterte so, dass diese herunterfiel. Sie nahm eine zweite, steckte sie in den Mund, zerbiss sie. Im selben Augenblick fiel ihr ein, dass es nichts nützte, 110 zu wählen. Auf ihren Anruf ohne Sprachnachricht würde die Polizei ihr Handy nicht orten, konnte ja ein Scherzanruf sein.

»Setz dich. Ich habe nicht mehr viel Zeit«, befahl Arnold. »Jetzt kommt der schwierige Teil. Polina. Mein sibirischer Engel.« Abrupt wechselte der Ausdruck in seinem Gesicht. Die Härte verwandelte sich in Trauer. »Ich war ihr wie ein zweiter Vater. Ich hätte sie zu meiner Nachfolgerin gemacht. Ich hatte den Vertrag schon entworfen. Dann wurde ich verhaftet. Dass Polina enttäuscht war von mir, habe ich verstanden. Auch, dass sie einen Ersatz suchte und sich an Johan rangemacht hat. Ich hätte sogar akzeptiert, dass die beiden ein Paar werden.« Er nahm die Pistole wieder in die Hand.

»Arnold, leg das Ding weg«, stieß Lotte hervor. »Ich höre dir ja zu, aber leg es weg.«

»Alles kam anders.« Er legte seinen Finger um den Abzug. »Johan wollte Polina nicht mehr. Er wollte sich abseilen. Der Vater seiner Lebensgefährtin betreibt ein großes Baugeschäft in Argentinien. Polina war für Johan nichts als ein Spielzeug.« Er hieb mit der Pistole auf den Tisch.

Woher weiß er das alles, überlegte Lotte panisch, wer waren seine Spitzel?

Arnold fixierte das Poster mit der lachenden Frau im Rennanzug. »Polina ist Opfer ihrer Natur geworden. Sie schwankte zwischen Waghalsigkeit und tiefer Niedergeschlagenheit. In ihren manischen Phasen hat sie das Bauprojekt in Omsk begonnen. Ich hätte sie unterstützt, wenn ich nicht in Haft gekommen wäre. Dann gab es Schwierigkeiten. Unternehmen vor Ort interessierten sich dafür, bestachen die Baubehörde. Genehmigungen wurden hinausgezögert, aber die Kredite wurden fällig und die Bauarbeiter mussten bezahlt werden. So kam es zu diesem Zwischenkredit. Polina besuchte mich in der Haft, beschwor mich, den Kreditvertrag zu unterschreiben. Ich habe abgelehnt. Es war mir zu riskant.«

Seine Stimme war brüchig, er machte eine Pause. »Polina hat mein Nein nicht akzeptiert und versucht, mich zu erpressen. Sie nannte einen Namen: Günther.«

Lotte spürte einen Schauer über dem Rücken, sie fror, trotz der schwülen Wärme im Raum.

»Ich ließ mich nicht erpressen«, fuhr Arnold fort.

Ein so beängstigender Gedanke drängte sich ihr auf, dass sie keuchte. »Arnold glaub mir, ich habe zu niemandem ein Sterbenswort über Günther …«

»Nein, liebe Lotte, du nicht.« Er lachte gequält auf. »Nadja hat es Polina erzählt. Und Polina hat die Geschichte an die Presse gegeben.«

Merkwürdigerweise fühlte sie kurz eine Erleichterung. Sie hatte sich Arnold gegenüber nichts vorzuwerfen.

»Du hättest Polina doch zur Rechenschaft ziehen können. Warum musste sie sterben?«

»Sie hat mich verraten.«

In die Stille, die jetzt eintrat, drangen Geräusche aus dem Haus. Stimmen, Türklappen, Schritte. Dann eine gedämpfte Männerstimme: »Sie sind hier oben.«

Lotte sprang hoch, stieß ihren Stuhl um, raste zur Tür, rüttelte. Es war verschlossen. »Hilfe! Polizei!« Warum brachen sie nicht die Tür auf? »Holt mich hier raus!«

»Für wie stümperhaft hältst du mich? Der Schlüssel ist bei mir.« Arnold beobachtete vom Konferenztisch aus ihren Aufruhr. »Die Tür bekommen sie so schnell nicht auf. Setz dich.«

Sie fühlte Übelkeit aufsteigen und trottete auf ihren Platz zurück. In ihrer Verzweiflung nahm sie ihr Glas und trank den Champagner.

»Polinas verrückte Idee mit dem Rennen wurde zu ihrer Todesfahrt«, fuhr Arnold fort. »Der Rennfahrer aus Moskau war ein Profi, hat sie in der richtigen Sekunde gedrallt. Vorher hat er an einer genau berechneten Stelle die Gummireifen an der Streckenumgrenzung entfernt. Arbeitsteilige Begehungsweise, so nennt es die Kripo. Mein Plan war, mehrere Glieder in die Kette zu nehmen, so dass die Verfolgung unmöglich würde. Die Kripo hat sich auf Johan eingeschossen. Er hat Polina das Glas gereicht. Bei ihm wurde das Beruhigungsmittel gefunden. Der Verdacht gegen ihn wuchs, weil er viel zu verbergen hatte. Nicht nur das kurze Vergnügen mit Polina. Es gibt Bestechungsgeschichten, unlauteres Verhalten bei Ausschreibungen. Johan war für Polina das perfekte Erpressungsopfer. Und so auch das perfekte Opfer, ihm die Tat unterzuschieben.«

Arnold warf einen hämischen Blick in das zerschossene Papiergesicht seines früheren Partners. »Etwas konnte ich nicht planen. Michails Tod hat alles zum Einsturz gebracht. Sie werden das Geld bei ihm finden. Sie werden ihm Fingerabdrücke abnehmen. Und die werden sie auf dem Medikament in Johans Badezimmerschrank feststellen. Damit ist auch klar, dass Johan es nicht war.«

Er lachte irre und goss sich Champagner ein. »Zurück zu Polina. Sie hatte keine Chance oder kaum eine. Ein Restrisiko blieb, dass sie schwer verletzt überleben würde. Polina im Rollstuhl. Das wäre die noch härtere Strafe gewesen. Die Strafe dafür, dass sie ihren zweiten Vater verraten hat.«

Arnold hob die Pistole, fixierte das Poster und im selben Augenblick, in dem Lotte aufschrie, feuerte er einen Schuss mitten in die Stirn der jungen Frau im Rennanzug. Dann sank sein Kopf auf die Brust, der gestreckte Arm mit der Waffe in der Hand fiel wie leblos auf den Konferenztisch.

Einen Augenblick saß Lotte wie erstarrt. Dann wurde ihr die Gefahr klar, in der sie schwebte. Nur ihr gegenüber hatte Arnold ein Geständnis abgelegt. Sie war die einzige Zeugin.

Die Nachtbeleuchtung des Gebäudes schaltete sich ein, als draußen eine weitere Gewitterfront den Himmel verdunkelte.

»Zwei Schüsse«, erklang die Stimme Liwickis über Funk.

Marion hatte wieder im Streifenwagen Platz genommen, weil draußen prasselnder Gewitterregen niederging. Der ältere Polizist bediente das Funkgerät, so dass sie sich auf das Gespräch konzentrieren konnte.

»Wir können die Lage absolut nich' einschätzen«, sagte Liwicki.

»Karstaedt ist Jäger«, sagte Marion. »Er hat Waffen.«

»Scharfe?«

»Weiß nicht.« Sie erinnerte sich an ihr Gespräch mit Theissen dort oben im Konferenzsaal. Er sei mit Karstaedt öfter auf der Jagd gewesen. Beide hatten einen Jagdschein, das hatte Marion überprüfen lassen.

»Die Frau schreit und weint«, sagte Liwicki. »Ehe wir die Tür aufbrechen, hat er sich verschanzt und sie als Geisel genommen. Wir müssen den Mann einkreisen.«

»Frau Kraefft«, erklang Beckmanns Stimme, »ich brauch' 'ne Anweisung von Ihnen.«

Marion hatte das Gefühl, als liege ein Eisenring um ihren Kopf. Verdammt, das war der Nachteil, wenn man so viele Jahre am grünen Tisch gesessen hatte. Schnell ging sie im Geist die Möglichkeiten der Polizei bei Geiselnahme durch.

»Was ist mit dem Psychologen? Er kann mit Karstaedt verhandeln.«

»Schwierig durch die dicke Tür. Von unten braucht man ein Megaphon. Ich hab' 'nen anderen Vorschlag.«

Beckmann sprach schnell und eindringlich. Marion war klar, dass sie jetzt Ja oder Nein sagen musste, und zwar sofort. Sie schloss die Augen und konzentrierte sich, während Beckmann seinen Plan erklärte.

»Ein Hubschrauber bedeutet SEK-Einsatz?«, fragte Marion.

»Ja. Wir können nich' von hier aus in den Hubschrauber springen. Der nimmt die Jungs an seiner Position auf und dann geht's sofort zum Einsatzort.«

Der Polizeihubschrauber würde auf dem Dach des Hochhauses landen, die SEK-Leute würden sich von dort auf die Terrasse herablassen und den Konferenzsaal von allen Seiten einnehmen, das war Beckmanns Plan. An die Kosten durfte Marion gar nicht denken. Tausende. Vor allem aber könnte der Einsatz zu lange dauern und einen entschlossenen Täter erst recht animieren.

Marion holte tief Luft. »Ja. Versuchen wir's.«

»Jetzt kannst du mir deine Liebe beweisen.«

In Arnolds Augen sah Lotte nicht Angst, nicht Wut oder Hass. Es war wilde Entschlossenheit. Er nahm seine Pistole in die Hand. »Wir sind ein Paar, seit fünfunddreißig Jahren. Ohne dich wäre ich nicht so erfolgreich gewesen. Du hast mich gehalten all die Jahre. Du wirst mich auch jetzt begleiten.«

»Arnold, nein!« Sie sprang hoch, wollte ihm die Pistole entreißen. Er packte ihren Arm und drehte ihn nach hinten, bis sie schrie, und führte sie gewaltsam zu ihrem Platz zurück.

»Ich habe nichts verbrochen!« Er würde sie doch nicht erschießen? Sie brach in Tränen aus bei dem Gedanken, dass es keine Rettung für sie gab. Die Polizei schaffte es nicht durch die dicke Tür. Gefangen im Obergeschoss des Hauses, in dem sie die vergangenen fünfunddreißig Jahre für Arnold gearbeitet hatte. Nicht mal im Bad konnte sie sich verbarrikadieren, denn die Tür ging vom Flur ab.

Lotte griff in ihrem Aufruhr das schwere Kristallglas, aus dem sie Champagner getrunken hatte, und schleuderte es in Richtung seines Kopfs. Sie traf ihn an der Schulter. Arnold zuckte zusammen, stöhnte, dann fiel das Glas auf den Boden.

»Ich verstehe, dass du Angst hast.« Er rieb sich die Schulter. Im selben Augenblick erschütterte ein heftiger Donnerschlag den Raum. Der Himmel war giftig gelb, eine schwarze Wolke schob sich heran und heftiger Regen ergoss sich über die Terrasse.

»Welch Kulisse für das Sterben!« Er breitete die Arme aus, wendete den Kopf nach oben und lachte irrsinnig. In der Hand hielt er die Pistole. »Es geht schnell. Ich bin ein geübter Schütze. Es tut nicht weh. Jedenfalls nicht so, wie es wehtut, weiterzuleben.«

Lotte war zusammengesackt und weinte leise vor sich hin, den Kopf auf der Tischplatte. Ich habe meine Liebe für dich gegeben und deshalb soll ich jetzt mit dir sterben?

In ihrer Verzweiflung fiel ihr ein Krimi ein, da hatte sie eine Polizistin gesehen, die von einem pathologischen Verbrecher gefangen genommen worden war. Die Polizistin hatte alles über sich, ihre Träume, ihre Liebe erzählt, um Sympathie bei dem Kidnapper zu erwecken. Damit es für ihn schwerer würde, sie zu töten.

Lotte ballte die Hände zu Fäusten und öffnete sie wieder, um ihren Kreislauf zu stabilisieren. Dann strich sie sich übers zerzauste Haar, ging mit angehaltenem Atem auf Arnold zu und kniete vor ihm nieder.

»Arnold, du hast dein Geständnis abgelegt. Mir gegenüber. Es bleibt unter uns. Versprochen.« Sie zwang sich, den Kopf zu heben, ihm in die Augen zu sehen. »Du wirst dir den besten Anwalt suchen. Es gibt die Spur nach Russland und den Rennfahrer finden sie nie. Du wirst freigesprochen.«

»Es gibt keinen Neuanfang.«

»Denk an all die Häuser, die du gebaut hast, an all die Menschen, die darin ihre Heimat gefunden haben. Denk an uns, deine Mitarbeiter, die von dir leben.«

»Ich habe an euch gedacht und bin bitter enttäuscht worden. Du weißt nicht, wie es ist, nachts in der Zelle. Du kannst nicht schlafen, überlegst, ob deine engsten Mitarbeiter dich ausbooten, du hast Albträume, dass sie dein Firmengebäude anstecken und es abbrennen lassen.«

»Arnold, du musst nie wieder in die Zelle.« Sie verstummte und konzentrierte sich auf ihre Atmung, weil wieder Panik hochkam. Einatmen, bis vier zählen, ausatmen, eins, zwei, drei, vier, die Polizei wird es schon schaffen, sie sind ja da, eins, zwei … »Wir müssen doch deine Biografie zu Ende schreiben«, brachte sie mit letzter Kraft hervor.

Arnold lächelte in einer wahnsinnigen Weise, die bei ihr einen Schauer hervorrief. Ein Mensch, der einen Entschluss gefasst hat.

»Die Biografie endet mit dem Tod«, sagte er gefährlich leise.

Marion sah den Hubschrauber heranfliegen. Schnell nahm sie ihr Fernglas, verließ den Streifenwagen, ging auf die gegenüberliegende Straßenseite. Es regnete in Strömen. Über dem Dach suchte er seine Position. Aber anscheinend war das Dach zu schmal. Die Hochhäuser hatten die Form eines Riegels. Der Hubschrauber nahm wieder Abstand, flog erneut an. Als er genau über dem Dach war, hielt er sich senkrecht in der Luft.

Die Luke öffnete sich und der erste Mann vom Spezialeinsatzkommando ließ sich an einem Seil auf das Dach herab. Schon folgte ein zweiter Mann und noch zwei weitere. Marion hatte in ihrer Ministeriumszeit beim SEK-Training hospitiert, um einen Eindruck von der Arbeit der Spezialeinheit zu bekommen, und hatte später als Kommissionsmitglied bei einem Stressbelastungsgespräch mitgewirkt. Etliche Kandidaten waren gescheitert und für die wenigen, die bestanden hatten, folgte eine mehrmonatige Spezialausbildung, in der

Fahr- und Klettertraining, Kampfsport, Schießfertigkeit, das Eindringen in Gebäude trainiert und die SEK-Anwärter gezielt an die Grenzen ihrer Leistungsfähigkeit gebracht wurden. Schnelles Abseilen aus dem Hubschrauber, Fast-Roping, gehörte zum SEK-Training.

Der Hubschrauber nahm wieder Kurs auf und kreiste über dem Haus, den Suchscheinwerfer nach unten gerichtet. Marion sah, wie die Polizisten in ihren schwarzen Schutzanzügen an den Rand des Daches gingen. Von dort mussten sie auf die rund ums oberste Geschoss laufende Dachterrasse springen. Ein gefährlicher Einsatz, denn die Dachterrasse war nicht vorstehend, sondern das Dach schloss mit der Brüstung ab. Die Männer mussten nach unten und zugleich nach innen springen.

Die Polizisten verteilten sich auf dem Dach, je einer in jeder Himmelsrichtung, sie robbten rückwärts immer dichter an das Dachende heran, bis ihre Beine über dem Abgrund hingen, anschließend schoben sie sich mit Armen und Händen Zentimeter um Zentimeter weiter nach außen. Kräftige Finger in schwarzen Handschuhen legten sich um die Metallumrandung des Flachdaches und schließlich kam der schwierigste Teil: Körper vom Dach lösen und sich mit dem ganzen Gewicht an die Umrandung hängen. Darunter: dreißig Meter Abgrund. Jetzt mit den Beinen Schwung nehmen und im richtigen Augenblick, beim größten Ausschlag nach innen, loslassen. Marion hielt den Atem an. Auch die Schutzpolizisten waren aus dem Streifenwagen gestiegen und starrten nach oben. Es war der Augenblick, der alle Konzentration auf den Körper, die Muskeln, verlangte. Dann sprangen sie. Es war so still, dass Marion hörte, wie die SEK-Männer auf der Dachterrasse landeten.

Der Krach, der dann folgte, war ohrenbetäubend. Die Polizisten nahmen das Dachgeschoss von allen Seiten ein, schossen wie auf Kommando die Scheiben kaputt, traten mit dem Fuß nach, griffen an die Hebel und sprangen in den Raum. Starkes LED-Licht flammte von allen Seiten auf.

»Polizei! Keine Bewegung!«

Das Klirren von Glas, das Poltern von Stiefeln war das Signal für Beckmann, die Tür aufzubrechen. Karstaedt konnte sich nicht mehr verschanzen, er war eingekesselt. Beckmann zielte auf das Türschloss, brauchte fünf Schüsse, dann waren die beiden Türriegel kaputt.

Er, Liwicki und einige Schutzpolizisten stürmten den Raum, die Hände jeweils um die entsicherte P6. Gleich würden sie den Mann haben, es gab keinen Ausweg mehr für ihn.

»Herr Karstaedt, werfen Sie die Waffe weg, sonst geht's Ihnen schlecht«, schrie Beckmann.

Lotte wusste nicht mehr, ob das hier Wirklichkeit war oder Albtraum oder ob Arnold auf sie geschossen hatte. Es war unendlich laut, unendlich hell, als wären Blitze in den Raum gefahren. Es war schmerzhaft, sie wurde von ihrem Stuhl geschleudert und schlug mit dem Kopf auf dem Boden auf. Ich sterbe, dachte sie noch, dann verlor sie das Bewusstsein. Die letzten Minuten würden eine Lücke in ihrer Erinnerung bleiben. Sie würde nicht mehr wissen, was passiert war.

Es war nur noch eine kurze Aktion für das SEK, nachdem es den Konferenzraum eingenommen hatte. Die vier Männer ließen zur selben Zeit wie Beckmann die Pistolen sinken, erst erstaunt, dann erstarrt. Beckmann spürte das Prickeln, als sich die Härchen an seinen Armen aufstellten. Ehe er bewusst wahrnahm, was geschehen war, sagte ihm sein Instinkt, dass die Jagd zu Ende war.

Sie alle blickten stumm auf den alten Mann, der vornübergekippt am großen Konferenztisch saß, der Kopf war auf die Platte gesunken, der rechte Arm hing herab, die Finger, die eben noch die Waffe umklammert hatten, waren offen, die Pistole am Boden. Die Blutlache um Karstaedts Kopf vergrößerte sich schnell.

Beckmann löste sich aus seiner Erstarrung und wandte sich der am Boden liegenden Frau zu. Er fühlte ihren Puls, prüfte, ob sie atmete, setzte sich neben sie, strich ihr über das wirre Haar, versuchte sie zu beruhigen.

Langsam nahm er seine Umgebung wahr, spürte den kühlen, nach Regen riechenden Wind, der durch die zertrümmerten Scheiben kam. Die Champagnerflasche auf dem Tisch war leer.

Karstaedt wusste, dass wir ihn hatten, dachte Beckmann. Hier im Zentrum seiner früheren Macht hat er auf die Trümmer geblickt. Er wäre bis zu seinem Tod im Gefängnis geblieben. Da hat er selbst den Schlussstrich gezogen. Beckmann fühlte trotz des tragischen Endes Erleichterung.

Die Polizisten vom SEK nahmen ihre Helme ab und stellten sich im Kreis um die reglos daliegende Lotte Kraus und den Toten auf.

Da murmelte die Frau etwas. Beckmann konnte es nicht gleich verstehen, aber nach einer Weile hörte er, dass es immer dieselben Worte waren.

»Hab dich lieb, Arnold. Leb wohl.«

Die Menschen um mich herum haben sich sehr verändert. Arnold unterstützt mich nicht mehr. Er ist alt und hat im Gefängnis seinen Wagemut verloren. Und Johan, dieser selbst ernannte Herr der Schöpfung, will sich ins Baugeschäft seines Schwiegervaters nach Argentinien verziehen. Na warte, Beatrice, ich kann dir ein paar Anekdoten erzählen über deinen Bettgenossen.

Schwere Zeiten erfordern stärkere Waffen.

Nur ich bin dieselbe geblieben. Und mein Traum ist derselbe geblieben. Mein Traum ist es, eine eigene kleine Stadt in der großen Stadt Omsk zu entwerfen und zu bauen. So wie Arnold seine Stadt hier gebaut hat. Aus Omsk komme ich und dorthin werde ich heimgehen.

Wenn ich einmal tot bin, dann soll diese kleine Stadt in der großen Stadt Omsk nach mir benannt werden.

Polina Karova, Berlin, März 2015.

Montag, 6. Juli

40.

Es war wieder ein sonniger, heißer Tag gewesen, aber erstmals ohne Gewitter. Alexandra stand auf ihrem Balkon hoch über dem tosenden Verkehr des Kaiserdamms. Im heutigen Verhandlungstag um den Familienvater, der seine Frau umgebracht hatte, war ein medizinischer Sachverständiger stundenlang zur Schuldfähigkeit des Angeklagten befragt worden. Alexandra hatte daran gedacht, dass sich Arnold Karstaedt durch seinen Freitod solchen Prozeduren entzogen hatte, und sie empfand es als Erlösung.

Gegen fünf Uhr war sie nach Hause gefahren, hatte drei Jogging-Runden um den Lietzensee absolviert, sich dann einen Eisbecher in ihrem Lokal am See gegönnt, hatte den Spatzen zugeschaut, die auf die Tische flogen und Krümel pickten, über das grün schillernde Wasser in die Abendsonne geblinzelt. Und hatte die ganze Zeit gewartet.

Noch gestern Nachmittag war Johan freigekommen. Der Richter hatte keinen Haftbefehl erlassen, weil die Beweislage zu unsicher war. Die Medien berichteten breit über die Ereignisse. Lotte Kraus sei nach einem körperlichen und seelischen Zusammenbruch ins Krankenhaus eingeliefert worden. Der Freitod Karstaedts wurde intensiv kommentiert. Die öffentliche Meinung reichte vom respektvollen Mitleid mit einem großen Bauunternehmer, der einem ganzen Stadtteil Gesicht gegeben habe, bis zu Mutmaßungen über seine Verwicklung in den Mord an Polina Karova.

Alexandra stand lange auf dem Balkon, starrte in die blaue Sommerabendluft, dachte, dass sie morgen viel zu tun hätte: sich beim Polizeipräsidenten über das massive Vorgehen der Kripo zu beschweren, Anzeige wegen Freiheitsberaubung zu erstatten, Entschädigung für die unschuldig erlittene Festnahme und wegen Rufschädigung zu fordern. Und eine Presseerklärung: Ihr Mandant sei das Opfer einer einseitig ermittelnden Kriminalpolizei. Ein Foto

Johans, ganz in Schwarz gekleidet, hatte sie bereits herausgesucht. Alexandra seufzte. Sie wusste, was sie morgen alles machen würde. Nur im Augenblick gab es nichts zu tun.

Sie zuckte zusammen, als es klingelte und er auf einmal vor ihr stand.

»Ich möchte mich bei dir bedanken«, sagte Johan und lächelte jungenhaft. Sein Gesicht war nicht mehr so fahl, er war rasiert und trug Jeans und ein sportliches Hemd.

»Ich musste dich ja verteidigen. Zweifel beim Gericht streuen, das ist mein Job.« Obwohl Alexandra die ganze Zeit auf eine Nachricht von ihm gewartet hatte, fühlte sie sich plötzlich unsicher. »Möchtest du einen Augenblick reinkommen?«

Er folgte ihr ins Wohnzimmer.

»Die Kriminalrätin Kraefft hat mir mitgeteilt, dass Fingerabdrücke von Petrov auf dem Beruhigungsmittel in deinem Bad gesichert werden konnten«, sagte sie. »Du bist also raus. Ich denke, das ist einen guten Orvieto wert.«

»Kein Wein. Erst muss alles sauber abgeschlossen sein«, ahmte Johan sie mit erhobener Stimme nach.

»Dann trinke ich eben allein.« Sie lachte und kam mit der Flasche und einem Glas aus der Küche wieder.

Er seufzte theatralisch. »Ich bin ziemlich hart gefallen. Ich war des Mordes verdächtig. Die Firma ist in schlechtem Ruf. Und der Abgang Arnolds macht mir schwer zu schaffen, trotz allem.«

»Du wolltest doch nach Argentinien fliegen?«, fragte sie leichthin, während sich ihr Magen zusammenzog. »Du hast deinen Ausweis wieder, du kannst dich frei bewegen.«

»Dieser Flug ist verfallen. Beatrice hat von den … nun ja, Vorgängen hier erfahren und mir per SMS mitgeteilt, dass sie an einer Fortsetzung unserer Beziehung nicht interessiert ist.« Alexandra wartete atemlos, ob er noch etwas sagen wollte. »Bitte gib mir auch ein Glas, ich möchte mit dir anstoßen.«

Sie ging wieder in die Küche, holte ihm ein Glas, schenkte ein, wobei ihre Hand so zitterte, dass sie kleckerte. Er tat, als merke er es nicht. »Ich brauche deine Hilfe, um diese persönliche Enttäuschung psychologisch aufzuarbeiten.« Er zwinkerte ihr zu.

»Jeder macht seins«, sagte sie streng. »Du dein Baugeschäft und ich meine Anwaltskanzlei.« Er hob ihr sein Glas entgegen und sie tat, als bemerke sie seinen ausgestreckten Arm nicht. »Okay«, sagte sie dann, »ich bin mit meiner Arbeit zufrieden.« Sie stieß mit ihm an.

»Waren wir nicht schon einmal weiter, ich meine, zwischenmenschlich?«

Sie schwieg. Ja, sie waren schon weiter gewesen, auf eine bestimmte Weise. Und trotzdem waren sie jetzt sehr viel weiter, auf eine andere Weise.

»Ich steige aus dem Geschäft aus.« Johan lachte gezwungen. »Es war Arnolds Firma. Er hat den Gesellschaftervertrag gekündigt. Ich wäre aber auch so gegangen. Ich brauche einen Neuanfang.«

Sie versuchte, auch zu lachen. »Neuanfänge sind gut.«

Dann starrten sie beide auf den Glastisch und das Schweigen hing zwischen ihnen.

»Tja, dann werd' ich mich mal auf den Weg ins Bett machen«, sagte er.

Sie stand auf, gab ihm mechanisch die Hand und hoffte, dass er ihr die Enttäuschung nicht anmerken würde. »Ich wünsche dir Glück. Wirklich.« Sie setzte langsam Schritt für Schritt in Richtung Flur. »Wenn es etwas Neues gibt, sage ich dir Bescheid.«

Sie war an ihrer Wohnungstür und drehte sich um. Johan war sitzen geblieben, rieb sich die frisch rasierte Wange und grinste. »Du hast nicht vielleicht eine Zahnbürste für mich?«

»Wozu?« Sie fühlte ein unvernünftiges Glücksgefühl aufsteigen. »Habe ich dir nicht eben meine Regeln mitgeteilt? Jeder macht seins.«

»Ich möchte nicht allein in mein Haus gehen. Und in meiner Firmenwohnung übernachten will ich schon gar nicht, das verstehst du doch.« Er zog ein Stück Papier aus seiner Hosentasche und legte es auf den Couchtisch. »Komm noch einmal zurück.«

Alexandra kam näher und sah, dass es eine Zeichnung war. Eine Kirche. Rom. Trastevere. Vor der Kirche stand eine große schlanke Frau mit einem Skizzenblock.

»Es ist noch nicht ganz ausgereift«, sagte er. »Aber ich habe mich geärgert, dass du mich damals so klein gezeichnet hast.«

Sie merkte, wie ihr Herz bis in den Hals schlug. »Du kannst ja am Feierabend einen Zeichenkurs belegen.«

»Aber nur für Fortgeschrittene«, sagte er. »Was ist nun übrigens mit der Zahnbürste? Oder hat eine intellektuelle, emanzipierte, arbeitssüchtige Frau keine Gästezahnbürste zu Hause?«

Alexandra merkte, dass sie mit einer Haarsträhne spielte. »Doch. Aber nicht für egoistische, beziehungsunfähige, rücksichtslose Männer, die auch woanders Gästezahnbürsten stehen haben.«

»Ich akzeptiere es nicht, wenn du Nein sagst.« Er trat auf sie zu und legte die Arme um sie. »Denk dran, ich bin zu vielem fähig.«

»Ich habe Grenzüberschreitungen lieber auf dem Papier.« Alexandra blickte ihm in die Augen, die sehr nah und weit offen waren. »Eigentlich bin ich aus dem Experimentieralter heraus.«

»Was soll ich denn da sagen?« Seine Augen blitzten. »Also, worauf wartest du?«

41.

Das Café Roxanne in Friedrichshain war überfüllt. Marion drängelte sich, ein Glas Wein in der Hand, in eine Ecke schräg neben der Bühne, wo sie sich an die Wand lehnen konnte. Sie war froh, dass sie es heute Abend geschafft hatte, hier zu sein, zu Renés neuem Jazzprogramm »Stormy times«. Grenzen einreißen, ohne neue zu schaffen, hatte René ihr vor langer Zeit seine Musikphilosophie erklärt und Marion, überarbeitet mit Job und Kind, hatte müde genickt.

Auf der Bühne nahm der Keyboarder Platz, Finger huschten über Tasten, die Scheinwerfer wurden angestellt, das Mikrofon justiert. Jetzt setzte sich der Schlagzeuger an sein Gerät, in der Ecke wurde der Kontrabass aufgebaut. Marion sog die abgestandene Bühnenluft ein und genoss ein Gefühl der Erleichterung. Der Druck ihres Berufes, Verbrecher aufzuspüren und zu fangen, war von ihr genommen. Bis zum nächsten Fall.

Ein junger Mann stupste sie an. »Ein Sitzplatz für Sie.« Er deutete auf einen der schmalen, türkisgrün lackierten Klappstühle, die eng aneinandergereiht standen. Marion lächelte und bedankte sich. Ja, jetzt konnte sie sich gut hinsetzen, direkt ins Zentrum vor die Bühne.

Es wurde kurz dunkel, dann strahlten die Scheinwerfer und René, der Sänger und Gitarrist, trat auf. Er hatte in seiner Band eine junge Brasilianerin am Saxophon, einen Keyborder aus Afrika, eine Engländerin am Kontrabass, einen Schweden am Schlagzeug und diese Zusammensetzung gab dem Quartett einen einzigartigen Sound. René begann mit bekannten Jazz-Liedern. »Summertime.«

Marion lächelte ihm zu und ließ sich mit tragen. »Fly me to the moon.«

Wie düstere Vergangenheit kamen ihr die letzten Tage vor. Der unselige Freitag, an dem sie nach fruchtloser Ermittlungsarbeit und dem Missklang beim Picknick mit René schließlich nachts ihren Sohn von der Polizei abholen musste. Am Wochenende die tödlich endende Verfolgung Michail Petrovs, die Angst um das Leben der Lotte Kraus, der Selbstmord Karstaedts. Wir haben nichts falsch gemacht, hatte sie sich vorgebetet. Die russischen Tagebücher Polinas mussten erst übersetzt werden, Lotte Kraus konnte nicht rechtzeitig vernommen werden, weil sie während der polizeilichen Untersuchungen nie in der Firma war.

Am Vormittag hatte Marion einen schwierigen Bericht an den Polizeipräsidenten verfasst und mit einer ungewöhnlichen Bitte abgeschlossen: »Ich möchte bis zu meiner Pensionierung als Kriminalpolizistin vor Ort arbeiten. Aber setzen Sie mich anderweitig ein, denn Hauptkommissar Horst Beckmann gebührt die Leitung dieses Mordkommissariats.«

Zarte Töne drangen ihr ins Bewusstsein. »I may be wrong but I think you are wonderful.« Das warme Timbre in Renés Stimme hatte sie zur Zeit ihrer ersten Liebe wahrgenommen. »Round midnight.« Jetzt hatte das Saxophon sein Solo, dann der Schlagzeuger und dann sang wieder René und sie spürte das Charisma, das von ihm auf der Bühne ausging.

Marion blickte sich um. Wo steckte eigentlich Sascha? Er hatte versprochen, heute Abend hier zu sein, aber wahrscheinlich war eine seiner Spontanverabredungen dazwischen gekommen. Er sollte seinen Vater einmal hier erleben. Sie versuchte, keinen Groll auf ihren unzuverlässigen Sohn hochkommen zu lassen. Sie schloss die Augen, nahm ungewohnte Klangwelten in sich auf. Kraftvoll bis himmelstürmend, sensibel bis melancholisch, aufgewühlt bis ausgeflippt.

Erst nach einer Weile bemerkte sie, dass jetzt ein unbekanntes Lied intoniert wurde, eine von Renés Kompositionen. Sie öffnete die Augen und fühlte Erstaunen, dann unbändiges Glück: Da stand plötzlich ihr Sohn auf der Bühne und spielte neben seinem Vater Gitarre. Und dann begannen sie, gemeinsam zu singen:

»Wer, wie der Zugvogel, Rettung sucht
durch Wechsel des Ortes, der findet sie nicht,
denn für ihn ist die Welt überall gleich.«

»Berliner Chronik« – Ausgabe vom 8. Juli 2015

»Was geschah wirklich bei Karstaedt und Theissen?

Der Freitod des Bauunternehmers Arnold Karstaedt setzte den Schlusspunkt in den tragischen Ereignissen um die große Berliner Baufirma.«

Im Zusammenhang mit dem von Polina Karova in Omsk begonnenen Projekt spekulierte die Zeitung über russische Geschäftsfeinde mit Kontakt zur Mafia. Sie hätten das Bauvorhaben durch Diebstahl von Geschäftsunterlagen, Vereitelung von Baugenehmigungen, Abwerben von Baufirmen und Arbeitern torpediert und seien möglicherweise für die Ermordung Karovas verantwortlich. Der Artikel hatte einen ungewöhnlichen Ausklang.

»Die langjährige Mitarbeiterin der Firma Karstaedt & Theissen, Lotte Kraus, bat die Redaktion, die folgende Erklärung zu veröffentlichen:

›Arnold Karstaedt starb so, wie er gelebt hatte: selbstbestimmt. Ich war vor seinem Tod bei ihm. Er sagte, dass er jetzt seinem Freund Günther Naumann nachfolgen würde. Herr Karstaedt bedauerte zutiefst, dass Indiskretionen aus dem damaligen Baukombinatsbetrieb dazu führten, dass Naumann von der Staatssicherheit verhaftet wurde und sich im Stasi-Gefängnis Bautzen II umbrachte. Jetzt, nach dem Tod seiner geliebten Ziehtochter Polina

Karova, die er als Firmennachfolgerin vorgesehen hatte, fehlte Arnold Karstaedt die Kraft zum Weiterleben.

Ich werde sein Werk fortsetzen und kündige hiermit Folgendes an: Die Firma wird im Gedenken an ihren Gründer weiterbestehen. Ich werde nach meiner Genesung eine neue kaufmännische Führung suchen. Unser Juniorpartner Johan Ludwig Theissen, der kurzfristig wegen eines falschen Verdachts festgenommen wurde, wird mich bei meiner Suche nach einem geeigneten Nachfolger unterstützen. Herr Theissen will sich mit einer eigenen Firma selbstständig machen. Ich wünsche ihm und uns in der Firma Glück und Kraft.‹

Lotte Kraus«

Bitte beachen Sie auch die folgenden Buchhinweise:

Buchhinweise

Dunkle Tage

Ein Kriminalroman aus dem Berlin der Weimarer Zeit

Gunnar Kunz

9,90 € | 978-3-86680-072-4

Berlin, 1920. Inmitten der Nachkriegswirren wird Philosophieprofessor Hendrik Lilienthal zu den Ermittlungen im Mordfall Max Unger hinzugezogen. Unger war Industrieller, Kriegsgewinnler und bekannt für seine rabiaten Methoden. Verdächtige gibt es zuhauf, oder besteht gar eine Verbindung zu den jüngst verübten Morden an Rosa Luxemburg und Karl Liebknecht? Gegen seinen Willen lässt sich Hendrik immer tiefer in die Ermittlungen hineinziehen.

Organisation C.

Ein Kriminalroman aus dem Berlin der Weimarer Zeit

Gunnar Kunz

9,90 € | 978-3-86680-215-5

Berlin, 1922. Im Grunewald wird die Leiche eines neun Monate zuvor erschossenen Mannes gefunden. Kommissar Gregor Lilienthal findet gemeinsam mit seinem Bruder Hendrik, Philosophieprofessor an der Universität, heraus, dass der Tote der berüchtigten Organisation Consul angehörte, die die junge Republik mit Terror und Gewalt bekämpft. Walther Rathenau steht als nächster auf ihrer Abschussliste. Es beginnt ein Wettlauf gegen die Zeit.

Inflation!

Ein Kriminalroman aus dem Berlin der Weimarer Zeit

Gunnar Kunz

12,00 € | 978-3-86680-747-1

Berlin, 1923: Beim Kartoffelklauen steht Professor Hendrik Lilienthal plötzlich vor einer Leiche. Zum Glück erreicht er, dass der Fall seinem Bruder, Kommissar Gregor Lilienthal, übertragen wird. Schnell finden sie heraus, dass das Opfer zwar einen weißen Anzug trug, aber beileibe keine weiße Weste hatte. Die Untersuchungen führen zu Schiebern und Hehlern, zu Menschen am Rande der Existenz.

Zeppelin 126

Ein Krimi aus der Weimarer Zeit

Gunnar Kunz

9,95 € | 978-3-95400-166-8

Deutschland 1924. Professor Hendrik Lilienthal und seine Schwägerin Diana nehmen an einer Probefahrt des Zeppelins LZ 126 teil, bevor dieser als Reparationsleistung an die USA geliefert wird. Doch die Mitreisenden entpuppen sich als schwierig, unter der Oberfläche gären mühsam verborgene Spannungen, es kommt zu Handgreiflichkeiten. Schließlich geschieht ein Mord.

Buchhinweise

Pink Clover Club
Ein Mecklenburg-Krimi

Richard R. Roesch

9,95 € | 978-3-95400-160-6

Privatdetektiv Pawel Höchst untersucht den Mord an einer Dame aus der besten Schweriner Gesellschaft in einem Rostocker Luxushotel. Den Auftrag hat er von der Kripo bekommen, denn die Tote war bestens mit Politik und Wirtschaft in der Landeshauptstadt vernetzt und womöglich auch mit der Schweriner Polizei. Schnell stößt Pawel auf einen Schweriner Privatschnüffler, der das Opfer angeblich schon seit Wochen überwacht.

Buchhinweise

Psychopathenpolka - Lale Petersen ermittelt
Ein Dresden-Krimi

Christine Sylvester

12,99 € | 978-3-95400-320-4

Erst stößt Kommissarin Lale Petersen mit einem Radfahrer zusammen, dann soll sie die Schutzpolizei auf der Jagd nach Perversen in den Elbauen unterstützen. Und schließlich erfährt sie ausgerechnet von ihrem Exmann, dem Schnösel von Staatsanwalt, dass der Radfahrer sie wegen Unfallflucht angezeigt hat! Als Lale und ihre Kollegin Mandy den Burschen an seinem Arbeitsplatz zur Rede stellen wollen, ist er kalt, still – und tot.